悄吟文丛

古耜 主编

此生

王芸 著

中国言实出版社

图书在版编目（CIP）数据

悄吟文丛 / 古耜主编 . -- 北京 : 中国言实出版
社 , 2017.7

　　ISBN 978-7-5171-2472-6

　　Ⅰ . ①悄… Ⅱ . ①古… Ⅲ . ①散文集－中国－当代
Ⅳ . ① I267

中国版本图书馆 CIP 数据核字 (2017) 第 171659 号

出　版　人 : 王昕朋
总　监　制 : 朱艳华
责任编辑 : 肖凤超
出版统筹 : 史会美
封面设计 : 张凯琳
责任印制 : 佟贵兆

出版发行　中国言实出版社
　　　地　　址 : 北京市朝阳区北苑路 180 号加利大厦 5 号楼 105 室
　　　邮　　编 : 100101
　　　编辑部 : 北京市海淀区北太平庄路甲 1 号
　　　邮　　编 : 100088
　　　电　　话 : 64924853（总编室）　64924716（发行部）
　　　网　　址 : www.zgyscbs.cn
　　　E-mail : zgyscbs@263.net
经　　销　新华书店
印　　刷　北京温林源印刷有限公司
版　　次　2017 年 8 月第 1 版　　2017 年 8 月第 1 次印刷
规　　格　787 毫米 ×1092 毫米　　1/32　10.625 印张
字　　数　200 千字
定　　价　1680 元（全十册）　　ISBN　978-7-5171-2472-6

东风吹水绿参差

古耜

以"五四"新文化运动为起点的中国现代散文，已经走过近百年的风雨历程。时至今日，隔着历史与岁月的烟尘，我们该怎样描述和评价现代散文的行进轨迹与艺术成就？也许还可以换一种问法：如果现代散文仍然可以新中国成立为时间界标，划作"现代"和"当代"两个阶段，那么，它在哪个阶段成就更高，影响更大？

在散文的"现代"阶段，屹立着伟大而不朽的鲁迅，仅仅因为先生的存在，我们便很难说当代散文在整体上已经超越了现代散文。但是，如果我们把观察的视野缩小或收窄，单就现代散文中的女性写作立论，那么，断定"当代"阶段的女性散文，是异军突起，后来居上，便算不上狂妄。这里有两方面的依据坚实而有力：

第一，新中国成立后的六十多年间，尤其是进入新时期以来，大陆文坛先后出现了若干位笔下纵横多个文学门类，但均擅长散文写作，且不断有这方面名篇佳作问世的女作家，如杨绛、宗璞、张洁、铁凝、王安忆、张抗抗、迟子建等。她们散文作品所达到的艺术水准，并不逊色于现代女性散文的佼佼者。况且冰心、丁玲等著名现代女作家在步入当代之后，依旧有足以传世的散文发表，这亦有效地增添了当代女性散文创作的高度和重量。

第二，借助时代变革和历史前行的巨大动力，从新时期到新世纪，女性散文写作呈现出繁花迷眼、生机勃勃的宏观态势：几代女作家从不同的主体条件出发，捧出各具特色、各见优长的散文作品，立体周遍地烛照历史与现实，生活与生命；才华横溢的青年女作家不断涌现，其创意盎然的作品，显示了强劲的生命力与可持续性；女作家的性别意识空前觉醒，也空前成熟，其散文主旨既强调女性的自尊与自强，也呼唤两性的和谐与互补；不同手法、不同风格的女性散文各美其美，魏紫姚黄，各擅胜场……于是，在如今的社会和文学生活中，女性散文构成了一道绚丽多彩而又舒展自由的艺术风景线。这显然是孕育并成长于重压和动荡年代，因而不得不执着于妇女解放和民族生存的"现代"女性散文所无法比拟与想象的。

在二十一世纪历史和时间的刻度上，女性散文创作取得了丰硕成果和扎实进步，但也同整个中国文学一样，面临着前所未有的挑战与考验：与后工业社会结伴而来的后现代主义思潮斑驳杂芜，利弊互见。它带给女性散文的，可能是观念的去蔽，题材的拓展，也可能是理想的放逐，审美的矮化，而更多的可能，则是创作的困惑、迷惘，顾此失彼或无所适从……惟其如此，面对五光十色的后现代语境，女性散文家要实现有价值的创作，就必须头脑清醒，坐标明确，进而辩证取舍，扬弃前行。也正是在这一意义上，有一批女作家值得关注——她们出生于二十世纪六七十年代之交，进入新世纪后开始展露才华，并逐渐成为女性散文创作的中坚力量。对于她们来说，现代和后现代主义自然不是陌生或无益之物，但青春韶华所经历的激情澎湃的现实主义和人文主义大潮，早已先入为主，成为一种挥之不去的精神底色。这决定了她们的散文创作，尽管一向以开放和"拿来"的姿态，努力借鉴和吸取多方面的文学滋养，但其锁定的重心和主旨，却始终是对人的生存关切和心灵呵护，可谓鼎新却不弃守正。显然，这是一条积极健康、勃发向上的艺术路径。正是沿着这一路向，习习、王芸、苏沧桑、安然、杨海蒂、张鸿、沙爽、项丽敏、高安侠、刘梅花等十位女作家，不约而同地走到了一起，她们以彼此呼应而又各自不同的创作实绩，展示了当下女性散文的应有之意和应然之道。

习习来自西北名城兰州。她的散文写城市历史，也写家庭命运；写生活感知，也写生命体验；近期的一些篇章还流露出让思想伴情韵以行的特征。而无论写什么，作家都坚持以善良悲悯的情怀和舒缓沉静的笔调，去发掘和体味人间的真诚、亮丽和温暖，同时烛照生活的暗角和打量人性的幽微。因此，习习的散文是收敛的，又是充实的；是含蓄的，又是执着的；是朴素本色的，又是包含着大美至情的。

足迹涉及湖北和南昌的王芸，左手写小说，右手写散文。在她的散文世界里，有对荆楚大地历史褶皱的独特转述，也有对女作家张爱玲文学和生命历程的细致盘点，当然更多的还是对此生此在，世间万象的传神勾勒与灵动描摹。而在所有这些书写中，最堪称流光溢彩、卓尔不群的，是作家以思想为引领，在语言丛林里所进行的探索和实验，它赋予作品一种颖异超拔的陌生化效果，令人咀嚼再三，余味绵绵。

或许是西子湖畔钟灵毓秀，苏沧桑拥有很高的艺术天赋和丰沛的创作才情。从她笔下流出的散文轻盈而敏锐，秀丽而坚实，温婉而凝重，每见"复调"的魅力。尤其难能可贵的是，她的散文远离女性写作常见的庸常与琐碎，而代之以立足时代高度的对自然和精神生态的双重透析与深入剖解，传递出思想的风采。若干近作更是以生花妙笔，热情讲述普通人亦爱亦痛的梦想与追求，极具现实感和启示性。

在井冈山下成长起来的安然，一向把文学写作视为精神居所和尘世天堂。从这样的生命坐标出发，她喜欢让心灵穿行于入世和出世之间，既入乎其内，捕捉蓬勃生机；又出乎其外，领略无限高致，从而走近人生的艺术化和审美化。她的散文善于将独特的思辨融入美妙的场景，虚实相间，形神互补，时而禅意淡淡，时而书香悠悠，由此构成一个灵动、丰腴、安宁、隽永的艺术世界，为身处喧嚣扰攘的现代人送上一份清凉与滋养。

供职京城的杨海蒂，创作涉及小说、报告文学、影视文学等多种样式，其中散文是她的最爱和主打，因而也更见其精神与才情。海蒂的散文题材开阔，门类多样，而每种题材和门类的作品，都具有自己的特色：她写人物，善于捕捉典型细节，寥寥几笔，能使对象呼之欲出；她写风物，每见开阔大气，但泼墨之余又不失精致；至于她的知性和议论文字，不仅目光别致，而且妙趣横生。所有这些，托举出一个立体多面的杨海蒂。

驻足羊城的张鸿，既是文学编辑，又是散文作家。其整体创作风格可谓亦秀亦豪。之所以言秀，是鉴于作家的一枝纤笔，足以激活一批风华绝代而又特立独行的异国女性，尽显她们的绰约风姿与奇异柔情；而之所以说豪，则是因为作家的笔墨一旦回到现实，便总喜欢指向远方，于是，边防战士的壮举、边疆老人的传奇，以及奇异山水，绝地风情，纷至沓来。这种集柔润和刚健于一身的写作，庶几接近伍尔夫所说的文学上的"雌雄互补"？

穿行于辽宁和天津之间的沙爽，先写诗歌后写散文，这使得其散文含有明显的诗性。如意象的提炼，想象的飞腾，修辞的奇异，以及象征、隐喻的使用等，这样的散文自有一种空灵跨踔之美。当然，诗性的散文依旧是散文，在沙爽笔下，流动的思绪，含蓄的针砭，委婉的嘲讽，以及经过变形处理的经验叙事，毕竟是布局谋篇的常规手段，它们赋予沙爽的散文深度和张力，使其别有一种意趣与风韵。

项丽敏的散文写作同她长期以来的临湖而居密不可分——黄山脚下恬静灵秀的太平湖，给了她美的陶冶与享受，同时也培育了她对大自然的敬畏与热爱，进而驱使她以平等谦逊的态度和安详温润的文字，去描绘那湖光山色，春野花开，去倾听那人声犬吠，万物生息。所有这些，看似只是美景的摄取，但它出现于物欲拥塞的消费时代，则不啻一片繁茂葳蕤的精神绿洲，令人心驰神往。当然，丽敏也知道，文学需要丰富，需要拓展，人与自然的关系只是文学的无数话题之一，为此，她开始写光阴里的器物，山乡间的美食，还有读书心得，读碟感悟……这预示着丽敏的散文正由单纯走向丰富。

高安侠是延安和石油的女儿。她的散文明显植根于这片土地和这个行业，但却不曾滞留或局限于对表层事物和琐细现象的简单描摹；而是坚持以知识女性的睿智目光，回眸生命历程，审视个人经验，打量周边生活，品味历史风景，就中探寻普遍的人性奥秘和人生价值，努力拓展作品的认知空间。同时，作家文心活跃，笔墨恣肆，时而柔情似水，时而气势如虹，更为其散文世界平添一番神采。

偏居乌鞘岭下天祝小城的刘梅花，是一位灵秀而坚韧的女子。她人生的道路并不顺遂，但文学却给了她极大的眷顾。短短数年间，她凭着天赋和勤奋，发表和出版了大量散文作品，成为广有影响的女作家。梅花写西域历史、乡土记忆和个人经历，均能独辟蹊径、别具只眼，让老话题生出新意味。晚近一个时期，她将生命体悟、草木形态、中药知识，以及吸收了方言和古语的表达融为一体，形成一种承载了"草木禅心"的新颖叙事，从而充分显示了其从容不迫的艺术创新能力。

总之，十位女性散文家在关爱人生的大背景、大向度之下，以各具性灵、各展斑斓的创作，连接起一幅摇曳多姿、美不胜收的艺术长卷。现在，这幅长卷在中国言实出版社的鼎力支持下，冠以"悄吟文丛"的标识，同广大读者见面了。此时此刻，作为文丛的主编，我除了向十位女作家表示由衷祝贺，向出版社的领导和同志们表示诚挚感谢之外，还想请大家共赏宋人张栻的诗句："便觉眼前生意满，东风吹水绿参差。"——这是我选编"悄吟文丛"的总体感受，或者说是我对当下女性散文创作的一种形象描绘。

（作者系著名文学评论家、作家）

在相似的开始与相似的结束之间，

在开始与结束叠覆之外的路段，

不过是万千变幻的我们的此生。

——王芸

目　录

第一辑

此际

　　我们站在远处，注视着这消息的来路，那混沌未明的隧道，有着吞噬一切的力量。而一种透明的阴影，兜头而下，蛛丝般细密柔韧。

此生

死亡派来的使者，想来是风格迥异的。有的喜欢在我们没有防备时不期而至，脚步轻悄如梦之虚幻，不给予我们任何提醒。有时，他真的就潜伏在梦的甬道里，利落地完成自己的使命。

忽然的一个消息，像夏日的急雨，从白亮的天空砸下。雨珠硕大冰凉，惊得灼烫的皮肤情不自禁打个激灵。一个朋友的孩子今天早晨失去了父亲。在转述中，那仿佛只是瞬间的事情，轻易得如同一声从胸腔自然而出的叹息。七八点的光景，这位躺在床上的父亲翻了个身，就被死亡派来的使者牵出了人世。什么都没来得及留下，除了痛苦得茫然失措的妻女。还有这消息一路传播途中，被惊动的熟悉或陌生的路人。我们站在远处，注视着这消息的来路，那混沌未明的隧道，有着吞噬一切的力量。而一种透明的阴影，兜头而下，蛛丝般细密柔韧。被网束其中的我们，隐约嗅到了使者残留在风中的气息。

死亡的使者，究竟对这个仅仅四十来岁的男人说了些什么，他如此甘愿地上路，没有一点点挣扎、反抗、迟疑。也许，他们之间已经有过不止一次对话，不止一次。在此生的路途上，使者的来临不会只是一次，想来，他以多变的形态和风格反复出现在我们的世界里。他的耳语我们听见或者未曾听见。他的眼神偶尔凌厉地一剜，附着于很多事物的表面，却被我们像抹掉尘埃一样抹去。人世间太多的晤面，漏过了我们的知觉，遁入无形。

再前溯几个小时，我和同事正去拜访一位老妇。她独居在一栋楼房的中部，小小的两居室，仿佛被悬置在半空的一艘船，搁浅了她的此生。在老人看来，此生已经太过漫长，她仿佛一个等待使者很久的人，已经走到了恐惧的背面。

今天不早，明天不晚。

这在漫长的此生中凝练而出的短句，被老人时时挂在嘴边，在一抹淡色的笑容中浮起，又沉落。看着老人灰白的头发，干净平和的表情，还未丧失力度的手势，我想象她独自坐在无数个白昼与暗夜的底部，以一个八十七岁老人的眼力洞穿孤寂的黑暗，喃喃低语。像是祈求，又仿佛宣告，更接近于对此生的简短陈述。

老人身后的窗台上，有一帧黑白照片，透露了她年轻时的样子。岁月的雕琢不算残酷。一个二十出头的少妇，三个未成年的孩子，在黑白色中定格。那时，大她三十八岁的丈夫，在给予她十年不知是苦是甜的日子后，已经被死亡的使者先行带走。贫瘠不堪的家底，让她不得不筹借七十二元置一口木棺，将丈夫体面地安葬。又六十年，她独自送走了三位老人，抚大了三个儿子，娶进了三个媳妇，带大了四个孙儿孙女，将他们送至荣耀或平凡的轨道，送至天南海北，最后将自己放进一艘悬在半空中的船，搁浅，抛锚。

这一种被动又主动的选择，在老人那里，自然有隐晦曲折不可细说的缘由。之中隐伏着生活庞大辽阔而又细密深邃的褶皱。这样一个甘愿孤独的老妇，自然与死亡的使者有过不止一次照面和浮浅的交情。白昼与晨昏，已经在她如墨色漫漶纸面的晚景中，模糊了界限。整幅整幅连绵而来的日夜里，她在狭小的两居室缓慢摸索而行，而止，而动，而静，时而如一帧凝定的墨影，镶嵌在室内昏昧的光线中。一切从简，想睡时睡一阵，想醒时醒一段，她极少将自己的身体缓慢挪下四楼几十级台阶，那是一个被衰老拉伸得无比漫长和艰难的过程。她习惯了在电视里与众生交谈，那里嬉笑怒骂、苦咸酸涩、喧闹荒寂、庄严荒诞一应俱全。而她的此生，已经尽数将这一切滋味涵盖其中，此时，心力慢慢颓败的此时，看看别人的此生，可以会意地抛送一抹微笑。

这一日午间，老人无意中从书柜里摸出一本书，在书的扉页，看到了儿子二十年前留下的一段文字：

献给母亲

在这册书里，处处都留下了您的智慧所给予的影响。

1993 年 7 月 29 日

那是一本关于书法的理论专著。这段文字，原本逃逸出了她的记忆，现在被她摸索着寻回。一字不识的母亲，曾经以一本字典为师，以一位母亲的智慧，在漫长的此生中督促年幼丧父的儿子、求学回乡的儿子、中年有成的儿子，端坐在书案前，埋下头去握紧笔管，点撇钩捺。

而此时，她身前的木质小茶几上，有几个端正的小字，用粉笔写下的：

　　早上药已吃
　　中午药已吃

就在这几个字的旁边，她用一截小小的白色粉笔头，一笔一画写下了我和同事的名字。

如果不是某种曲折的关系，我们不会闯进她近乎封闭的生活，不会了解一个八十七岁老人晚景的生态，不会端坐在她面前听她从记忆中随机拎出一个个话头，彼此间横亘着或长或短时间的沟壑。从漫长的此生中，她信手抽出的这几根线头，即使悉心接续起来，也无法搭建出一个真实生命漫长的此生。注视着近在咫尺的老人，有一些瞬间，我感觉是那么亲切。她，与我同样满头白发的姑妈，有着很多相似之处。

我的姑妈，在姑爹跳江身亡后，独自抚大了三个女儿，将她们嫁给了三个汉子，帮她们带大了三个孙子，将孙子送到了天南地北。不同的是，步入晚景的姑妈有女儿陪伴，有信徒陪伴，而不是镇日与孤独相伴。

　　老人将我们送出铁门，一直探着头看着我们消失在楼道转角处。站在楼下，天光还亮，有老人带着孙儿坐在花坛边闲聊，有年轻的妇人抱着孩子从我身前走过。一时间，生的气息如此浓烈鲜亮。不经意地抬头，却看见老人从阳台敞开的窗口探出了半个身子。我们赶紧笑着与她招手挥别，老人回应着，一再一再。

　　回过身，低下头，知道自己还在老人绵长的注视中，那是她从孤独中逸出的短暂时刻。忽然有些心酸，仿佛自己残忍地将老人丢弃在了搁浅的船上，且在那么高的高处。她那一句，今天不早，明天不晚，犹自在耳边回响。

　　在我懂事之前，我的亲外公外婆和亲爷爷奶奶就先行被使者们带走了。我未经历过至亲者撒手离去的那种悲痛。尚在的外婆，是母亲的后妈，随小舅生活，已经跨过了九十岁的门槛，却不能说生活得多么幸福。满身病痛的她，似乎一直盼望被使者慈悲地在睡梦中带走。

　　外婆的祈愿，和老人的祈愿不谋而合。似乎此生漫长得她们已经有些等不及。可还是脆韧地活着，恪守医嘱吞下一把把药丸，用嚼不动硬物的唇齿一口口抿下流质，接到远方儿孙的电话会情不自禁说，我很好，你们还好吗？

　　和我聊过天的一个老人，八十二岁，今天走了。前几天我下楼时，他还和我说过话，今天走了。在讲述两段陈年往事的间隙，老人忽然拎出这样一个话头。仿佛怕我们不信，重复了两遍。这一刻，八十二岁老人的样子，一定在她脑海里回放，这日渐衰退的大脑费力地从记忆中捕捉着相关的细节。今天不早，明天不晚。老人不知是第几次重复此句，以结束这个话题插曲。她重又回忆起当年靠缝纫养活一家大小的年轻的自己。

老人和我的姑妈、我的外婆，以漫长柔软而又曲折的此生，熟稔了死亡的使者千变万化的面貌，只待两手相握、顺理成章一刻的到来。今天不早，明天不晚。我却在这简短的句子里，不由自主想念起有些时日未见的老父老母。无比地想念。尽管每日在电话、微信里互通消息，可是这紧迫的短句，经由一个老人反复念及，仿佛使者的眼神，从深邃的时光中投来深利的一瞥。

仅一日，又有消息奔突而来。一位诗人以自己的方式完成此生，自己的方式。

据说，在高校任教的他，以哲学的方式探究诗歌，赢得不少人的钟爱。我不愿武断、浮浅地揣测一个诗人如此急切的奔赴，我总相信他与使者有过数次、无数次深切的对话，在无边的暗影与蒸腾的烟雾中，如果他抽烟的话，在足够的透彻之后，才对此生做出这主动的选择。

哲学里隐藏着探触死亡的密码，掌握这密码的人，因为部分的洞悉而比我们更轻易地逾越生死的边界。或许，在他们看来，这原本是浑然一体的必然，首尾相接的轮回。今天不早，明天不晚。在相似的开始与相似的结束之间，在开始与结束叠覆之外的路段，不过是万千变幻的我们的此生。

关于火车的不规则叙事

　　铁轨是双向的，意味着所有的旅程可以有终点，火车没有。它叹息着穿过一座座城市，坚硬的车轮碾过铁轨，发出干燥的撞响。那声响往复无止，在夜晚有着梦幻般的质感，极易刺穿一个人的梦境，像一柄从远方缓缓延伸而来的剑，带着湿润的夜气、露水的冰凉。

　　火车庞大的身躯，静止在某一处站台，似乎保持着随时奔跑向前的姿态，可它静止着，等待无数南来北往的旅客将车厢填满，他们在车厢里低语、走动、假寐、读一份报或一本书、搭讪、闲聊、上网、注视窗外或沉思、发呆、微笑、冲着手机喋喋不休、恼火地叫嚷、聚在一起打趣、哄笑……嘈杂的火车，发出一声满足的叹息，重重震颤一下，仿佛与铁轨接通感应的按钮，旅程开始。

　　只有铁轨可以赋予火车轻盈，那些由两条平行线和无数条平行线组合成的线条，呆板，单调，却赋予火车奔跑的可能和纷达的方向。

　　火车带我去往一座城市，从这个冬天开始。我将熟悉那座城市街头树木的气息，一种南方惯见的落叶乔木，熟悉阳光与灯影的轮廓，它们交替洒落在同一条街道上，熟悉一个人和未卜的未来。火车似乎与这样的未卜相宜，每一次乘坐都是不同的车厢座号，迎面或擦肩的，都是不可预期的陌生面孔。

站在预售窗口前，我等着电脑为我选定一张车票，三座或两座，靠近窗口或过道。提前一天我已拥有了那列火车上的某个座位，怦怦跳动的心先我奔它而去了，留我在原地收拾行装，细数时间。

火车带我去往那座城市。通常，我是沉默的，像一抹填进车厢的影子，或者浓缩为一双耳朵，在关闭的眼帘背后。心总是奔跑得比我迅疾，当我坐上火车，它或许已在远方的灯光树影下徘徊了。失心的我不惯与人交谈，明知道，同一时间同一火车同一车厢去往同一个地方，已是修了几世的缘分，却难以逾越身体的疆界，面对陌生我宁可无声微笑。

十来岁的时候，二十来岁的时候，甚至三十过半的时候，我不曾想过这样的日子，一次次任由火车带我奔往异乡。曾经，我安于静止在一地——命定的故乡，以为这样的生活会一直延伸下去，像春花秋月应时到来，像铺向远方的脉络清晰的铁轨。谁知，一个不经意的瞬间，单调的铁轨衍生成错综的迷阵，将生活带向一个难明的未来。我被送至火车车头，握住生硬的手柄，像花瓣一样散开的轨道呵，我痴立一刻，轻挪手柄，随身下的火车奔向命定的那一条。

北京郊外密云，一处废弃的站台，两条并行的铁轨伸进幽深的隧道。夕阳将我的影子弯折在铁轨上，仿佛传自久远的氛围如同淡金的光线，在空气中弥散。散布在四周的朋友或站或立，那一刻，遂成剪影。风掠过站台附近的树林顶端，发出清越的啸声，七个人的身影在褐红色的泥土地上波漾。有什么正随风潜入我的耳膜，那消泯多时的火车的叹息和轰响？仿佛跟随心跳的节奏而来。

震荡的能量从来需要足够时间的蕴积，只是在众人视线之外。当它以摧毁之势出现时，也许只是一个短的瞬间，一个轻渺的手势，一个看似荒诞的理由。无法诉说，当岩浆奔涌向出口，滚烫的热度早已烧融了喉管。火车正在开来，从看不见的深处远方，叹息着奔向废弃的站台。

铁轨在震荡，桌上的水杯、半开的窗、起伏的鼾声和地上的月光在震荡。夜在震荡，它被火车洞穿了脏腑，将一个旅人的疲惫和憩者的安适强行拼合，又迅疾分离。铁路旁那些放射幽光的窗口，在震荡。居住在铁路沿线的人们被迫经受了如此多的到来和离去，甚至梦中，他们会否不再为真实的离别轻易击伤。而一个醒者，会否坐在火车由远而近的轰鸣声里，突如其来，毫无缘由大放悲声，又在由近而远的轰鸣里，手势果断地抹干眼泪。仿佛一列火车的来去，只是一个梦的倒影。空气在悄悄震荡。某个屋子里，一个带内伤的瓷器会否在不断到来的轰鸣里，挺立到地老天荒？

我从未在深夜抵达陌生之地，黎明到来时火车将我顺利送达。刚刚经历过的那个夜晚，梦在震荡，像铁轨旁那棵梧桐树上的叶子，一次次被火车的叹息声摩挲，惊醒。夜晚的火车，仿佛穿行在一段中空的时间里，光线幽明交替的车厢无关过去、未来，可身后追赶而来的记忆，身前涌流而来的想象，撞击着，将梦境的疆域填满。

水湿气、铁锈气、方便面的霸道气味，交混成车厢特有的气息。一场匆促的离别，或许刚刚发生在人来人往无法驻足的车站。两个人被人群，抑或躲藏在众象之后的一只手，推拥着走向分离。忽然间，满世界只剩陌生，拥挤而荒莽。逼窄的卧铺车厢，空气闷浊，无觉的火车正飞速将两人分离，越离越远。被套里的毛毯姿态僵硬，对面铺上辗转反侧的男人，上铺安静如无物的女人，隔壁包厢里的欢语者，一股不知飘自何处的香息刺激着鼻膜，背对一切可否让一颗心获得安宁……

厢壁上不规则的光影在滑动，一条条信息逆飞奔的火车而来。翻看手机上的短信，如听一个人逆风细语，如握一只渐渐被风吹凉的手。火车震荡铁轨发出轰鸣，是否因为它装载了太多将哭泣封锁在胸口的旅人？

火车时光的飘荡和游移，恍如赤足探入水中，水漫涌而上，包容于无形。车厢里的座位分属一个旅人，无关身份、地位、财富、荣耀、喜好、容貌、性别，它们公平地分布在车厢里，遇见何样的坐者，被谁坐卧或踩踏，从无预期。每一趟旅程，都由无数的偶然与不确定构成，这些座椅大致目睹过无数次的热情搭讪或漠然相视，目睹过一个始终面容悲戚的人如何在某一瞬间露出让人错愕的笑容，或者一个姿态热切奔放的人如何在某一时刻大放悲声……在火车飞驰的路途上，现世的时光没有变速，连同充填其中的交易、牵挂、信任、欺诈、病痛、悲伤、欢喜、徘徊。火车许诺一段虚假的溢出时光，有始有终。

来自乡村头发花白的老妪，望着对座正在亲吻的年轻男女，咧开嘴让皱纹迅速爬满眼角眉梢。多数时间，她表情木然，思绪不知连接着哪个方位一处乡村的神经。她的一筐鸭蛋拥挤在干燥的谷壳里，在她脚边安静孕育。油菜花蓬勃的金黄从窗外侵入，喧腾了初春阳光的色泽，大片大片悬挂在厢壁上。老妪身旁，有着动漫式发型的男子戴上耳机，旁若无人地打开手提电脑进入网络，那是比火车更迅捷的轨道。

斜对面的父子俩偶尔交谈，似乎还没有一对路人热切，可我知道他们是父子，有着父亲和儿子间特有的眼神与气场。一对中年夫妇谈论着窗外田里的植物，他们离开乡村已经很久了，也许当年将他们带离的是一列轰鸣的火车，还未提速、车厢简陋。

车窗玻璃将人们的侧影随意拼贴在一起，穿越隧道时，借助幽暗的光线将隐匿的荒诞凸显。乡村老妪的手触摸着动漫发型男子的脸，手握棒针的城市女人一下一下仿佛在勾连老妪的领角，中年男人手中的水杯伸向身旁一个始终闭目的女子嘴边，一对素不相识的人仿佛依偎在一起，他们在火车车窗的幻影里相亲相爱。

身前身后，三个人同时对着手机说话。一个关于退货一个关于重逢一个关于前晚是否说了谎言，川味普通话闽味普通话和汉味方言互相打岔，有的声音激烈有的缠绵有的压抑。看不见的某个角落，一个女人在大声讲述她一波三折的从业经历。还有一个女人告诉同伴，她被称为"火车的人"，而她早晨在上海中午在香港晚上在台北的老公，被朋友称为"飞机的人"。咳嗽声从一个孩子喉咙里窜出，接着奔进一个老人干瘪的喉管，有人赶紧捂住嘴鼻，仿佛甲流的阴影正在车厢里借助声音飞翔。

数年前我身处人潮拥堵的车厢，身体被来自前后左右的力挟持，脚尖悬支如舞芭蕾，那时，火车的座椅下面、行李架上塞满能屈能伸的人们。他们头枕着硬绰绰的蛇皮袋，安然而眠。

火车正带他们去往异乡，命运的迷阵如四散的花瓣铺开在他们眼前。数年后他们重新坐进车厢，在一张座椅上絮絮而谈，或沉默不语。在他们身边，无数声音同时扑打在车厢壁上，反弹，弯折，回旋，缠绕，它们散发出琐细浓烈真实的人间气息，比窗外的时间更真实。而一切之下，是火车撞击铁轨的轰鸣，无休无止。

震颤

一

一些事情，似乎等它尘埃落定，我才拥有讲述的渴望和权利。当名叫汶川的那个小城发生震颤时，我坐在一辆飞驰向东的汽车上，在无知无觉中距离震心越来越远。我不知道，那一时刻，无数人正悬吊在生死一线上，大地震颤开裂，露出幽深的喉，山石、屋厦、林木、天空，这些为人熟悉的静默事物，一起发出了让人恐惧的闷哑的吼叫。一条短信飞来，问在远方的我是否平安。短信来自一个有轻微震感的地方。她说，人们纷纷从办公室飞奔而下，聚集在楼前广场上相互发出指向不明的疑问。很快，地震的消息经由网络、短信、电话散布开来，她想到了我。对于这场地震的惨烈程度，我和她还一无所知。

真相慢慢浮现，像不断显影的胶片。路途上的我，只以纤细的通讯路径与这世界保持着联系。我怀着轻松的心情抵达省城，走进火车站，窗外的天空黑寂下来，世界平静如常，感觉不到一丝震颤。震颤在几个小时后到来，那时的我躺在火车的卧铺车厢里，枕着绵延的车轮与铁轨的撞击声，一路向北。议论声在车厢里四处奔窜，主题只有一个：地震、四川、浮动的震级和内心的恐慌。一个男人用斩钉截铁的口吻说，北京今夜无眠，有传言地震可能从地底潜行而至，将在深夜抵达。接着，他换了不确定的语调：没准，火车会停在城外，无法入京。

一场地震唤醒了所有麻木的神经。

我的心开始辗转。我在牵挂远方的某地某人某事，无关地震。真的无关地震？要等到很多时日之后，我才知道，那将是一场更加切己的地震。有谁可以透见地面下积聚的力量，如何地千回、百转、涌动、奔突，人们看见的只是喷薄、撕裂、吞没、摧毁，是力量抵达地面的轰轰烈烈表象。骤然而痛快释放的那一股力，须得多少时日铺垫？如同等待一枚果实由无形到有形，由青涩到饱满。绽裂的那一刻，难道不是属于一枚果实的生命震颤？

关于这一场地震，数据在以小时计的时间坐标上，急剧攀升。天光薄亮的清晨，我站在了北京西站的出站口处，那一场在议论中悄然逼近的地震并没有在真实的时空里发生。可一种忧郁缓慢升起，不曾发生不等于永不发生。在平和的生活表象之下，在看不见的时空深处，是否有危险的震颤正在传导而来，逐渐逼近？

忽然间，汶川成了一个耳熟能详的词。电视里灰色的画面滚动播放着被粗暴翻覆的大地，被捏碎的城市，在废墟中挣扎的生命，与时间赛跑的人们……还有一串不断攀升的数字。

这些画面，超出了我三十多年生命垒叠起来的关于灾难的认知。我猝不及防，站立不稳，泪水奔涌而出，时不时地需要别开头去。同样的字眼在不同的舌尖反复滚动，可这样的谈论无济于事，如此轻飘而空洞。于是，有人挎上背包去了四川，他们觉得用自己的双手可以做点什么，让心即使痛也痛得安稳。必须承认，我不具备那样率性的勇气，想去，双脚却将我留在原地。那一阵，原本很少看电视的我，坐在北京西部一间不足六平方米的小房间里，每天盯视着屏幕，让身体滚过一阵阵的战栗，在一些时段陷入深深的恐惧和忧伤。

成都的朋友发来邮件，回复我的担心：

> 不惊险，却惊慌。身处十七层高楼，感觉身体随楼做正负十度左右的摇晃。惊慌失措，难免，平生所未经历。此前些许小震余波有感觉，哪有这般强烈？饮水机倒，墙壁脱裂，坐定，抓鼠标的手轻微抖动。窗下，街上，已是万头攒动。尽量保持平静，提醒同伴关电源后下楼。
>
> 成都毕竟不是九十公里外的汶川，一下子上万人死亡，惨烈，此地确实有慌无险。一夜照顾小孩未眠，苦，累，想想死亡生灵，平静，接受。

　　我一直信奉所有的经历都是有益于生命的，教会你痛，教会你舍，教会你忍，教会你容。一场地震的到来，除了让人们看到密集的死亡，那不可抗拒的宿命近在眼前，看到人的微渺与脆弱，甚至没有一株小草耐活，还让人们看到什么？

　　万物的轮回，都隐含着神秘的际会交融、因果勾连。一场地震的到来，断不是大自然一时兴起的手笔。实际上，地震不仅需要漫长的时间酝酿，地震的频繁程度也超出我们的想象——整个地球每年发生地震几百万次。也就是说，我们脚下看似平静的大地，其实一直没停止过震颤，只是有的强烈，有的微弱，有的暗涌在地下，有的爆裂在地表。

　　智商与情商均高于一般生物的人类，历亿万年繁衍至今，成为如此庞大的一个族群，形成了貌似均衡的分布格局，自然有其优越的基因作底，有其存在的合理理由。或许，地震是万物演进中一个必要的环节、不言而喻的揭示。在每一场地震中，有多少原本隐匿的神经被暴露出来，牵扯出无休止的疼痛。有多少眼睛被唤醒，流出了滚烫的热泪。有多少心灵在颤抖，从狭隘的争斗计较中抽离出来，看到比一切恩怨情仇更宏大的——死亡。这是再精准的系统也无法统计的。

二

两个多月后，我踏着地震的余波进入四川，同行的有著名的作家和如我一样不太著名的写作者。我们的任务是目睹灾后的四川，看它的复生，看伤口如何被缝合，并记录。

起初，所经之处毫不修饰的平静如常，让我们惊诧。这里的生活仿佛并未被一场地震中断过，人们在江边大树下下象棋，聊天，背着竹篓步履不乱地走下台阶，走进餐馆吃精致的饭菜，横跨江面的廊桥灯火依旧，两边店铺里热情的兜售牵绊着我们的脚步……人们甚至用幽默的口吻向我们这些外来者讲述那场一度被我理解成是噩梦的地震，讲述期间发生的种种略带夸张色彩的趣闻。然而，路边静静矗立有蓝色帐篷，内里空气闷热，难以驻足。可床铺井然，放置有锅碗瓢盆，临时性地装进了一个完整而微的家。还有已经镌刻在人们意识里、从地震中逃生的种种诀窍。据说，这些诀窍是地震频发国家人人必备的常识，比如日本。这个被海水环抱的岛国，不稳定的陆地构造，将樱花般易逝的宿命感通过一次次大地的震颤，波漾进了日本人的意识深处。日本国人在一次次关于地震的真实演习中，已被训练得从容不迫。他们在一场场地震的间隙，等待着宿命般震颤的到来。又在一次次致命的震颤中，看到生命的局限，学会如何去生，更好地生。这是人类自愈的本能，无关肤色，无关民族，无关国别。

我们此行的目的地，汉源。在这里，我们看到了一条还未来得及修复的街道，是那次地震中整座县城损坏最严重的地段，散裂成碎砖断瓦的房屋，暴露在天光下的倾斜的屋梁，荒寂无人的校园……与老城区隔江而望的山坡上，是一片簇新的天蓝色篷屋，那是即将交付汉源灾民的临时居住房。可是，我们听到来自民间的声音，少有人愿意住进这些方正划一的简易屋子，他们宁愿待在随时还可能发生余震的老旧屋宅里，怀着某种侥幸，某种热望。生活秩序似乎已在这座小城基本恢复，除了菜价依然波动，餐馆里重新开始人满为患。行走在灰扑扑的街道上，我敏感地嗅到，隐约地，有一种异于他处的氛围在空气里流转。

采访的第三天，午休时，手机鸣响，是一个朋友的短信，说距此不远的绵阳刚刚发生余震，入川的我是否平安？

仰躺在床的我顿生一丝惆怅，又有一丝庆幸——没有感觉，即使距离缩近再缩近，我依然对地震这个可怖之物，毫无感觉。可是，屋内的宁谧被这条短信打破，空气开始变得浑浊黏稠，而我仿佛在不断地往下沉溺。我无助地仰面躺在床上，盯住屋顶与侧面墙壁上蜿蜒的一道长长的裂纹，那是汶川地震留下的物证之一。在我的凝视下，它似乎在摇晃，不断扩大延伸，一个念头越来越清晰：如果真的有一场不可预期的余震在我脚下的土地发生，瞬间屋倒墙倾，远在异乡的我有没有机会顺利逃生，或者，我会永留在此异乡？泪水伴随这念头，顿时涌出了眼眶。我逃一般离开了房间，仿佛真的有一场地震正在发生。

随着采访的深入，我们才知道，这是一座即将被淹没在六十米水下的城。空气中那种奇怪的氛围，不仅仅是两个多月前的那场大震和无数次余震制造的，它从一年前，或者更早的时候，在人们得知不远处即将修建水库，而水库建成之时他们世代生活的这座城就要被淹没水底的时候，就开始在空气中如苔藓一样生长、蔓延。

对于汉源人，那无异一场漫长的地震。因为漫长，而逐渐地习惯，至麻木。当一种无法控制的力量凌驾而上，人们在或强烈或虚弱的反抗都无法改变之后，只能选择麻木来躲避，来自我保护。在看似没有裂纹的表面之下，其实有多少震颤正在发生，或注定会发生。

任何地震，波及的都不仅仅是位于震心的人与事。那是一张向四下纵横的网。何其残酷。我行走在汉源县城灰扑扑的空气中，于细微处真切地感知地震这一我仿佛从未真正遭遇过的事物，内心悲凉——不曾经历，不等于不会经历。

某个夜晚，我走出汉源街头狭小的网吧，紧紧抱住双臂，闷热的空气里弥漫着尘埃的味道。刚刚，通过网络我目睹了远方的一场地震，震心是一间水泥垒砌的屋子。当泥土崩裂、砖瓦倾坼，灰飞烟灭间有我熟悉的身影。

无法救援，属于每个人的生命震颤，只能由这一生命去承受。

三

我已经好多次说到短信，这忽然像神经一样介入生活方方面面的异物。它消解了空间的距离，让两处原本不相干的时间纠合在一起，成链，成锁，成劫。生活的维度被悄然改变。

手机在震颤，发出闷哑的蜂鸣声。

孩子的手在快速地按动，直到一条信息强行截断游戏的流程。手指下意识地按开，简单的几个汉字，让半懂不懂的孩子眼睛里生出了疑惑。他拿给她看，那简单的几个汉字，引爆了一场必将发生的地震……如果地震是必然，那么只是时间或迟或早，只是在等待冥冥中那根手指。

轻轻一按，瞬时引爆。越过硝烟，当我们竭力回溯，不经意的细节都成为带有预示性的蛛丝马迹，如同地震前老鼠的疯狂奔窜、蚂蚁的集体搬家、莫名涌出浊流的枯井。万物似乎比人类预先洞悉深埋在地表之下的震颤，因为它们与缓慢旋转的大地依然结为一体。而自以为高明的人类，从四肢爬行到直立行走，乃至奔跑，飞跃，翱翔在空中，在追求速度的过程中慢慢丧失了对脚下这片土地灵敏的感应，丧失了在震颤到来之前预见危险的本能。这是上天的恩赐，还是惩罚？

一瞬间，本以为坚固无比的堡垒土崩瓦解。震惊、愤怒、悲伤、疑惧、绝望，像沙石纷纷坠落，垒叠出一个木然呆立的人形。

这一场地震的余震将持续数年，直到一颗原本光滑的心在绵延的震颤中渐渐布满裂纹，恍如一个带着内伤的瓷器，挺立在时间不断冲刷的水流中。碎裂的那一刻，不过全剧铿锵的尾声。

现代生活中，短信这一异物，充当了多少次引爆手的角色？无法统计。让地震得逞的，总是那些有隙的地层、脆薄的结构、冲突之力强烈冲撞挤压的地段。内在的脆弱，引致了地震的隐伏、积聚与最终爆发。

一场地震会改变地层的构造、地表的面貌，也会改变一个人的掌纹，如同震颤深深地嵌入生命，留下抹不去的印痕。女友在结婚十多年后离婚，她目睹了原本贯穿手掌中部的笔直的情感线，如何慢慢撕裂成两根似连非连的线条，新现的线头一个微微抬起，与另一个擦肩而过，整个演变过程如同梦幻，却与现实中的撕裂一般无二。

她将此事讲述给很多人听，有人惊讶地咧开嘴，有人断然地摇头否定，有人抛出怀疑的目光，有人振振有词：人的指纹从出生到死亡，终生不变，因而成为抓获罪犯的重要物证……真实地目见，才会相信。我们以为可以相信的，只有我们的眼睛，而非虚幻的心灵。可有多少隐秘之事，正在我们看不见的地方悄然发生，直到被一场震颤暴露在地表，又或者永远深埋不现？

从这种意义上，地震将我们带到一些真相面前，用撕裂的方式呈现，用倾覆的方式重建，尽管残忍，却让我们不再被蒙蔽，看到自身被埋藏的力量，看到从废墟中艰难站立起来的蒙灰的尊严。

四

火车不断撞击铁轨，发出节律不均匀的喘息。母亲从一上车就躺倒在铺位上，她说铁轨声仿佛在生硬地敲击她的大脑，让她感到一阵阵头晕。曾出差成都、北京、深圳的母亲，坐在拥挤的火车车厢里一熬十多个小时，却在第一次睡上卧铺时晕了火车。

次日双脚踏在苏州土地上的母亲，依然感觉大地在持续不断地摇晃，隐约有铁轨撞击声回响在耳边。她感叹：年岁不饶人。距离母亲的那声感叹，已经十多年过去。如今年过六十岁的母亲依然会快速迈动双腿，没几步就将我甩在身后，上街买了重物总不忍要我提，非得我从她手中抢夺过来，在异地一天没有电话就会疑心我是不是生了病。母亲的心痴，在我目及的范围之内，无人可比。这心痴，却又让我不忍，怕她担心怕她挂念怕她听闻一事就一夜难以安睡。我们以自己的方式疼惜着彼此，却从未向对方诉说过。

那一日，母亲送我离开。但凡我独自出门，母亲总是执意送我到车站，直看到车驶离才转身离去。我透过玻璃窗看着母亲，冲她露出微笑。脆薄的冬阳越过车身落在她的脸上。她生来卷曲的头发，因为染成黑色，异常黝黑地蓬松在头上，被阳光微微映亮。看起来，母亲比实际年龄年轻很多。但我知道那头发虽然密而浓，却在迈过五十多岁的坎后，一天比一天白得匆促。

车起步离开，母亲也转身离去，走出我的视线。我倚靠在椅背上准备闭目养神，漫长的旅程我多半是这么度过的，在紧闭的眼帘背后睁开自己的眼睛。车身震颤一下，我睁开眼，在车站拐角处看到了母亲，她站在那里，正低头查看手机。可能眼神不好，光线也不济，她将头埋下去，她的头发映衬着微微有些发福的身体，真是蓬勃。

每次车开动后，我都会发条短信给母亲，让她安心。母亲的样子，让我的心一下子揪成一团，仿佛被一只手狠狠地拎起。我回过头，看着母亲滑出视线。车前座的椅背上搭的一方白枕巾，有些歪斜，上面布满含混不明的秽色。我盯视良久，掏出手机。

老妈放心。犹豫一下，我接着按出：爱你！

记忆中，从没对母亲说过这样的话，她的含蓄、不善表达，延续在我的血脉里。我将手机握在手里，白枕巾在眼前斜斜地颤动。很快，手机震动起来，伴随着蜂鸣，是母亲的短信，按开来：好，我更爱你。

一时间，再忍不住，泪水奔流。

后来，当我在火车上，用短信向爱人复述这一幕，再一次没有忍住，泪水漫漶而下。火车刚刚到达一个车站，乘客不多的车厢里骚动起来，一直躺卧在对座的女孩抬起头，眼神懵懂地问我："大姐，到哪了？"

我不得不抬起头来，将一张满是泪水的脸呈现在陌生女孩面前。我摇摇头，不觉难堪，不觉艰难。也许，她会向亲朋描述这一幕，一个在火车上莫名流泪的女人。

母亲的这条短信，一直存在手机里，至今不舍删去。有谁知道，当我经历生命中一场地震，在震颤中备受煎熬时，母亲承受了多少苦痛。那时的我，纠结在自己的苦痛中，无力地泅渡，只希望她看到我的坚强，我的决绝，我的义无反顾，而不去看她的忧虑，她的辗转，她的欲言又止。我努力屏蔽了我的泪水，在她面前。

也是经历了那段艰难，我才懂得永远可以包容我的任性、我的尖锐、我的自私、我的所有所有缺点与局限的，一定是母亲，将我带来这世上的母亲。

五

火车联通着我的牵挂，每隔一段时间，我就会随着火车的震颤抵达牵挂的另一端。这是我的选择。某一年夏末，我将自己悬空，让过去的生活呈现断裂的形态，像一根线头偏离轨道，然后伸向不甚明晰的未来。

一个人的一生中，会经历多少次微震、小震、中震？大概并不比我们脚下的地球承受得少：一个合眼缘的物，一份合心缘的情，一句带刺钩的话，一撇意味复杂的眼神，一段让人凝神的音乐，一抹令人惊艳的色彩，一腔无法排遣的情绪，一次出乎意料的坠落，一个侵害信任的谎言，一次不公正的待遇……还有那些足以颠覆生活既有面貌和走向的大震颤，犹如震级在八级以上的强震：粗暴俘掠生命的疾病，至亲之人的提前走失，戕戮尊严的被侮辱与被损害，兜头而至的天灾与人祸……没有例外，震心都将是我们"怦怦"跳动的心脏。

也许，我们会在频繁的震颤中陷入麻木，也可能在忍无可忍中歇斯底里地爆发。更多的时候，我们选择像脚下的土地一样，将之闭锁在身体的疆域之内，用沉默的力量和并不坚韧的心壁去含化。

在云南，我看过因为地震而从地球的极低处翻覆至极高处的贝壳化石，原本属于海洋的事物跑上了高原，成了高原风景的一部分。我站立在它们面前，无从想象它们从时光的哪一道裂缝漫溯而来。它们像天生就镶嵌在那里，平静、安详。

源自时光深处的所有震颤，都恍如置于涌动不息的河流中，柔软的汁水抱拥而上，淹没了一切或粗或细、或深或浅的裂纹。而一些事情，径自沉落在河流的底部，成为扶摇的水草，长满青苔的树干、卵石，逐渐拥有了难以抓握的滑腻表面……

深夜·急诊室·疼痛

窗玻璃上映出虚的影像。双臂团在胸前，往上，模糊而疲惫的脸容。没法不疲惫，凌晨两点，在色调冰冷的急诊室。

身后的病床上，躺着高烧刚退的儿子，已经睡熟，鼻翼轻微地翕张。小小的身体，松弛地摊开来，不再是吓人的四十度。

靠门病床上的老人静了，仰着一张寡白的脸，眉头蹙紧。一个多小时里，她不停地发出让人皮肤发紧的干呕声。她的老伴，一个清瘦的男人，一次又一次端起空空的盂钵，一次又一次叫来护士。医生来了，看看喉，拿拿脉，开了张处方，又一小瓶深色的药水挂在了输液架上。两大一小，两白一红，椭圆的果实一样悬挂在那儿，分泌出让老人逐渐安静的液体。

一长溜诊室，一长溜透明玻璃窗，相同的布局，相同的尺寸，相同的白炽灯光，相同的明暗折光，都浸泡在凌晨两点灰白色的时光之汁中。白日里的艳丽纷杂，消退殆尽。

隔壁诊室里站着、坐着、躺着的人，他们脸上痛楚、忧急、微笑或呆滞的表情，像匀速滴落的淡色水珠般清晰透明。只是声音过滤掉了，看起来，仿佛景深很长的默片。

半小时前，披着玉米穗烫发的女孩，倚在男友的胳臂上走进隔壁诊室，精致的五官被疼痛驱役得走了形。男友一路咋咋呼呼，神色激动地与护士争执，胳臂上下挥动。此时，两人静了。一个睡在白被单下，手搁在肚腹上，药水缓缓滴入。一个将头靠枕在床栏上，身子侧蜷起来。两人将小床占满。静谧中，似乎听得见鼾声在肆意奔窜。

旁边床上挤坐了四五个人，在交谈，显见得正担心另一张床上的男子。男子是一点多送来的，呼啦啦一大群人。最顶头的急救间喧闹了一阵，现在静了。药水输上去，男子如潮一般的呻唤散成了省略号。无法猜测男子的身份，太多的可能性。也未想过追问，就像从半腰处开始看一幕话剧，来龙去脉不需要像新闻报道那么清晰准确。有时候，精准比模糊更无趣。这一定律，关乎生活和艺术的美学。

在时空的宇宙，人如一粒微渺的沙，被风吹拂着，辗转在各自的命途。每个人的身后，都有漫长的来路和纷繁的故事。此前，他们和我，毫无关联，仅仅在某年某月某日深夜的某一时段，我们交集于同一所医院的急诊室，目睹和见证了彼此的伤与痛、忧与欣、平庸与无措。也只一瞬。

医院，是收容人类疼痛与无助、平庸与无措时刻的巨大库房。在这里，柔软的药水、微小的药粒支撑起人们倍感疲弱的身心。疼痛并无措的时刻，身体和心魂变得脆弱无力，再没有多余的体力与精力支付给虚荣、邪恶、欲望。简简单单的疼痛，便可让人松开手，放弃许多，看清许多，比如生命自身的珍贵。一次关涉生命的病痛，往往成为一次灵魂的洗浴。

一旦疼痛的魔咒解除，人们逃也似的离开医院，汇入涌动的人潮车流。高浓度的痛苦、惊慌、恐惧、无助、绝望……在疾速的步履间，被人们抛在身后。人们也许在某个街角匆匆相遇、重逢，却未必还认得出彼此。在远离疼痛的时刻，人们衣裳齐整、双目前视、健步如飞、神思缜密、自信满溢，手里揣牢可以打开家门和办公室的钥匙、可以直达每一个朋友耳际的电话号码、钱夹里或存折上的钞票、无形和有形的权力、确定的不会随意漂移的地位……举手投足间，仿佛将命运牢牢攥在掌心。其实，是被命运牢牢攥在掌心。也许，疼痛的因由已像蚂蟥一样，在某些不经意的时刻，攀附在了生命的表皮之上。

凌晨，急诊室。一个个疼痛的躯体，带着一颗疲惫慌乱的心，蹑足走在孤悬空中的钢丝绳上。成分不同的药水悬挂在更高处，经由一根根或纤细或粗硕的管道进入不同的躯体，让活跃在那里的病菌安卧下来，昏迷或沉睡。让肌体的平衡，重新到来。

此时，透过两层玻璃窗，望得见最顶头的急救间。灯光空洞地照着，无人。氧气瓶、推床和许多叫不上名的仪器，在灯下静默呈现。时间，仿佛凝滞。另外一些时刻，它们环绕在一个生命的周围，在步调一致的节奏中构成一个整体，一种呼唤，一程竭尽全力的挽留和拯救。

这样的时刻，让人感到，生命的存在与延续本身便是一种幸福。哪怕在这一过程中，你的焦虑、烦恼、软弱、痛苦、绝望会不断递增，只要生命还在延续，无奈承受的你还是感到幸福。那个生命，暗藏有你的生命密码，某种必然的牵系，他笑、他哭、他疼，他徘徊在生死关头的每一次挣扎、每一下呼吸，都将牵动你的神经，成为你感受的一部分。

走廊里，一个四岁模样的孩子偎在一个女人怀里。女人的手，一下一下抚摩着孩子的额头，孩子嘴里嘟嘟囔囔，似睡非睡。女人的身影，与两小时前的我，重叠在一起。相比于两个多小时前、将手搁在孩子额头上惊跳起来的女人，现在的我已是个无比轻松而幸福的母亲。

那些躺在病床上的人，他或她，都必然是谁的孩子。他们的疼痛，会引发另一些人的疼痛。而更多的人，此时拥裹在温暖的被褥中，正享受着他们不知觉的幸福。那是深夜徘徊在急诊室里的我，清晰望见的幸福。

只有在不可企及的时刻，幸福的具体形态才会清晰浮现。

天井幽暗。芭蕉叶在风中的轮廓，比夜幕更深沉。想起一位哲人的话：这世间的痛苦不多也不少。于我，这世间的幸福不多也不少。仰头望向清寒的夜空,将手伸入夜风中,默然任之抚触……

闪灯。呼啸。杂沓的脚步。惊破夜的静谧。

一辆急救车停在急诊室门外。一群人簇拥着一辆推车奔跑进来。一位老人平躺在车上。

推车在水泥地面上碾出一长串辚辚声。那是车轮划破时间表皮发出的声响。只有在夜里,万声俱寂之时,这声响才被听见。白天,万物摩擦过时间的表皮,顷刻被天地间层叠的声响覆盖。医生、护士奔跑出来,一群亲人被拦在门外。他们的脚步不得不停下来,目光却在延伸,似乎要穿透厚厚的门扉直抵老人。

我返回诊室。透过玻璃窗,看得见急救间的情景。一群医生、护士忙乱着。很快,淡蓝色布帘拉严了。孩子睡得正熟,手臂和额头凉沁沁的。可我的心,蓦然沉重起来。

再回过头时,布帘敞开来,急救间已空无一人。心,悠晃一下,倏地抽紧。定一定神。急救床上,白色床单覆盖的一端,露出些微花白的头发。灯光如雪,静静照着。寂静,似天似地。

一个中年男人走进急救室。他在床前坐下,一方背影长时间端凝不动……再看时,换了个孩子,背影单薄。他不时抬起手来,肩背微颤。一定有咸涩的液体正从他的身体里分泌出来。这种疼痛,世间任何的药水也难以安抚。

即使没有血缘的牵系,这种疼痛也会唤起另一些人的疼痛。那是人类共有的疼痛。

三个女人带着几大包东西来了。她们将白色床单揭开，老人挺直的身体显露出来。尘世的温度，正在那里缓慢而迅疾地撤离。三个女人围在床边，开始为老人擦洗身子，更换衣物。白衬衣、老式军衣、军裤、白袜子、白底黑面布鞋……女人们不时地用手背擦拭眼睛，相互说着话，递接毛巾、衣物……过程漫长。关于这位陌生的老人，有一些谜底在次第闪现，模糊，却有着清晰的躲不开的靶心——人类的宿命——必然的分离，必然的丧失，必然的疼痛。

远远望着，我的心似在广漠的天宇上，飘摇。不远处，熟悉的家里，睡着我的老父老母。年过六旬的他们，不会知道，我，他们的孩子，此刻正目睹人世间平凡至极的一幕，因为还不曾亲历，蓦然间眼眶泛起了潮热，手足坠入冰凉。

我不可遏止地想念他们，想念他们臃厚的怀、多皱的手，和一些业已远去的、闪闪烁烁的时光。

旧红

日子呈现在眼前，总是一种静态的平淡。就像一片无华的树林，阳光从叶缝间安静地筛落，一地静谧的圆融的不起眼的光斑。这样的时刻平淡无奇，仿佛生活就是无辜地流逝，甚至无须感受到流逝的痛。

只有风来的时候，满地光斑在瞬间抖动起来，闪闪烁烁，仿佛无数时光的金粒在天地间坠落，它们在与地面接触的瞬间，迅速融入地髓，化于无形。坠落持续不断，消融同样持续不断。时光突然以一种有形的方式呈现，场景绚烂而残酷。

在这样的时刻，是经不得再有咿咿呀呀的二胡，伴着京腔女声，从某个角落绵绵不绝地倾覆而来。生命的苍茫之感，随着那抑扬的女声蚀骨入心，恍如一地的光斑散落心头，明明灭灭，永无绝期。

我是一株发不出声音的植物，定坐在漫天而坠的时光之汁中，任之轻轻覆盖。我将成为明天的琥珀。我的耳边，是一阕古老而又古老的唱腔。

那是几个好年华已走到尽头的老者，他们在过剩的闲暇时光，聚到一起操琴运嗓。回回，他们端出坐台演出的架势，操琴的双目微垂，弓走弦急，运嗓的仪态万方，字正腔圆。

仅仅向前延伸十个年头，京剧还是人们耳熟能详的事物，到了我们成长的年代，不知为何就隔膜了。一直以来，京剧是长髯拂拂、一步仿佛千年的老者，走在时代越来越匆促、激越的脚步之外，我的喜恶之外。一次散步时，我与这一群老者偶遇。我从他们开始真正认识京剧。拖腔缓板间，抑扬顿挫间，竟有说不出的铿锵与苍凉，直逼心扉。

我习惯于聆听，目光无声地流转，看时光如何缓慢而坚定地，爬上一双青春白皙修长的手。它在简简单单的弓弦上峥嵘多年，斑驳的破纹与青筋，渐渐覆盖了当年的稚涩与清新；看时光如何细致地，点染一帧美丽光洁的容颜。一次次洗净浓酽的油彩，妆水斑斓，直至细褶密入肌理，再精湛的妆术也无力抹平。

舞台不再。属于他们的只是一片无华的树林，偶有清风，将他们的音韵散播得很远。声音和气韵尚在，铿锵处还是铿锵，低回处还是低回，丝丝缕缕，穿透岁月染尘的幕布，在无数个润洁的清晨，激情四溢地萦绕、缠绵。

几阕之后，他们总是相伴离去，散入人群。

树林，于是真的孤寂下来。

夏天与秋天携手的世界，空气里有种生涩的气息，像极了当年。

那时候，成熟还没有来到眼前，生活中充满了羞涩的热切情绪。比我年长数岁的表哥就要登台。他自小在少年艺校学京剧、汉剧，终于可以上得台面。那时候，京剧已不再是朝夕可闻的事物，可对于白纸一张的我来说，有种陌生的新奇。

我们一家都受到了邀请。当年的剧院，海报火红，在记忆中洋溢着久远不萎的激情。剧院门前喧闹的景象，简直激动人心。如今，环绕剧院的一大片旧屋已全然拆除。剧院在闲置多年之后改作他用，它哑声站在一座座青春挺拔的楼房中间，发散着失魂落魄的朽败气息。与当年相比，裹挟着我们的生活，也是面目全非。

各种各样的声音充斥在我们周围。舒缓的、需要沉下心来体味的事物，却纷纷泯寂。

目光稍稍回转，我看见了当年的我，端坐在台下前排，睁圆了眼，目不转睛地盯牢台上一个个着彩坠华、粉脸杏目的人影儿。登台的，都是比我稍长的一群半大孩子。可他们是那么陌生。他们华彩纷呈，炫目地在舞台上幻进幻出，热闹非凡，有着生活所不可企及的精彩。舞台一侧幕布上打出的唱词，一字未曾入耳入心，而他们嘴里慢吞吞吐出的咿咿呀呀唱词，更让我不知所云。一台热闹的京剧看下来，只留下关于色彩的灿烂记忆。隔膜的，还是一样隔膜。

有一些经历需要在远离之后，才能够看清意义。那是一次关于色彩的启蒙。羞涩的热切情绪，从那时起，在我心里悄然而疯狂地滋长。那时，我们的院子里有一片草坪，而生活里彩色的事物稀少。人们的衣饰总是逃不出蓝、灰、白、黑的拘围。口红、粉影和五光十色，渺不可及。夏天的黄昏，我们从家里搬出竹床，排在院子里纳凉。每到这时，院子里大大小小的孩子都聚到一起。我开始对女孩子才会感兴趣的事物敏感起来。我看见那些比我大的女孩，在每天洗浴后，总会扬着一张格外白嫩的脸，衬得青春的唇分外红润。而她们的手指，在伸展间涵着一层怯怯的红，一种仿佛被岁月褪去了最初张扬的红。

我敏感地注意到了，却不敢开口相问。我的母亲是一位朴素到极点的女性，那是她成长的年代，成长的经历，在她的身体里刻下的无形年轮。刚刚启蒙的我，相当羞涩，不敢泄露一点点对五光十色的艳羡。可后来，我还是忍不住好奇，在她们的指导下，偷偷尝试着刻意在每次洗浴后，用痱子粉仔细地抹匀脸和脖子，再用舌湿润双唇。用院子里随处可见的一串红花瓣捣汁，涂抹手指。这样，我的指尖也有了旧红的那一种鲜色，浅得让人不易觉察。

很多年后，我在书中读到古代女子用凤仙花染指，恍惚了一刻。不知凤仙花染过的尖尖十指，是怎样一种纯粹的鲜红。而这时，大街上开始流行猩红、玫红、亮蓝、阴紫、粉彩、透明的指甲油，和各种精巧的贴士。指甲上小小的一方乾坤，翻涌着时尚夸张的潮汐跌宕。而我，已习惯了不染铅华，干净的指尖留一抹生命本色的红。我成长的年代，成长的绝大多数经历，同样在我的身体里刻下了无形的年轮。回想起偷偷躲在镜前抹痱子粉，涂一串红的时光，恍如生命中小小的一场出轨，或是梦中。

我还住在那个小院。只是小院里再没有一片绿地，犄角旮旯里都铺上了水泥。近在咫尺，可怀旧的脚步再无法踏上实地……

就在那一年，我的指尖有了旧红鲜色的那一年，我周围的生活突然之间斑斓起来。

母亲长长地吐出一口气，长达十余年入不敷出的借债生活终于结束。在此之前，母亲每月向单位的储金会借上十元二十元，又在发工资的日子、手头宽裕的日子，还上其中的一部分。从第一回伸手借钱开始，母亲就盼着这是最后一次。可借借还还，仓促之间，就是十来年酸酸甜甜的日子。

那时，母亲和父亲的工资加起来不到七十元，每月向储金会交纳定额五元，这样才能借到数倍于它的钱，让生活过得稍显从容。为了解脱的日子早一点到来，母亲去卖过血。说起来，那时卖血还得托熟人，否则有血也无处可卖。母亲找了位血站的老朋友，三百毫升鲜红微温的血顺利地流入了冰凉的储血袋。母亲的青春仿佛随着那一袋血，撒手离她而去。走出血站的母亲，手里有了沉甸甸的三十元钱。它们连同一年后母亲和父亲突然"暴涨"的工资（突破百元）一起，实现了母亲盼望多年的解脱。

几乎与之同步，以前被紧紧束缚着的生活，谨小慎微的生活，也松了绑。许多的票证，次第消失了身影。再过几个年头，夸张的喇叭裤，夸张的大背头，夸张的波浪烫发，夸张的五颜六色就会挤满大街小巷。饭桌上，碗盏日复一日地拥挤起来，油星漂在洗碗池里，密集如星。而无论生活里添加了多少鲜色，又是如何花样翻新，母亲脸颊上青春的鲜色再没出现过，它们慢慢进入我的身体，跃上了我的脸颊。

老张女儿的故事，就发生在那一段。它是我知道的第一个"出格"的爱情故事。

母亲和许多人一样，用一种隐晦的语调，谈论老张女儿的事情。还有他们的眼神，心照不宣地从老张女儿袅娜的步态上掠过，意味无穷。这是我今天的感悟。在当年，大人们不寻常的暧昧态度，只是增加了我对老张女儿的好奇。九十年代非常流行的一个词——"性感"——回回看见，我想到的不是麦当娜，不是舒淇，不是莎朗·斯通，而是十多年前的老张女儿。她有着丰腴白嫩的脖子，她的细腰款款扭摆，她的胳臂嫩藕一样光滑细腻，更重要的是，她衣着光鲜。她从十多年前的旧时光中走出来，款款从我眼前走过，走向某一不可企及的背景深处，淡入无形……

大人们以为可以瞒住孩子的事情，是否真的可以瞒住孩子，只有天知道。午夜梦回，听见母亲的声音从相去不远的大床那儿，缥缥缈缈驾云而来：猫又叫了！听说，老张已经把女儿锁起来了。睡意惊退，果然有一声接一声柔弱而尖利的猫叫声，从窗外的黑暗中传来，从院子里传来。母亲和父亲的谈话，一字不落地进入了我的耳朵。接下来的几夜，我不动声色地躺在被窝里，心耳舒张。猫叫声如期而至。蜷缩在被窝里的我，甚至听到了猫爪抓挠潮湿墙壁的声音，和老张女儿绝望的拍门声。实际上，老张家除了猫叫，再没有其他喧声。

我听见母亲告诉父亲，每天夜里，老张都手持木棒，闷声不响地守在院墙根下，严阵以待。一墙之隔，是那个时刻准备着接应老张女儿的年轻男子。而老张身后，黑黢黢的屋子里，坐着夜不成寐时刻准备逃跑的老张女儿，她哭了闹了寻死觅活过了，现在安静下来。三个人沉默地在黑夜里僵峙，只有猫不甘寂寞。母亲在幽魂似的猫叫声中叹息：老张命苦，生了这么个不争气的女儿。

上学时，我特意拐到院墙外。在对应着老张院子的墙脚处，果然看见一片草丛低伏着紧贴在地面，草丛里隐隐约约躺着玻璃碎碴。抬起头，我看见年代久远的砖墙顶上，砌了一线的玻璃茬，龇着参差不齐的锐利棱角，看上去冰凉冰凉的。老张的女儿最终没有跑成。后来听说，墙外的男子不久犯了事二度"进宫"，成了待在高墙里苦苦煎熬的人，而墙外没有老张女儿的苦苦守候。人们都说：多亏了老张。

那时周围的人，几乎都是蹑手蹑脚地恋爱，循规蹈矩地恋爱。也许忽一日，院子里惊起噼噼啪啪的鞭炮声，这下你就知道了，谁家的女儿、谁家的儿子，已经毫不张扬地走过了热恋时光，结婚了。那时候的故事，现在说起来，都像真假莫辨的传奇。老张女儿是那个年代的一点例外。例外的老张女儿，就以色彩鲜明的形象，从蓝灰白黑的世界中浮凸出来，刻入了我的记忆。

转眼又到了多年后，我在大街上无意中遇见了老张女儿。她在那件事情发生后的第二年结了婚，我再没见她回来。她的面容还依稀有着当年的影子，可岁月覆盖的痕迹是那么触目；她的身材还没有臃肿变形，可失了旧时的那一种轻灵，举步间再没有了可人的婀娜；还有她艳丽却粗俗不堪的一身衣着，都让我惊心。

就在她的身前身后，走着无数新潮美艳，而又青春盎然的女子，她们属于眼前崭新的时代。老张女儿，就像一株灰暗衰萎蒙尘的植物，从中凸显出来。我很遗憾。再想起老张女儿的时候，我眼前出现的是这一个世俗的女人，而非记忆中真的老张女儿。

时光真是无情。当年躺在被窝里，无邪的那一双眼睛，如今也看尽了芸芸人事，再难有当年纯净的好奇与由衷的声声惊叹。

太阳从树林的东侧移到了顶部。一个上午的时光，像墙上的一页日历，被轻轻撕去。

我起身离开。

在我的身后，那一片无华的树林中，一个个清晨连着午后，一个个午后连着黄昏，一个个黄昏连着长夜，一个个长夜连着黎明。林中，有三张空空等待的石凳，还有一棵树上，不知是谁用锋利的刀刻下了"爱你一辈子"。每天，那些正在生长，也正在老去的人们在林间来去，他们的影子，被阳光清晰地影印在潮湿的泥地上。有一些声音缠结在树间，像细韧的蛛网，留了下来。或迟或早，也将散尽在风中。阳光灿烂的日子，密集的光影总是透过树叶，筛下一地静谧的圆融的不起眼的光斑，整片树林呈现一种静态的平淡。

一切的一切，正被时光轻轻覆盖……

与父亲在冬天的相遇

父亲的冬天已经来临。

在对父亲的岁月没有透彻了解之前，我已能清晰地感受到冬天的来临。曾经的血气方刚像落叶纷纷在寒风中飘零而去，父亲的双鬓无声无息染上了霜雪的冰寒。我一直觉得冬天就是这个样子——一棵棵树掉光了叶子，朔风吹卷，大地寒瑟，雪迟早落下来，永远不够绵密，过后是彻骨的寒意和泥泞。我从小怀有对冬天的隔膜与恐惧，曾经我将之归于父亲的疏离，没有人将我冻僵的手脚揣在暖意丛生的怀里。所幸，依傍长江的这座城市四季分明，冬天从来只是一年中有限的一段时光，从来不曾来得彻底。幼小的我被母亲紧紧裹在厚棉衣里，穿过一个又一个乍寒的冬天。

觉察到父亲的冬天已经来临的这一年，我也发现了冬天。我看到，冬天的阳光有着金子般纯粹的亮泽，不是每一棵树都会失去叶子，那么多的树，有些凋残但齐整地站在冬天里。阳光洒上去，每一片叶子依然是充满了好奇的眼睛。风不再寒冷刺骨，我的体温已足以感染身外的冬天。在这样的冬天，父亲早早地裹起了厚厚的大衣，父亲从一块有棱有角的石头，已经被岁月磨去了所有的棱角，裹在大衣里的父亲锋芒尽失，像一帧安详的鹅卵石静卧在生活的水底。这一年，我忽然非常渴望了解父亲的过去。我想知道冬天怎样在一个人的生命中自然而然又不可避免地到来。

父亲点燃一颗烟，然后像手中升起的烟雾一样平和地开始讲述。父亲的惊恐、辛酸、苦涩，我想也有甜蜜，任何生命都不会错过的那些体验，都已经沉淀在岁月之中。父亲讲述着曾经发生在自己生命中的那些事情，已经能够波澜不兴。

我无法做到像父亲那样。我不安分地伸长我的目光，渴望走进年仅九岁的父亲心里，辨一辨在那里恐惧与好奇孰轻孰重。我看见，九岁的父亲穿着条短裤衩，匆匆奔走在长江的堤岸上，四周枪声星星点点。就在这一天，提满了缸里的水准备赶去私塾学堂的父亲，被拦在路上——"解放军就要攻城了！"枪声在父亲的记忆中，持续了一天，也持续了一生。父亲牢牢记住了那一天的枪声。可见，有些东西可以在记忆中获得永恒。我通过父亲延续了这一记忆，但它不再属于父亲。从这个冬天开始，它成为我记忆的一部分。

幼小的父亲匆匆赶回家，怀揣对奶奶的一只妆匣的好奇，攀上了高高的柜顶。有一些东西注定会失去，像那只怎么也摸不到的妆匣，像五十年前站立在长江堤岸上的那座吊脚楼，转眼之间父亲就再也回不去的家。

在我的想象中，那座吊脚楼始终呈现着黄昏的色调，一脉斜阳，水波荡漾，轻摇着我家的吊脚楼。昏黄，似乎是怀旧的命定色调。父亲在枪声密集的那一天，眼睁睁看见一场大火卷走了吊脚楼，还有父亲的父亲辛辛苦苦积攒半生的家当。从此，在涨水时节从脚下揭起一片木板，就能提上一桶江水的日子倏忽隐去，隐入了岁月深处，不留踪迹。

那是 1949 年的夏天。那一天，长江岸边一长溜的吊脚楼尽数烧毁，而且再没有修复。可那一天，父亲说，我们这座城市解放了。父亲说：如今这座城市里修起了纪念碑的地方，就是那一天解放军流血最多的地方。父亲无视于我的动容，自顾自说下去，父亲已经成为一条进入了流淌的河，无法再停下来，除非水竭途尽。

父亲是在九岁那一年才正式走进学堂，带着长江边放纵惯了的野性驰骋在书本上。我猜想父亲不是个出类拔萃的学生。但幼年的父亲有着很投合的一群伙伴，而且这友谊一直持续到现在，温暖着父亲生命里的冬天。

放了学，几个孩子疯跑回家，一趟一趟轮流将每一家的水缸注满。那时的长江堤岸上已恢复了昔日的秩序，米行、鱼行、水果行，一家挨着一家。父亲的父亲就在他们中间摆起了小摊，简单的几式饭菜，温一温酒，是午间纷纷系船收网的渔家们的最爱。在此之前，父亲的父亲还穿巷走弄挑着担子卖过一屉一屉的糯米团，热热乎乎的一捧，裹了糖粉，糯软香甜。我想年幼的父亲一定偷过嘴，末了将手指一只只舔干净。

那是一段艰难的日子，白手起家，重新找回被大火吞噬的一切，包括最基本的生活内容。艰难是我的猜测，在父亲的讲述中只有朴素无华的事实，波澜不兴。但父亲的讲述远没有我形之于文字这般呆板、粗陋，那种讲述源于活生生的记忆，我无法将之同样鲜活地移植到我的记忆之树上，移植在纸上。

我注视着父亲略带浮肿的冬天的面容，想象浓浓大大的眉眼没有被皱纹侵蚀的时候，曾经发散着怎样的神采。十六岁，父亲挑着夯夯实实的担子奔跑在滑湿的堤坡上。我看见十六岁个子小小的父亲咬紧腮帮，汗水淋漓混沌地在父亲脸上、身上奔流，汩汩的血液在父亲年少的身体里奔流。父亲说，那时候，这很平常，十六岁上堤挑土。父亲说，我挑的从来不比那些大人们少。

回过头，我看见了十六岁的自己，坐在明亮的教室里，微蹙眉头，那么多清浅的忧郁正在内心繁衍生长。回望着十六岁的父亲和十六岁的我，我才明白人生与人生有着多么大的差异。父亲没有精力、时间留给感伤与自怜，父亲只是埋着头，一趟又一趟地挑土，那些土至今堆埋在长江岸边长长的堤坡上，混杂在很多担土里，构成了今天巍峨荆堤的雏形。

对于父亲的这些经历，我从没有投注过探询的目光，我来到这世上，与父亲的生命线开始最初清晰的交错时，父亲虽然还没有冰寒的双鬓，却有寒风的凛冽。从小怀有的对冬天的隔膜与恐惧，阻碍了我与父亲生命的融合。推迟到现在，我才看明白，我出生的那段时间，父亲即将步入他一生的谷底。

父亲从青年先进工作者、劳模，一步步走上他人生的顶峰。父亲的事业紧密地与时代嵌顿一体，有着那个年代抹拭不去的深深印痕。父亲靠着扎扎实实一步步如跋涉在雪地里的劲头，靠着顶风冒雪不畏生命中的任何霜冻，走到他生命中最辉煌的位置。父亲换过很多岗位，铸造、翻砂、电镀……一度，母亲说，父亲有着像兔子一样红红的眼睛，那是车床边迸溅的火花灼伤的。年轻的父亲干着最苦的活却从不远离快乐。那些年，父亲是让每一位师傅疼爱的弟子，扎扎实实学了几手绝活，也留下几段至今让父亲引以为自豪的佳话。

父亲离开这些岗位之后，就将几手绝活充分运用到了我家的角角落落。我记得小时候我们睡在橱柜脚下的一张大床上，父亲将橱柜高高悬挂在墙壁上，还有夏天才用的竹床，那模样十分惊险，却从未出过事。那是七十年代初，我们一家四口挤在只有十一平方米的房子里，父亲巧妙地将一件件不可能丢弃的家具安放在半空。生活在它们脚下，我的童年并未因此感到丝毫局促或恐惧。

惯于翻砂、铸造的父亲，还养过猪。那是生活的一处戏笔。父亲说：我的猪有着吃不完的南瓜、冬瓜，靠着这些我熬过了三年自然灾害时期。父亲那时是被重点培养的对象，因而被派去喂猪。那时，父亲也是个壮小伙儿，肚子的欲望，或者说生存的本能需要最终战胜身外的一切。那样的日子，需要那样的生存智慧，或者说生命的狡黠。一辈子老实巴交的父亲也不例外。父亲现在还是说：我很幸运。讲起这些的时候，父亲点燃又一颗香烟，烟雾在父亲和我之间缕缕升腾、飘散，在父亲和我远远相隔的岁月间飘散。

我懂事的时候，父亲还待在那个位置，一家国营小厂的负责人，只是位置不再坐得安稳。时光走到了八十年代，一股波涌的改革暖风已经在大都市上空吹起来。父亲以自己政治上的一贯敏感，一定感受到了那股不寻常的气息。他变得暴躁易怒，阴郁忧愤。在刚刚过去的动荡的十多个年头里，父亲吃了不少苦，父亲在一度失去之后又重新回到象征权力的位置，这个位置标示着他生命的顶峰。

父亲想不通，自己一步步吃苦耐劳、踏踏实实走过来的路，怎么走着走着就望到了尽头。那时，我即将小学毕业。很可惜，我的懂事与成长同父亲的沉落几乎平行延伸。我从那一道不断沉落的轨迹中，看到了父亲的老实、憨厚，也看到了父亲的陈旧、阴郁，和他无奈的挣扎。谁也不会轻易承认自己生命的冬天即将到来。此刻，我望着重重烟雾背后的父亲，才清晰地意识到，其实，父亲的冬天从那个时候就现出了端倪。

先前，父亲讲到自己一点一点向那个顶峰攀升的经历时，话里话外那份朴实仿佛遥远的不可触摸的传奇。可它们发生的年代并不遥远，那是六十年代，离我的出生仅仅相隔十年。在我的幼年，我还见过关于这些岁月的物证。我们家有很多的水瓶、脸盆、茶杯，还有父亲的白汗衫，上面印着鲜红色的印刷体字，我们从小知道那是荣誉的象征。这些东西总是被使用多年，历经几次搬家，直到物质不再匮乏时代的到来，它们才纷纷失去了踪影。家总是越搬越大，旧物越来越少。

世界要是决意改变起来，真是快。一部分人很快很无奈地注定被淹没，就像那些旧物，一部分人升起。父亲当然是前者，父亲从里到外都太陈旧。父亲像一只写着鲜红色印刷字体的搪瓷杯，在汹涌而来的水面上浮了浮，最终被淹没。父亲承受了被淹没过程中的所有惊惶、恐惧、痛苦、绝望，挺了过来。那时的父亲，内心深处一定有过对生命的苦苦追问，只是幼小的我看不透父亲的内心深处，我只看到父亲的脸终日被愁容、唉声叹气与烟雾笼罩。我记起来我曾经那么讨厌烟雾，甚至憎恨。

就是从那时起，我逐渐远离父亲，将父亲一个人丢弃在生命的低谷。我向母亲靠近，我与母亲的生命贴得从未有过的近，直到现在。我和父亲从此不能融合，这一定带给父亲非常钝重的痛苦，可惜我今天才知道，而父亲的冬天在我不知道的时候已乘虚而入。

父亲相当地传统，就像脚下这片很古老的平原，这片缺少起伏与变化的土地。从小到大，我一直觉得父亲将更多的爱给了他的儿子，我的哥哥，留给我的所剩无几。记得一次争执后，沮丧的父亲独自出门，留在家中的我心里突然涌起一股女儿的柔情与悔意，我跑出门拼命追赶父亲。终于在街角望见父亲时，我冲上去将手臂挽住了父亲的臂。我喘息未定，父亲却已不知所措地将臂抽了回去。你看，我的父亲就是这么一个古板而羞于表达感情的人。我的心一下子冷却。从此，我关闭了所有原本可以朝向父亲的情感之门，我以为父亲并不需要。那时候，我还远没有今天这么宽容，洞悉生活，我拒绝再向一个"不需要"我爱的人，我的父亲伸出手。就这样，我和父亲一直在错过。

我不知道父亲是在什么时候感觉到冬天的迫近。我无知无觉地长大。很多年以后，我不再害怕冬天，我有了自己的家、孩子和事业，在我还能和父母生活在一起时，我才知道父亲的注视从未间断。父亲记得许多母亲都已淡忘的关于我的细节，父亲记得。而那时，父亲不只是面容上有了冬天的迹象，父亲身体里曾喧哗着奔涌的血液也慢慢冷寂下来，父亲变得无比耐心、慈祥，令人暗暗悲伤。

此时，坐在我面前的父亲，脸颊浮肿，曾经白皙的皮肤上隐约可见老年斑的影迹。父亲如果走到街上，从来会像一粒沙尘融入时空，父亲实在太普通。我一直觉得能在无尽的时空中找到他，认他作父，是一种宿命，还有我们在这个冬天才有的这一场相聚。

我从没有这么近，这么仔细地端详过父亲。应该说岁月在一个人身上的开掘是残酷的，在父亲引以骄傲的年轻时的照片上，二十出头的父亲出差站在青岛的街头，是一个相貌堂堂的帅小伙。那时，在年轻的父亲面前，生命铺展出无限的可能性，父亲浓浓黑黑的眉眼盛满自信的笑意。

也许就是这生气勃勃的笑意感染了母亲。在拍了那张照片不久，父亲遇到了母亲。两个朴实的生命走到了一起。父亲那时真的出色，在外独当一面，回到家，连绗被子的功夫也胜过母亲。父亲一直耐心有加地呵护母亲，直到我和哥哥出生后很久，都是如此。父亲说，我们家的第一块手表，是他买给母亲的。六十年代，这还是一件让人羡慕甚至眼红的奢侈品。据说，在批准母亲入党的会议上，居然有人别有深意地提到了这块手表，一块在今天绝对不足以引起波澜的表。时代已经深深地改变了。

十多年后，领导着一个厂的父亲才有了一块属于自己的表。那时，父亲还常常用一辆破自行车驮着我们一家四口，表演杂技般，奔驰在城市还不繁华的马路上，风光无限。那时的父亲耐心而宽厚，就像今天这样，但那是父亲生命的春天。那种耐心与宽厚，有着平原在春天里的特征，有着父亲生于斯长于斯的土地在春天里的特征，自信而内敛，平和而丰茂，不带有丝毫冬天的宿命与萧索。

仅仅二十来年，春天说走就走，冬天说来就来。值得庆幸的是，我终于找回了我一度丢失的父亲，在这个温暖的冬天……

疆域

喜欢上这座城市，并不像我想象的那么迅速。从逼窄杂乱的火车站延展开去的，老城区同样逼窄杂乱的街道，甚至没有我家乡的那般舒朗。听起来有些急促硬绰的方言，也欠缺熟识的那份亲切。那些散落在城市腹地的大小湖泊，氤氲在空气中的水息，在我的家乡亦不缺乏而没有丝毫的新鲜感。但是对于我，带着先期的情感而贸然走进这座城市的异乡人，这座城市又无端地让我没有感到惶恐和不安，我如此妥帖地将自己安放进她的疆域，仿佛命定。有时候，一个人所需的疆域根本不必太大，一双手的宽度足以。牢牢牵住你的那双手。

此前，这是一座全然陌生的城市，甚至连她的方位，我都要借助地图明确。指尖沿着长江那条蓝色曲线向东，再折向南，停留。那时，我还不知道指尖走过的距离，折算成汽车和火车的行程，再折算成时间意义上的长度，具体是多少。那时的我，视一切现实的距离为零，它们早已被某种热度消融殆尽。

曾经，我写过这样一段文字，关于那些从乡村走进城市的人。"他们怀着热望走进城市，像一篷植物被连根拔起，他们也许可以像植物一样在新的土壤存活，但人毕竟不同于植物，他们有更复杂的情感诉求、心理需要和生活欲望，这注定了他们在竭力融入城市生活的过程中会有被撕裂的痛感、被掏空的空洞感、被什么追迫的焦灼感。他们在现实和欲念间的裂缝里挣扎、辗转、煎熬、泅渡，同时享受一些独属于他们的微小的欢乐、满足、幸福……"我试图在小说中去塑造他们、表达他们、理解他们，但那只是旁观，是一种来自他们疆域之外的窥度。

现在，轮到我的疆域发生撕裂性的改变。从一座城市走进另一座城市的人，会遭遇同样的艰难吗？在我的身边，或远或近，有那么多人因为种种而远离家乡，他们在异乡打拼扎下根来。只是对于我，这样的离开来得有些晚，这注定地面下的根须已不是那么轻易就可以拔出，注定疼痛会像神经网路一样蔓延。但我愿意承受，在放弃的同时去寻找属于自己的那一疆域。我不知道这样的愿意，是勇敢还是盲目。一度，我放弃评判自己，只随心走。

在南昌最初的日子，一些恍惚的瞬间，街头的某一身影仿佛家乡的旧识，时空顿时被打乱。而回到家乡，某一些瞬间，我又仿佛瞥见了南昌的某人某物。两地的影像被意识随意地叠映在一起，仿如梦境。我的疆域变得边界模糊，布满迷雾。我在熟识与陌生间徘徊，在接受与拒绝间泅渡，在欢欣与疼痛间呼吸，在坚持与放弃间，却没有过犹豫。只要那双手一直牵着我，一直。

熟识南昌的过程，呈点片状缓慢推进。

在状元桥、杏花楼和南湖围护的疆域里，我们居住过一段时间。模样老旧的居民楼，有着黑乎乎的陡起的楼梯，旁边墙面悬挂的电表箱随时会撞扑到头上肩上，灰尘蛛网杂铺其上，一侧的镂空花砖透出有限的光亮，依稀可以看见脚下的梯坎。几转几折后，用一把钥匙打开一扇门。在那套墙皮浮虚随时准备脱落的房子里，我们冒险在墙面贴上新写的书法作品，挂上用粉彩颜料和油画技法描绘的窗外图景，用白色镂空钩花桌布遮住漆面斑驳的茶几，用棉绳系住随时渴望敞开的衣柜门，将粉盏花、幸福树摆放在角落和窗台。我每天坐在早晨东斜和日落偏西的阳光中，读书，写作，恍惚发呆，昏昏欲睡。这里与我住过的房子有着截然不同的面貌，却安放了我最初的变得迷雾重重的疆域。楼下的南湖路，和与之相连的民德路、渊明路，成了迷雾中我可以自由行走和看清的现实的疆域。街道转角的菜场，散发着浓郁的俗世生活气息。不远处的一家小医院门前总站着蹲着不少人，仿佛从它有限的空间里漫溢出来，他们和公交站台的人混杂在一处。一趟趟公交车像是永远载不完那些等车的人。过状元桥，走不远是一座教堂和一座寺。它们在一条不足六米宽的小街两边安卧、对视，承载着不同的信仰和文化渊源。寺里香火不淡，教堂的信徒也不少，后者我们曾在圣诞夜去赶过热闹，被人群阻隔在楼梯上远远地观看过仪式。南湖路相对干净，也清静，绕湖的垂柳柔软了沿湖老房子的轮廓和杏花楼的翘角飞檐。湖边时有静坐钓鱼的人，细小的刁子鱼，从仿佛静止的时光中浮出水面。那时，我常常怀着局外人的心情，行走在这几条小街上。我不知道自己会在这里住多久，也许永远。一切意义未明。要等到时隔几年后，我们早已离开这里搬至他处，因为某事又常来到这一带时，亲切感总会在看见状元桥的那一刻包裹住我，仿佛我回到了一个熟识的怀抱，她给过我刻骨铭心的暖意。

然后，真正的起点是一阵风。

一个与风有关的名字，一本有风吹拂的杂志。风是我喜欢的事物，为它写过不少文字，"风可以穿越细微，覆盖辽阔"，我迷信风，盼望风可以帮我吹开迷雾。这时我现实的疆域移转到了福州路、贤士二路、南京西路一带。同样是老城区，这里的时光却仿佛比状元桥一带的流速快。

我们住进一个有些年头的院子，它闹中取静，在几幢楼房间安放了数株冒过三楼窗户的梧桐树、香樟树，还有一些低矮的灌木。院门前的小街细得仿佛一根手指，却因指尖处的一个酒吧，夜夜有喧腾的气息。入夜，酒吧门前停满汽车、摩托车，还有后车厢盖大开、里里外外塞满布娃娃的小车。人行道上通常站满男人、女人，女人有顾盼的眼神，路边常见一汪汪呕吐的脏迹。那是与院内截然不同的世界，灌满酒精、香烟的气味。踏进一门之隔的院子，显得那么静谧，从人家屋内透出的灯光，仿佛穿不透满院子的寂暗。很长时间，我将自己的疆域紧紧地收缩在家与杂志社之间。步行上下班，不过五分钟。每次经过酒吧时，它立在街角，安静得近乎肃然，让人无法想象它在夜间的另一番模样。只有被风吹拂的半挂在空中绳索上的招贴，透露了一点夜间狂欢的气息。

对于刚刚建立起的新的疆域，我还没有足够的把握。对世界的种种已知道保留怀疑的我，却宁肯相信一个个人。我知道，这是疆域得以重建的基础。

杂志社的结构小而紧凑，一位极有个性的主编和三位文字编辑、三位美编，每月完成一本开本大气、构图也大气的杂志。与我以往疆域截然不同的一点，这是一本民办杂志，意味着它的一切轨道都运行在体制外。对于已经习惯了体制内的强操控性与高稳定度的我，居然在这里感到了一种愉悦的松弛感，我不去考虑身份问题、保障问题、长远问题，仿佛那是与我无关的环节，我只是埋头完成每月分配到我手中的栏目，或写或编。其实，根本用不上埋头，这份编辑工作，在十多年高强度媒体工作磨炼的映衬下，显得轻松之极，我常常在工作时间里专注地对着电脑屏写我的小说。不知有意还是无意，主编成全了我工作时间内的写作。

个性十足、思想新锐的主编，据说曾为某事一掌击穿桌面，刚被高薪聘请到这家杂志，他与社长，与编辑部也处在磨合期。他的志向是打造一本有思想锐度的杂志，而社长的关注点不在思想，而在影响力，民办杂志靠口碑，好的口碑可以带来广告，带来市场份额，带来收益。这如同酒吧的昼与夜。不同的面貌和气息可以在酒吧实现，却无法在一本民办杂志上实现。软性广告文章，被自视为知识分子的主编和我们三位文字编辑共同排斥，这好比接受了活儿拿了薪水的驴，临上磨盘，却不肯依从雇主的规则，蒙上眼睛拉磨。我们要睁大眼睛！大睁着眼睛的主编终因无法调和的矛盾辞职。这一震荡，让我意识到自己的疆域远没有边界明晰，它仿佛一团气泡，形态无常而脆弱易碎。焦虑感渐渐超越愉悦感，开始侵蚀我的生活空间，我的心。我再无法安然于混沌未明的状态，而是不断自问：我的前路在哪里？我的疆域在哪里？

　　一个人的疆域，其实就是一颗心可以安放的地方。当心焦虑、虚空、不安，再阔大的现实疆域也形同虚设。刚刚住进属于自己的房子，在生活上安定下来，如同松去身上层层捆缚的我，却遭遇了另一种无形的捆绑。每月拿着不低的工资，坐在装修一新的杂志社办公室里，隔着窗户听美编和编辑打趣说笑，焦虑却一波一波向我袭来。写还是不写，那些充斥着夸饰、渲染之辞的软性广告文章，成了我不得不面对的难题。

　　答案在内还是在外？

　　最终，我想明白，答案还是在一双手里。这双让我冬天不再感觉寒冷彻骨的手，让寻找答案的过程艰难而不孤单，让我有勇气继续放弃并寻找下去。

走出家门，我不再向左，而是向右。拐上南京西路，穿过不时有火车轰隆从头顶掠过的天桥下……我可以坐车，也可以步行，去另一家杂志社上班。这是一家教育类杂志，有着近二十年办刊历史，在业内有着不错的口碑。而且，她有自己的教育理念、教育理想。

不赶急，也不想坐车的时候，我选择走路上班或回家。路上，我可以有几种选择，出单位向左或向右，在路口向前或过街，向右或往前，这样的路口共有四个。这一路的选择，不断分裂出不同的回家线路，而每一条线路上有不同的店铺、路景。旧书铺、快递点、师大侧门、水果店、冷饮店、小菜场、超市、修车铺、铝合金店、银行网点、邮局、服装店、早点铺、小菜馆、日用品店、图书馆后门、某单位、某某单位……有时，我会在路上带点菜。坐在电子秤后的中年女人微胖，称菜找零极快，间隙里还不忘大声叫她沉默寡言的丈夫做这做那。菜，不多的一兜，随我的步子晃荡着，仿佛时光的节拍。我看见路边的人们，在他们各自的疆域里忙碌，或闲坐聊天、打牌，或匆匆赶路。我想，他们一定对自己的疆域有足够的了解和把握，才有这份外在的笃定和安然。而那些焦虑的人，我可以从他们脸上看到自己昔日的影子。这时的我，随机地挑选着上班回家的线路，不变的是，上班迎着晨曦，下班迎着落日。在内心深处我已安然下来，我对这座城市的了解正在缓慢而有序地铺展，尽管那时的我还不知道自己的疆域还会发生改变，快得我只来得及眨眨眼睛。

那年夏末，我回家乡探望父母，哥哥看见我的第一句话，带了调侃，"你的脚怎么像穿了比基尼？"我不知道为什么他第一眼注意到这一细节，连我也不曾注意的细节。我仔细盯着双脚看，穿着拖鞋的脚，果真像穿了微型的比基尼，白处黑纹分明。我知道这是每天迎着太阳来去留下的印痕，是我穿行在洪都北大道、文教路、南京西路一带的影迹。也许，在哥哥的话里含有对我的几分心疼，他总对妹妹去了那么一座不熟悉的城市存有几分担心，可是如同父母渴望给我所有的保护一样，他们也终将了解，我已是一个独立的个体，我有自己的选择，也必须独自去承受这选择的重量。至亲的亲人们，各自的疆域有深深的交集，但终会溢出，或早或晚，我们无法涵盖彼此的一生，谁也不能。

然而，正是这溢出，让我知道至亲的不可替代，他们是上天默许与你的生命纠缠一处的人，分离势必带来疼痛。世间的分离都会带来疼痛，而疼痛的烈度，取决于你们疆域曾经交集的程度。我时常庆幸自己来到了南昌，这座城市以一种不浓烈亦不冷冽的热度接纳了我，或者说让我感到了被接纳，让至亲们对我的担心得以下落，落在我仿佛穿了比基尼却依然可以灵活迈动的双脚上，而不是虚浮在半空。

偶尔，我还会与原来那家民办杂志的主编在网上联系，问问他的近况；或者他接了新的杂志，不忘电话向我索稿。也偶尔，我们没有预见地在南昌某个地方遇见，会停住脚步简单问答两句。他一直想办一本很牛的杂志，这理想在当下却是不那么容易实现，众多的杂志都在向着市场俯首，于是他辞职，又再因为名气而受聘。他一直不肯妥协地依从着他认定的生活方式。他是一个对自己的疆域十分明确，也不打算有任何退守的人。在他固执的行为方式中，有我难以企及却愿意去祝福的部分。

而那家杂志的美编，八零后女孩何，在我离开两年后，还是会在节假日发送祝福短信给我，我知道自己还存在她的通讯录上，如同她也保留在我的上。我们后来一直没见过面，但偶尔我会翻出最后一次聚餐的照片，看看她和那些昔日同事的笑容，想想一起度过的、那些被说笑声填满的时光。

分离是生命的常态。除了至亲，来到南昌，我不得不分离的还有家乡的好友们。我们一起经历过沉溺的职业状态，经历过挫折的低谷期，经历过亢奋的变革期，经历过旁若无人的疯癫痴狂，经历过不愿示人的脆弱无助，经历过年轻人会经历的所有，才跨进三十岁的门槛。继我离开家乡，娟也因故离开，还有谁与谁也处在离开的计划中。我们还在寻找各自的疆域，即使不是重新出发，也在修改、涂抹、颠覆、规划中。这世上有笃定的人生，就有彷徨的人生；有清澈的人生，就有混浊的人生；有暖调的人生，就有灰调的人生；有成功的人生，就有失败的人生……就这么简单。

在南昌的日子，我一再翻找出与她们在一起的旧时光，品咂，回味。我不知道身处异乡的娟，是否也会这样。距离其实不能改变什么，它什么也改变不了，该淡的自会淡去，该浓的依然浓烈。

在我的家乡有一条江，长江。她由西向东穿过城市。她是我自小习见的事物之一，承载过我的少年淡淡愁滋味，也承载过我青年的无言眺望。

南昌也有一条江，赣江。她由南而北将这座城市剖为两半，老城区密集，新城区舒朗。

随着单位的整体搬迁，杂志社从江东搬到了江西。我也随之跨过赣江，进一步拓展对这座城市的了解。

赣江南大道、凤凰北大道、英雄大桥、沿江路、阳明路……单位的2号线班车每天早晚沿赣江来去，将我们一一接送。转眼，我成了一幢高楼内千余名员工中的一员。可是，和楼中很多人的身份一样，我们在"正式"一词之外。身在体制之内时，根本不必去考虑身份问题，而对于身份保留在体制内、谋职在体制外的我，这却是无法回避的现实。尤其是身边很多人因为这身份的差异，又因与我同样尴尬的身份而向我倾诉内心的担忧和不满时，这个问题就像一枚楔子，越来越深地砌入我的意识。所幸，我已逐渐融入杂志编辑部的氛围，在这个个性纷呈的团体里，得以保留本我的形态，而须弯折。

每天有五辆班车，沿不同线路，将居住在这座城市不同部位的人，接送到离摩天轮不远的这座二十九层高楼下。我们分散到楼层的不同匣子里。楼前的大道，有着逾三十米的宽度。楼内的办公条件比原来提升了不止一倍，束缚性也增加了不止一倍。在老城区和新城区横跨的四座大桥，并没有让两岸的来去变得像理想中那么轻易。一天四次机械的打卡制度，让大多数员工只能早出晚归，一整天被困守在方正的盒子里。班车上，每天有爱说话的人滔滔不绝，仿佛他们被钳锢了一天的喉舌，这才得以舒展。关于某校的围堵上访事件，关于某项教育新策，关于食堂不能让人满意的伙食……我通常靠坐在向江的窗边，望着江景。赣江没有长江辽阔，却有着美丽的晨景与暮色。春天的江水丰腴，秋天枯瘦，江边的挖沙船、裸露出的沙滩、游泳的人，映衬着晨曦或落日。落日璨红的一团，悬挂在高耸的楼宇间，有种恒定、辽阔而欣欣向荣的气象。在经历一整天的禁锢之后，这景象多少给人安慰。路灯，常常在不经意的某一刻亮起，透过树叶洒下斑驳光影。有时，我会靠着车窗，在堵车的漫长时光中，在一丛丛涌来又淌去的光影中，慢慢盹着，像睡在一个让我安心的怀抱，带着疲累之后的舒懒。

人是那么容易去习惯一种生活，并在其中被慢慢影响、改变。那个从班车车窗后面眺望这座城市早晨与暮景的人，以为这样的日子，也会如不断流的江水一样，一直地流淌下去，就像生活本身。

一天清晨，赶班车的我看见素常清朗的院子里，站了一些人，他们的身影和目光绕成一个半圆形，圆心是一棵高大的梧桐树。我正疑惑，瞥见了直通通悬在树下的一条人影。只停留了两秒钟，我就迅速逃离。在确信走到了足以承受这一幕冲击的安全距离之外，我才停下脚步，回头再次眺望那抹影子。白地花朵睡衣从人群的缝隙处依稀可见。门前小店的女人如我一样，只敢远远地观望。傍晚时，我回到院子，已是素常景象。我紧紧望着那一排梧桐树，想不清具体是哪一棵，只觉得每一棵都可疑。我远远地绕开它们，目光不敢斜视地匆匆而过。此后很长一段时间，我都不愿靠近那排梧桐树。从报上的新闻，我知道那是个刚二十出头的未婚女子，并不住在院内。她为何将自己最后的疆域强行定格在这个院子，这棵梧桐树下，新闻没有解释。她所经历的最后的苦痛，也无人可以了解。

仅仅半年、一年之后，曾经惊心的一幕彻底虚化在如常的院景深处，连背景都算不上了，它只是一些人记忆中模糊的一团。不知从何时起，我又可以如常地经过那一排梧桐树，仿佛树下从没发生过什么异常。

这一年深冬，我又一次迎来了改变，让我欢喜的改变。这时的我已经熟悉了这座城市的许多点片状区域，它们分布在江西和江东，它们勾勒出我过去数年的生活，也注释着我在这座城市的印迹。那双牵着我的手，我也已经熟悉了它的每一涡纹、每一骨节，并习惯了与它相握的手感。

我算不得勇敢的人，只是在一个路口随心选择了向左，而非向前。我已经无法去设想如果向前，今时的我会在何地，有着何般模样，我只知道我抵达了这里，在一座叫南昌的城市，慢慢熟悉她的一年四季，她的方言口音，她的饮食口味，在这里慢慢寻找和重建我的疆域。

有时候，我会有些迷茫，疑惑自己为什么停留在这座到处看得见香樟树的城市。很快，我就发现，原来在我的家乡也有很多香樟树。甚至有的时候，我会将她与我的家乡混为一谈，她们在我的意识里完美地重合在一起。

但，必须承认，喜欢上这座城市，真的没有我想象的那么迅速。

深埋

时间，如透明的沙尘漫天而坠。世间所有的物事，无不被细如尘埃又广至无垠的它，缓缓覆盖成为历史。时间呈现的，远远渺于它所深埋的。

一镢下去，糯软的泥土似萎败的花瓣翻卷。一下一下，板结的土地绽开团团垒垒的幽暗之花，叠覆，堆挤。地面陷下去，隐秘的历史从花蕊深处浮上来。

柔软中的一点坚硬，也许是陶罐、陶盆、陶瓮，破碎的、潮湿的、阴郁的、尖利的。刃口在泥土包裹中，隐藏锋利。花纹在泥土叠覆中，暗匿斑斓。从泥土中来，回到泥土中去，丢掉所有的雕饰、繁复。似乎，长途跋涉而来的一路上，它在不断逃离复杂，归向单一——承负的，统统倾倒而出。附加的，统统剥离干净。曾经，与之紧密相连的日常生活，一只手，一瞥眼神，一带飘飞的裙裾，一声梦呓，一个杂色的瞬间，一段缠绵悱恻的故事，统统沉溺到不可知处，仅靠湍飞的想象，再无法复原。

从时间枝头凋落的花瓣，何以复生。

去年冬天，一口干涸的古井在一处建筑工地被挖掘出来。一千多年前，它噙着幽莹、寒澈之水，滋润过无数唇喉。在它的四周，水波一样漾开，一些建于北宋年间的古民居旧址，被层层湮埋的街衢，古河道奔流的痕迹。方正的井台、地基、灶台，蜿蜒的河道、沟渠、树根，如抽象又具体的谜面，在眼前铺展。横平竖直，经经纬纬，古城旧时容颜水汽氤氲，轮廓依稀。

原来，它们一直在这座城市的皮肤之下，按照原初的方向潜行。

那一年，朋友将自己锁闭在坚硬的沉默中。

她铁了心和前夫离婚，因为另外一个女人的出现。她搬回父母家，拒绝回答一切疑问，谁也不肯面对。生活像窗外的冰挂，悬挂在那儿，枯涩的枝头，冷凝不动。看起来晶莹剔透，实际不可触碰。那股惊凉，长驱直入。

朋友将心紧紧蜷缩，任身体一味冰寒。可腹中的胎儿，一刻不肯停止生长，扬花，吐穗，灌浆，结实，垂落，即使土地排斥，摇晃，倾斜，不停地在忧伤中流失，变得贫瘠。那是凝滞中唯一滋生蠕动的根茎，钻掘开板硬的泥层，偏要在阳光下探出头来。

经历了整整一个冬天，孩子生出来，躺在她的臂弯里哇哇地哭个不停。朋友长久地盯视着她。一个皮肤皱巴巴的粉红色婴儿。她噘起柔软的小嘴，冲着空气哇哇个不停，那是一个婴儿的呼唤方式。

朋友一动不动，沉默半晌，掀起衣襟，将乳头塞进小嘴。柔软的嘴唇包裹住胀痛的乳头。寂静中，吮吸之声清晰可闻。

一度深埋的，怨恨、自怜、抑郁、绝望流动起来。一个暗色的角落缓缓敞开。

去看望一位同事。

他躺在病床上，原本瘦小的身体在白色被单下，更显瘦小。麻药散尽后，疼痛飓风一样在他的身体中肆虐、扫荡。他强打精神与我们寒暄，吃力的模样，让人连多停留一刻也不忍。

自肋骨下多了一道长长的伤口，纵贯腹部。他对真相还一无所知。医生以胃溃疡的名义让他，一个平时脚步生风、生龙活虎的人，躺到了手术台上。一道切片，化验是癌。换一个地方，一道切片，化验是癌……整个胃，成为一个锈死的零件搁置在那儿。锈斑蔓延到了他处。在皮肤和骨骼搭建起的内部，身体的隐秘宫殿里，早已入住了一群蛮横无理的入侵者，它们在那里举行狂欢的盛宴，将鲜活的生命当作佳肴品啜。

作为自己身体的主人，我们究竟对它了解多少？有多少疾病的征兆正在身体之中潜伏、行进，有多少细胞正在秘密谋划策反，有多少危机将在不远的未来与我们握手？如此的变故，是生命的意外还是常态？疑虑的波涛奔袭而来。

原来，一直以为被我们主宰的身体，是一处真正未知的旷野，充满了莫测的变数。我们如同被蒙上了双眼双耳的进入者，只有在疾病已膨胀至眼前、疼痛像土屑一样倾倒下来时，我们才猛然感觉到它、意识到它，惊惧于它砸在身上的硬邦邦的痛感，却迟迟不肯相信。对身体抱有的脆弱自负，对终点的本能拒绝，都在向后拖拽我们。可身体依然向前，抛下我们，脚不停步地向着终点归去。

最终。身体将痛苦的我们埋葬。泥土将疼痛的身体埋葬。

每天，同一时刻，他都出现在那里。

绕着图书馆一楼大厅的方形空间，从一个角落走向另一个角落，循环往复。脚步迟滞，仿佛一个被操纵的木偶。线的那一头，是一个只属于他的上帝。

他的表情始终木然，拄一根拐杖。眼睛睁着，却仿佛什么也不曾进入视线，除了脚下不停延伸的线条。将方形的四边连缀，就是一道没有尽头的射线。走着走着，他会在某一时刻——一个同样固定的时刻，自动脱离射线的轨道，消失在门外的虚白之中。将一个异常空洞的大厅，留在原地。

可是，只要想见到他，只需在固定的时间来到这一固定的地点，就一定能见到。

那时，上初中的我，只听说他是位退休教师，原本好端端的一个人，"文革"没结束就变成了这样。具体的遭际，我不清楚。

在我的身边，都是脚步匆匆、笑容生动的入世者。他是个例外。好像活在只有他一个人的世界里，温和地，寂静地，影子似的。那个世界里有怎样的景象，有没有痛苦、欢喜、忧愤、欣悦、悲伤、幸福，无人进入，也就无从知道。

在曾经的某一时间站点，他亲手将自己埋进那个不为人知的世界。再不肯出来。

说还是不说？这是个问题。

一墙之隔，是躺在病床上的女儿。苍白瘦削的脸，插着针头的手臂。墙外，是两个徘徊来去的身影，两张愁苦多皱的脸。墙壁，十五厘米的厚度，阻隔着一个埋藏十五年的秘密。十五年来，它在地下兀自发酵。一旦开启，滋味不是醇香是苦涩。

父亲、母亲的定义，简单得连三岁孩子都懂。可有一种父母，没有赋予过子女生命，因为命运擅自剥夺了这一权利。但他们，和其他为人父母者一样，用手心的掌纹触摸过儿女的每一细微改变，用绵密的目光抚摩过儿女的每一丝表情，用内心的怜惜感受过儿女的冷暖伤痛，他们由衷地将自己的生命与儿女的交互一体。在儿女的成长中，他们同速老去——那是时光的两个方向，像一对背向而驰的箭头。

他和她，就是这样一对父母。

女儿是十五年前抱养的，从遥远的外省某城。原以为将这个秘密细细包裹，沉沉掩埋，割断与过去有关的一切线索，就画上了一个完整的句号。可十五年后，女儿被查出患上白血病，句号蓦然间多出一截尾巴，成了逗号。骨髓配型，他们没有资格；输血验血，他们没有资格。拯救女儿的生命，他们丧失了排在第一位的权利。

成为"逗号"的秘密，清楚地展示在医生开出的化验单上。此刻，嚼在他们的唇齿间，在一墙之外，久久无法出口。

他们无法预知，当一个秘密穿透十五年的岁月，携带呼啸之力砸向女儿，她浑然无觉的幼小心灵，那开在大地上一束小小的矢车菊，会不会花衣迸散？

生命因为敞开，而拥有了交流、信任与互爱。又因为有所封闭，而完整、真实、斑斓、丰富。

若是将一个人的内心世界摊晒在阳光下，纤毫毕现。琐细的、幽深的、隐讳的，注定也是颠覆的。既有的稳定被打破，秩序条分缕析，咣当——咣当——引发一连串的破碎声，在外部，在内里。

每个人的内心都埋藏着秘密，疏疏密密，大大小小，深深浅浅。它的安全在于，有柔软但坚忍的心壁、忠实顺从的嘴、警惕在场的意志层层设防，为之守护。秘密似一把锁，握在所有者手中，也环套在他的心上。这把锁，可以开启一扇门，也可以永远锁闭一扇门。主人或奴隶，是一个拥有秘密者的，双重身份。

秘密，一种具有辐射杀伤力的无形之物，包着薄脆壳衣的原子弹。根在一点，波及的可能是一个人、一群人灵魂质地的映现、利益冲突的纷争、尊严的散失或获得、信念的颠覆或重建、爱与恨的转折、生与死的定夺……

有一些秘密，从一个人的心底生长出来，蔓伸出卷曲的触须，撩拨得人痛痒难耐，但终归忍受下来、承担下来，直到生命的尽头。最终，烂也烂在心里。

有一些秘密，陪伴生命走出很远，忽然地，在某一时刻，银瓶乍泻。像走气的气球，噗噗噗地瘪下去，坠落在尘埃中。一同坠落的，可能还有貌似无缝的生活。

秘密将一些人生充满，洒上蜜汁、鲜花；将另一些人生掏空，抹上厚厚的盐壳，交由时光去腌渍。甜也好，痛也罢，秘密何尝不是造物赐予人类与生命同在的一种财富、一个真正独有的空间。

岁月所深埋的，生命所深埋的，灵魂所深埋的，到最后，都将为时间深埋。

天地间的这个世界，才得以趋向脆弱的平衡……

第二辑

此境

　　让人惊心的，都是不经意中发生的那些事实，那种肉眼看不见的倾斜，和身处于倾斜之中却无所知觉的，日日与夜夜。

路过

> ……
>
> 我只有两天，
>
> 我从没有把握，
>
> 一天用来路过，
>
> 另一天还是路过。
>
> ——《两天》

那时我们正处在过渡期。旧的办公楼连同地皮一起卖给了别人，十一层的新大厦还没来得及封顶，远远看上去像是放大的、小孩子信手搭起的积木。横不平竖不直的脚手架，让大厦在视觉上给人摇摇欲坠之感，似乎一阵风，就足以吹动它坚硬的墙群，改变它的形状、棱角、体积和质地。资金的缘故，很长一段时间，它保持一个固定的静止姿态，像独自进入了休眠期。城市里有许多进入休眠期的楼房，再没醒来。对于这幢大厦的前景，我们不至于彻底失望，也无法安心。

我们龟缩在临时租用的屋子里，阔大的一间，用半人高围墙和玻璃，极其简陋地分割成几块规整的格子。各种各样的声音，或尖脆或轻柔或粗嘎或宏阔或低沉，带着主人的特有秉质，在玻璃和屋顶之间交错穿梭。我坐在其中一格，拥有一张办公桌，上面堆满报纸、画版纸、杂志、书、铅笔、尺子。每天的生活像它们一样，凌乱地铺呈。而摊在桌上的清样，清清楚楚写着"明天"的日期，那是时间永恒的指向。手中的笔，点击着一个个爬虫样的文字，睁大眼睛，竭力分辨出它们绒毛一样纤细的四肢。白天，开亮所有灯，也许是屋顶太高（估计有五米），也许是房间固有的潮湿和阴暗吸附一切，光线昏昧，带着黄昏莅临的氛围。

一天从中午开始。编版的、采稿的在午后陆续赶来。早上还异常清冷、空洞的房间，迅速被各种形态的声音和身影搅热。时间的马表开始飞旋。

老人就是在这样的时刻，闯入了我的视线。他站在我的办公桌前，没有声息，如喧闹的背景上蓦然飘落的尘埃一般，直到他含混不清地说出一声"同志"。

抬起头，看到老人的面容，我竭力保持住面部的镇静，内里惊跳而起。老人的脸，像是差劲的泥人匠心不在焉时的作品。泥人匠打瞌睡了，眼皮不自觉耷拉下来，手机械地捏着，捏着，泥土碎裂，掉下大大的一块，在额头。而下巴，歪歪地牵着，尖削、蹊跷地斜翘出近三十度角，没了门牙的嘴豁开来，像再也关不拢的一扇门。他的整副面容都呈现出一种极不稳定状态，仿佛随时会有哪一部分掉落下来，破碎在迎向地面的半空中。

我见过严重烧伤的脸，蚯蚓一样不规则的疤痕贯穿五官，似一片刚被匆匆翻耙过的泥土；也见过天生的唇裂、塌鼻、眼耳歪斜的残疾者，病魔肆虐的迹象鲜明、古怪地呈现。可那些脸至少是完整的。眼前，却是一张破碎的脸。

老人的声音也是破碎的，在出口前就被他身体里刮出的风吹乱了。进入空气，它们四处翻飞，各奔各的方向。老人伸出手，试图在空中抓住那些拼命逃逸的音节，屡屡失败。抓到一个，他赶紧用只剩下拇指与食指的右手拽住，努力送到我面前。为了让我看清楚，他用尽了全力，额头上的青筋暴突出来，舌头在豁开的嘴里忙乱不停。如果舌头会出汗，它一定像老人一样，变得濡湿了。

我打断老人，接过他手中的一沓资料来看。那是一沓关于工伤的证明材料，充分解释了老人有这样一副奇特面容的由来。十五年前，老人的脸还和寻常人一样完整，平凡得与我擦身而过也不会被记忆。他是一名搬运工，每天清晰地喊着号子，和工友一起搬动庞大的钢体铸件。直到一天，码放在他身后的钢桶，一个叠压一个，看似蜂巢一样稳定，却在一个工友不慎失手时，以千钧重量翻滚而下，砸向他，覆盖他。

意外充斥在生活的缝隙中。缝隙那么多，一不留神就让人撞上一个。这次，他撞上了。

被从钢桶下救出的老人，失去了半边额头、一块下颌骨、三根手指、一些知疼知热的神经和一大摊无法计算的血，经过一次手术，老人成了现在的模样。原本，老人会再经历一次两次三次手术，可他权衡之后，放弃了。在让儿子顶职、同时保证他的工资与继续治疗之间，他没有犹豫地选择了前者。

在老人看来，疼痛一点儿不重要，至少没有生存重要，没有后代的衣食有靠重要。将这样的选择搁到辽阔的乡村，会得到无数人不约而同给出的相同答案。疼痛以生命的存活为前提，活着就无法避免受伤，小到一颗不起眼的铁屑，一阵看似柔软的风，人与人之间率性而起、莫名其妙的琐碎纷争，大到让生命沦落为草芥的战争，以席卷之势扫荡而过的山洪、海啸，无形无迹却让恐惧和死亡的阴影膨胀至无限的瘟疫。有伤口就会有疼痛，疼痛是生命的常态，就像麦子勃勃生长是为了被一柄镰刀收割，拒绝疼痛倒是生命的奢侈。许多上了年纪的老人以大半生的经历，抵达这一参悟。前日无多，他们愿意用任何代价，包括身体的受难，来换取儿孙的安康无忧。

在老人的逻辑中，一笔交易成立。儿子赢得工作，家里每月增加四百多元的收入，代价是老人的面容凝固在孩子见了会本能流露出恐怖表情的形态，还有每到阴天就会隐隐发作的钝重疼痛。常常，疼痛是可见的，它顺着硕大的汗珠、一声接一声的呻吟在老人的身体上分泌出来，上下滚动。老人心甘情愿，不后悔。

后悔是在数年之后到来的。原来的工厂改制，换上了另一拨领导，与旧体制纠缠一体的庞大的企业负担中，他的儿子占据了不大不小的一席之地。老人以为自己以伤痛为代价换来的承诺，可以保证儿子一生牢靠。他错了。儿子被以上班打瞌睡之名清出了工厂。老人急了，找领导，一张张面孔陌生而冷峻。找来找去，老人发现当年的承诺竟比一阵风还缥缈，自己老迈不稳的身体竟然没有一张薄纸可以凭依。

当年他与厂方只有口头上的协议。口头协议，表面上确立于具体的舌头，实际建立在抽象的诚信之上，证人是看不见摸不着的良心。老人像古书上的义气英雄那样信奉一诺千金，换来的是数年后的尴尬奔走和两手空空。

律师告诉他，你太傻了，受这么重的工伤，按照国家的有关政策，厂方有赔偿义务。算起来，你应该得到的赔偿金是好几万呀……对所谓的国家政策，老人的认知一片空白。可律师的意思，老人懂。后悔，就是随着这番话，塑料绳一样缠绕在了老人日益脆弱的身体和依然坚韧的意志上，层层捆绑，紧密严实。重新武装起来的老人，踏上了申诉之路。

这是一条通常只看得到起点、难望见终点的路，像射线一样伸向不确定的空间。一路上，道义、良知也许没有走远，却成为旁观者，无法举起仲裁者案头的那一柄锤，在锤响声中让一场诉讼定音。这也是一个迂回包抄的过程，需要无数的证据指向同一中心，将最终的结论烘托而起。证据与一眼可见的表象之间，无法简单画上等号。为了取得证据，老人举着残破的脸四处奔走，收获的柔软的同情远远多于有力的证据。

四年后，终于拿到一纸裁决书的老人，流下了眼泪。这眼泪的数量，比他为疼痛支付的眼泪多得多，后者基本为零。一路走过来，老人的身上、心上又添加了不少新鲜的伤口，疼痛锐利鲜明。老人视之为生命的常态、生活的常态，他注重的只是结果的圆满。

老人不知道，看起来确定无误的事情，有可能在一朝一夕之间，被彻底颠覆——这一人间定律，将又一次被证明。在一纸裁决从白纸黑字到变为现实的路途上，他还将添加更多的伤口。

从老人第一次出现在我面前，已三年过去。我不知道老人现状如何，他并不过分的卑微愿望终于握在手中没有。事实上，我仅仅介入过一个有限的时段，了解了老人的零星故事，那些故事只是他人生纷繁过程中有限的一部分。再平凡的生命，细加检点，也会发现纷繁的景致，偶尔的光点散嵌其中。我无力借助自己"无冕之王"的光环，为老人最终达成愿望尽一分微薄之力。在了解到表象之下潜隐的弯弯绕绕、错综复杂的隐秘关节之后，心性中的软弱滋生出了带毒的汁液，悄悄将我软化。我许多次想过退出。可在面对老人时，望着他破碎的脸和殷切的眼神，我说不出那番在心里斟酌良久的话。最后，我以老人的仲裁案为主要素材，写出了一篇不痛不痒、关于劳动仲裁的深度报道。新闻报道的体裁，决定了我无法在文字间注入过多的主观感情，我只是客观地呈现。

这篇文章，没有为老人提早赢得自己本该享有的权利。它像一片抛向空中的羽毛，没有带来一丝惊动、没有留下一丝划痕，就飘然落地。在当时，这是我希望的结果。我不愿直接伤害老人，也没有勇气陪他一起抗争。更重要的，我害怕自己受伤。害怕受伤，几乎是每个生命的本能。可有的人会凭借内在力量的支撑，克服对受伤的恐惧。我没能做到。

老人拿到的那份裁决书，厂方拒绝执行。他们要求老人重新复查工伤级别，在他们联系好的一家医院。如此违背规定的事，却被劳动仲裁所认可了，他们发给老人一份重新鉴定工伤的通知，以己矛攻己盾。刚刚看到一点希望的老人，重新落入茫然迷雾中。

那是制度营造起的迷雾地带。一条一条看似严密无隙的规章制度，由人来制定、掌握和执行，就不可能是铁板一块。人是缺陷最多的物种，私欲膨胀了，良心软弱了，道德感迷失了，制度就会松动、破损、沦陷。将某一制度举到阳光下，会发现上面早被人为地蚕蚀出长长短短的裂缝，雕钻出大大小小的空洞。

老人依循着自己的逻辑，继续走在路上。国家政策保障的权利，他不相信自己得不到；为儿孙贮备最后一仓粮食，他不相信自己做不到。老人用尽全身力气去碰撞、去撼动的，是一个有着钢铁的坚硬与冰冷的企业，它有着自己的利益逻辑；而它的领导者，在一路爬升至现有位置的路途上，形成了自己的行世逻辑。从这些逻辑出发，厂方视老人为贪得无厌的"刁民"。他们运用过往岁月中建立起的庞大社会关系网络，利用制度的缝隙，与力量单薄的老人较上了劲，以此来印证他们握有的逻辑公式。这是一场力量悬殊的较量。

走到我的办公桌前，老人已经找过多家媒体，在我的许多同行面前呈上一摞资料，讲述自己的遭遇。我的同行们纷纷接下材料，在深入了解内幕之后，又不约而同将资料退还给老人。有的连资料也不曾退还，只是一声简单的拒绝。老人对我在文章中提到他，哪怕将他的名字模糊成了孙某某，将厂方模糊成了某厂，将暗藏机关的详尽过程简化成了几根枯枝，还是不停地用他破碎不清的声音连连说着"谢谢"。老人给予我不含杂质的信任。

最后一次见到老人，是他专程来拿放在我手里的一摞复印资料，为省去复印费。他准备拿着这沓已经皱巴巴的材料继续去上诉。二十多分钟的车程，老人是走着来的，为省去车费。老人的家，我去过。低矮、狭小、凌乱，气味浑浊，有着比我们的临时办公室还要迟上几个小时的氛围。那间房子是他们临时租用的，厂方已在老人坚持申诉后将分配的住房收了回去。二十多平方米的房子，住着老人、他的老伴和儿子一家。老人的孙子已经四岁大，坐在他母亲的膝盖上，睁大一双黑眼睛望望我，又看看老人。老人的脸隐没在深浓的阴影中。老人的手在胸前激愤地挥动，那是失去了三根手指的手。举在空中，像是不无幽默地模仿着手枪射击的动作。

老人拿走了资料，留下一个迟滞、衰老的背影。那一刻，我心里充满了对老人无法言喻的歉疚。

从那以后，我再没见过老人。

职业决定了，我只是无数人生命中的过客，只负责记录他们的某一段生活、某一些故事。在那一时段，我也许为某个人、某些事支付过由衷的、真切的怜悯、感伤、牵挂、热忱，但我注定行走在他们的生命之外，只是偶然地路过。

我们从不同的远处走来，交错于一点，而后更远地远离……

期待的草叶蒙蔽了眼睛

　　故事接近落幕，我才发觉自己落入了俗套的陷阱。阱口的迷惑物，偏偏是内隐的期待。

　　事实上，生活中有很多的失望，植根于不能免俗的期待。期待，由内在的套路框定。可事情往往自由、随机、即兴，在中途拐了弯，半途掉落下去，或是飞升上去，意外地，就逸出了期待的视域。没有谁，成心背叛谁。期待有期待的内在逻辑，事情有事情的内在逻辑，两者不能同路而已。

　　故事的最初，我在江边遇见了两个流浪的人。

　　初冬的阳光，纯冽明净，苍黄的江水拍打着堤石。距我不远，坐着几个垂钓的老人，整幅画面和谐、静穆。两个流浪者，就在这时不期闯入，一男一女。他们的衣装带有明显拼凑的痕迹，仿佛出处不同、风格迥异的语句衔接在一处，有种即兴而不羁的韵律动荡其间。再是他们的背包，沾满风尘仆仆的痕迹。

　　我坐在堤坡上，他们从我身边经过，不加停顿地，沿着台阶靠近江水。转眼，他们就处于我视野的中心，突兀地，切断了空阔辽远的江面背景。浊黄的江水开始扑打他们的鞋面。于是他脱下来，晒鞋跣足，挽起裤腿，唆唆唆吸着凉气站在江水中擦洗自己。她，则站在台阶另一端，从包里摸出香皂、梳子、毛巾，开始梳洗一头长发。

我一直盯牢他们。我的目光中有一种成分，我想明眼人都清楚那是什么——在一个生活安定牢靠、衣着体面、稳妥跻身于社会者内心深处——瞬间绽放的优越。忐忑不安，或者惶惑慌乱，我盼望他们在紧紧纠缠、期待鲜明的注视中，主动退却，不再惊扰我的宁静与孤独。可他们不。他们有条不紊，目无旁骛，细致地整理自己，洗涤自己。她已经将长发垂入江流，水草般尽情随兴地，在江面荡漾、摇曳。

我的目光，像击打在光滑的球体上，偏离，或者被弹回，纷纷碎成光与影，溅落在水波上。他们专注于洗尘，目光根本不在我身上停留，即使掠过，也平淡至极。

事情执意按自己的逻辑运转，我的期待受到冷落、嘲弄，而不得不低下了头。我只能向内收缩，试图触摸期待的内在纹理，找寻它落空的根由，那多少是我可以把握的。目光扭转方向，我才发觉自己隐含期待的目光，其实来自一个群体。那是一个自视优越的群体，自以为掌握着各种既有的和将有的规则。在那里，每一个体，都像原子一般紧密有序地排列，狭隘的位置将我们一一框定。一些看不见的俗套，在其中加以阻隔和牵扯，稍稍脱离常轨，疼痛的危险便会到来。这个群体庞大、密集，构成了人群的大多数。而流浪者是另一类人，他们是元素中的异类，自由走动，行云流水，不受羁绊。他们像晶体，析出在俗套的条条框框之外。他们懂得放弃，因而获得自由。

期待隐退，我的目光恢复明净。他们还在从容不迫地忙碌，直到他们的鞋、袜、外套、一领旧床单，以及背包——我看见，表面看起来膨大无比的生活，一旦剥离了一切累赘，本质裸露时，居然那么简洁明了，可以盛放在一个背包中，尽在其中，然后捎上肩，轻松上路——现在，它们纷纷从肮脏中剥离出来，清清爽爽地，沿着堤坡铺陈开来。一应事物都在安详地晒着太阳。他们也是。他们的脸、头发、胡子和脖颈都经过了仔细的反复擦洗，在阳光下泛着潮红。

也许，剥去层层叠叠的粉饰，还原生活的简洁本质，实在不难，可没有人愿意承受自由到来之前，一样一样切己的事物加以舍弃、本能的欲望一点一点被凌迟的剧痛。那么，只有流浪者全然领受了。生活原本公平。

我离开时，他们还没有离去的意思。回过头，就见浩大的一池江水边，他们还在耐心地涤尽风尘。阳光轻揉漫卷，无所不在。

……

故事没有就此结束。它再一次扭转了方向。

说出来你也许不信，一段日子之后，我又看见了流浪者之一——他。这一次，背景变换，他出现在喧闹的街头，出现在一个内容丰富的果皮箱前。那里满得快要溢出来。城市的街头到处充斥着这样的果皮箱，负责收集城市每天吐纳的无数有形的废弃物。看见他时，那位在我的记忆中笼罩着诗意光环的流浪者，他的目光正专注于埋头搜索，心无旁骛。时间定格。我视线中的他，还是曾经的那副装扮，什么都没来得及改变，除了背景。

就好像一双神奇的手，将江边的他，突然剪辑到了闹市街头。看起来，他的形象肮脏、丑陋、卑贱之极，远离尊严。我突然意识到自己落入了另一个俗套——真正意义上的流浪者，只是高贵地活在泛黄的书里，活在我苍白的幻觉中，却非眼前。我加快脚步，匆匆逃离。

生活的陷阱无处不在。我们常常沉湎于内心的期待，不可自拔，可事情或者说生活，会以自己的方式，让我们醒来。我不知道这叫不叫残忍，或者生活的真实。

白天不懂夜的黑

黑是从一间房子的中心升起的，那里是光明最先离开、最后抵达的地方。那是一种可以分析、化解、突破的黑，在每一个夜里诞生又匆匆消亡。我已不习惯与它共处一室了，总是在它没有彻底降临的时刻，灯便亮了。我迅速离开，落入光明的怀抱，那里有着世俗的温暖与喧哗。

有一些日子，我刻意站在宽大的落地门前，看远远近近的屋脊慢慢沉入黑暗，黑总是在某个不经意的时刻，倏忽而至，让人毫无防备。前一刻还亮着，后一刻已经黑尽。也许就是某一处灯亮的瞬间，黑窒息了一刻，而后放纵开来。那些层叠的屋脊，被更远处的高空灯照亮，在黑夜里也没法稳妥地掩藏。我站在门后，站在黑暗之中，注视着这到处亮晃晃的世界，呼吸不自觉地沉了、缓了。黑，是很好的掩体，让人远离注视，让心安静。

数次之后，我就发觉，黑其实是从我身后诞生的。就在我站立并注视的时候，黑已经从我的身后诞生了，它从很多类似的房间里潮水似的涌出来，像丝绸，像隐蔽的手指，像一种高纯度的颜料在空气里渗染、抚摩、散布。耐心地，一层深似一层。这是城市夜晚的黑。黑得永远不够彻底、完整和久长。城市的黑，正变得越来越绵软，细嗅嗅，有股胭脂的气息。据说，在山野里，夜的黑是从广袤平展的田地中央升起的，庄重、肃穆。有着城市里领略不到的美。那黑浓得板硬、结实，想来有着牛皮糖一般的质地，足以打磨山野人的胆气虎心。

习惯是多么强大，有了火，有了灯，有了那些能产生光，能划破黑暗的事物，人就渐渐进入一种惯性，产生依赖。停电的时候，总是盼望快点结束。而有时，我们不知该如何企盼，黑暗并不因光亮而远离。我落入茫然无着、不能被灯驱散的黑暗之中，总会感到慌乱。我认识的很多女人，都是这样。然而，有一个女人不怕黑。她在黑暗中流连、散步、沉思。她想要结识黑暗中那些混乱不清、难以用语言把握的事物，比如欲望，比如疯狂，比如爱，比如死亡，比如毁灭。她的喜欢，是真的喜欢。她的每一本书都散发着黑夜的气息，浓稠、幽深、迷乱、令人窒息。我从未看见过有哪一个女人像她那样迷恋黑暗。所以，她不总是被认同，被理解，被关爱。她是一个离我们并不遥远的女人，刚刚离开，带着永不消泯的对爱的热望。她走后，这世上还到处存留有她的气息。霸道的气息，来自黑夜的气息。那是神秘、诗性、难以轻易破译的黑夜的气息，是属于她的不可复制的气息，因而迷人。我说的那个女人，杜拉斯。

男人中，我也认识一位。他写过《喧哗与骚动》，写烈日下隐蔽的黑暗，写健全人内心的残缺，在灼热的阳光下也无法烤透。目光不停留在表面，穿透进去，就能理解。他的名字不说，也有人知道。他和她，都是因黑暗而永生的人。

很多的书籍从平凡的手中诞生，无论咏叹黑夜还是赞美白天，都是一星火，足以点亮在黑暗中徘徊、苦闷、被窒息的心灵。这些书最终穿越了历史的层层黑暗，而得以永久存活。它们在漫长的生命时光中，像永动的唱机，指针一遍遍轻轻划过不同的心灵，反复唱响某一经典的曲调，唱响不灭的诗意与思想，供我们在最黑暗的时刻用以抵挡心底的恐慌。黑暗中，心灵永远需要这样忠实而智慧的陪伴。

此时我说的黑暗，不再是夜的黑暗。那是心灵的某一失明时刻，相信每个人都可能遇到。

我曾经走进一家戒毒所，为了采访。我去看望那些陷入黑暗中的少女，她们真年轻，有着一生中最美的年华，可她们不加理会。我冲着她们生命中的黑暗时刻而来，这个她们知道。她们坦然地向我讲述快乐的极端体验，给我看手臂上密密的针眼，以及与之相生的痛苦时刻，述说戒毒的决心，仿佛她们现在愿意像剥去一层皮肤那样，将曾经的一段经历剥去。此前，她们的世界全然隔离在我的世界之外。因为采访的机缘，两个世界有了沟通，也就有了相应的牵挂。背着她们，我询问管理员，成功的把握有多大。他在一片浓荫中摇头，他说很难，那些少女不是第一次来这里了，出去后才是真的考验，她们很难挺得过……黑暗有它魅惑人的法力与手段，不是轻易可以克服的，这下我知道了。

再去时，我带上些书。那些少女正坐在过道的阴凉中，坐成一个圈，有人刚洗了发，空气中弥漫着一种动人清澈的香息。书，她们是喜欢的，立刻传看起来。她们中的大多数，比我年轻，有着凝脂般的肌肤，还不曾被毒品侵凌。我对书，有着自己的迷信。我不知道，那几本薄薄的书，能不能帮助她们走出黑暗。

可我知道，黑暗中哪怕只一星的光亮，也很重要。

阳光绕过倾斜的生活

为阳光发愁，在老人看来，几乎是件不可理喻的事情。老人站在最接近阳光的地方，比如阳台，比如窗口，伸出骨节嶙峋的手，想摸一摸相熟了一辈子的阳光，可阳光矜持地止步于咫尺之外。日影每天收收放放晃荡着从西到东，像不关痛痒的过客，规律而刻板地，从老人指尖可以抵达的弧线边缘摩挲而过，与房间里湿漉漉的生活擦肩而过。

从阳台或者窗口望出去，只能看见悬贴着楼面的密密麻麻铁笼，和每扇窗口风与目光都无法穿透的厚重帘幕，还有，阻隔着庞大阳光群落的高楼。

日子，像梅雨时节的被褥，厚重、粘湿、压抑，让人窒息。老人的脸宛如揉皱的白纸，每一道折缝里，都生长着蚕籽一般细密的斑点。墨绿色的霉斑，在深秘的角落疯狂滋长，成片成片，吞噬一切曾经干爽清新的事物。没有阳光引路，灰尘大量沉积，堵塞了一切可以进入的空隙。坐在空旷阔大的房间里，呼吸一天比一天浊重，满目都是加速腐败的迹象。光线像曝光不足的底片，永远模糊不清。生活缓慢、不易觉察地发生着倾斜。衰老的步伐，因为失去了阳光的阻挡，加速向着倾斜的低处奔跑……

阳光，最习见、最不可能消失的事物，偏偏从老人的生活中消失了。它绕过了倾斜的生活，或者，生活因它的绕过而发生了倾斜。站在生活倾斜的地坪上，老人四顾茫然。她揉按着自己深陷的眼窝，向我哭诉，早已无泪。

我不是万能的主宰，可以随意为老人裁决一缕阳光，熨帖生活。因为我所从事的职业，老人寄予期待，可我至多只能算作一个足够耐心的听者。

此前，老人的哭诉一直找不到缝隙。所有的脚步都在匆忙赶路，所有的耳朵都被灌满了喧声，所有的心灵都自我饱和，所有的线路都是忙音，所有的窗口都有人等候，所有的事务，都比一个老人生活中突然失去阳光重要。可对于老人，没有什么比失去阳光重要。于是，她迈动风烛残年的老腿，不屈不挠，四处诉说。

怪谁呢，一模一样的高楼，设施齐全现代，即使其中一栋遮蔽了另一栋的阳光，到底是过上了现代生活。比起住在平房、阁楼、天井里猫腰缩背的日子，没有阳光又算得什么。

想想原来的旧居，看看眼下的新居，您这是住进了"天堂"。厅、房、卫生间、厨房，还有煤气，样样圆满，您怎么还不满足呢。

想晒太阳了，您可以下楼来，坐在街区花园里晒太阳。

不想晒了，可以待在家里看电视，烤暖气，吹风扇。如今，没有做不到的事，只有想不到的事，兴许没几年，还可以在室内晒人造太阳。这事，没您想的那么严重。

……慢慢地，老人的哭诉刚一缩头，就被人不耐烦地扯断。到后来，哪怕只是有人肯细细聆听，也是安慰了。

可老人忘不了旧居里，那些在温煦阳光下劳作生息的时光，暖烘烘、滋润润。日头升起一树高，就有阳光铺洒进屋，温柔地摩挲着夜气还没有散尽的地面，漆色斑驳的衣柜、床栏、微温的被褥。从西到东，这一片日影缓慢地移转，无声地吮净了一切物体上附着的潮湿、陈腐与颓败。在日落之前，干爽、洁净、圆满的夜的气息，就已经呼之欲出。拮据的日子，荫翳的日子，烦恼丛生的日子，一旦摊放在热日头下烘烤一阵，就舒爽，就安适，就可意，就有源源不绝的念想生发出来，就有朴朴素素的愿望在心底里抽芽。那才是老人心中的圆满。

可是，怪谁呢。旧居是挤挤壅壅的平房，划上硕大"拆"字的时候，留念归留念，自己不也是没完没了地欢喜。不出一个年头，清一色的楼房立起来，挺挺拔拔一群壮小伙似的，阳光下亮眉醒目，直晃人眼。谁知，乐呵呵搬进了新房，阳光竟从生活里消失得无影无踪。天底下最理所当然的事，突然成了最不可企及的事。老人就是想不明白。

不久前，晚报上一前一后跟踪报道了两桩民事诉讼，新闻标题做得俏皮，一桩称之为"阳光诉讼"，一桩是"斜楼诉讼"。

城市拥挤，楼房与楼房间的距离越来越逼窄。城市在膨胀，城市的生活却戴上了紧箍咒，一厘一寸在收缩。

一幢新楼，几乎擦着旧楼的眼睫毛拔地而起，每一扇向阳的窗口，都陷落在不分晨昏的阴影里。阳光拂拂的景象，遂成回忆。一整栋楼的居民忍无可忍，走出各自封闭的铁门，挽起臂为阳光而战。诉讼像冬夜一样漫长，幸亏媒体的追影灯一直相照，坎坎坷坷终于盼到落幕。可重新获得的不是阳光，只有金钱。一切损失，精神的、物质的，统统折价赔偿。我很疑惑，精神的或许可以主观估量，阳光呢，每一时刻每一丝缕的阳光，拜天母地父所赐，每一生命都得共享的阳光，又当如何计价？

与地面上的景象相反，地面下的城市在日渐沦为空洞。一切滋养土地的物质，只要可取，可以利用，就不断地伸出欲望的长喙，索取，索取，无偿地索取。城市在一片内部日渐空洞的地表上，日新月异。

倾斜往往是缓慢的，不易觉察，在繁华的表象下演进，直到生活的桌面再搁不住轻盈的物体，乒乓球、茶杯、流动的液体，都顺着倾斜的角度滑坠。疑惑丛生，穿破麻木无觉的生活表皮。测量之下，几乎举楼震惊，楼居然兀自就倾斜到了惊人的角度。一时间，像被魔棒点醒，原本正常的，顷刻间都被发现，早就隐匿着不正常的迹象。倾斜甚至由外界进入内心，从此站在地平面上，眼里也全是倾斜着的事物。

一座楼房下面的空洞再大，又能有多大。投入足够的金钱，同样可以轻易地改斜归正，了结诉讼。

阳光照耀下的生活，或许能毫发毕现，细枝末节清楚了然。可在阳光无法普照的地方，谁能想象正生长着什么样的菌类、什么样的蚁群呢。就好比没有人，能真正俯下头，从地面之下去看清一棵树的根脉、一座城市的根脉，看清生活于表象之下的盘根错节。让人惊心的，都是不经意中发生的那些事实，那种肉眼看不见的倾斜，和身处于倾斜之中却无所知觉的，日日与夜夜。

暴雨欲来

暴雨即将来临。我站在窗前，看满天空紧急奔走的云。它们在整个天幕散布着压抑的铅灰色，像一群放浪形骸的画者。天空已被涂抹得不能再低，仿佛正回到天地混沌的初始。

眼前的景象里有种熟悉的疯狂。1998年我们经历过一个被突如其来的暴雨分割、淹没的夏天。那个夏天，风被某种力量囚禁，无法恣肆地流转，炎热像完整无隙的皮肤覆盖着世界，没人能畅快地呼吸。对于这座年复一年有长江流经的城市，那个夏天仿佛一场意外，江水漫上堤坡，惊惊险险地停在了城市门槛外。幸好，那个让人忧虑丛生的夏天很快成为过去。

此刻，风显得狂肆。它在天地间无忌地奔走，逗弄着一切可逗弄的事物，让人无法相信，这就是片刻前还那么平和的风。它强横地摇撼着，直到丛生的叶、伸展的枝纷纷在静止的房屋间，迷失了方向，从这一头撞向那一头，又从这一侧跌向那一侧。远远的，谁家阳台上的衣物已被牵扯得像面旗，可惜无人认领，在风中张得凄惶。谁家的窗玻璃碎在了风中，刺耳的空旷回响很快被风声驱散。一白一红两只塑料袋，在楼前广场上下翻飞。风，太过霸道，塑料袋身不由己欲停不能，被风驱赶着满世界逃窜，最后只好扭曲自己，以投合风的意愿。在广场阴晦单一的背景上，白的鲜明，红的鲜明，痛苦也鲜明。

是风雨来临的时刻，赋予了两只平凡的塑料袋某种不寻常的意味。它们在狂风中翻转跌滚的姿态，让我想起刚刚翻读的一本书，那些由纯净、锐利的黑白两色构成的画面，和米兰·昆德拉宛如叹息般的话语"生命不能承受之轻"。米兰·昆德拉笔下的人物陷落在"轻"的生命状态中——他们的国家被敌军蹂躏，不论远走他乡，还是重返故里，他们都找不回原来意义上的故乡和忠于内心的生活——翻转在风中的塑料袋，与米兰·昆德拉笔下的人物，在我看来，有着同一质地的痛苦。他们的眼睛深处潜隐着茫然和忧伤，他们躲不开虚弱之感，因为没有根基；也回避不了孤独之感，因为无可皈依；还有深入骨髓的恐惧感，因为找不到自身的重量。那些被迫失重的人啊。

类似的迷茫，存在于许多现代人的内心。他们在大地上行走，全身披挂昂贵的饰品，过着十足享乐的生活，内心却充溢失重的恐慌。

人，有着瓷器的脆弱本性。在大自然的既有格局里，除了依靠超越某种局限的极大外力，轻盈或许是飞翔的必要条件。然而，对于人类，轻盈不是生命的本质。造物让人类的双脚与大地血脉相通，就注定了人类只能向往，而无法承受真正的生命之轻。人只能在"轻"的状态中偶尔停留，获取暂时的自由和安慰，却无法在"轻"中获得永恒。

两种力量将人类拽向大地，肉体的重量和内心的重量。很多时候，肉体的重量不堪一击。牢牢将人类植根在生命大地上，甘心情愿承受一切风雨的，是源自内心的重量。那是足以支撑人超越生命局限，承受一切痛苦的力量。

看到一本书，《黑镜头》。书中的照片褪尽了色彩，只剩下黑与白，干净简明，触目惊心。我是从那些照片，一下子接近人类真实的苦难和最本质的生命力量。那是无法用诸如壮烈、悲壮之类色彩强烈的词汇，去描绘和渲染的苦难和生命力量。没有什么比同类之间的仇杀屠戮，更让人悲伤的事了。也没有什么比人于绝境中展现出的生命力量，更让人震撼。那些黑白色构成的画面，赤裸裸地呈现时，正是它们以最直接鲜明的方式切中我灵魂的时刻。

之中，有一组埃塞俄比亚难民返乡的照片。那些在非洲种族战乱中离乡背井，经历了战争、饥馑、干旱、暴力诸种天灾人祸洗礼的非洲难民，在战事稍缓的间隙，拖着他们枯瘦如柴的身体艰难跋涉在回"家"的路上。我从他们黝黑沉默的背影，看到了他们坦然纯净的眼神，和之中隐忍绽放的回家的渴望。他们的身体已经羸弱，饱受了战争的凌辱和冲刷。他们几乎一无所有，仅剩下生息过的那片土地压在他们内心的重量。那是一种微茫而切近的温热，憔悴然而明亮，存在于他们内心。那是他们抗争生命之"轻"的最后支点，尽管家乡依然充满苦难。

照片附有简短的文字说明：他们用尽所有的方式踏上归程——徒步，乘船，搭巴士，乘火车……一路上他们历尽野蛮的劫匪，狂肆的鼠疫，从四面八方回到那仍在饱受摧残的家乡，为此他们鼓起全部的勇气和决心。这幅照片，比那些讲述他们苦难悲惨境遇的照片，更钝重地震撼着我。

人很坚强，同时又是那么脆弱。人富有智慧，同时又是那么愚蠢。人有着善良的本性，同时内心又潜伏着如此疯狂残酷的魔鬼。在一些人得意扬扬品尝另一些人的血泪时，人类的欲望躲在背后散发出血腥的气息。几乎没有哪一个世纪的空气，未曾被这样的气息污染。

雨终于狂泻而下。雨线如千万根弦柱，齐齐发出声响，在大地上激起铿然的轰鸣，天地间被气势恢宏的回响充满。狂肆的风雨中，我看见挺立着的是那些将"根"深深扎入地下的物体，和奋力行走的人们……

看见，听来，记忆

湖

湖，停在许多人必经的路上，停在这座城市的心口。

像许许多多的湖一样，我们在地图上找不到他，也不需要知道他的名字。

他曾是一条丰沛的长河，据说从汉水出发，一路牵扯水袂，滔滔汩汩奔长江而来。眼见得大江近了，不由得心一松脚一缓，从此迈不过眼前咫尺宽的土地，落得生生世世与长江隔堤相望。河身也散碎成了大大小小的湖泊。

一条天然的河，总会比一座城市古老。这座城市最先从长江岸边的一处码头起步，像一滴墨汁慢慢洇开在宣纸上，洇成了现在的规模。古老的河被包孕其中，从一野的荒坟冢间，泊进了人流熙攘、房厦林立的繁华城市，汪成了城市心口上一个积淀很深的湖。

湖的水色四季变幻，有时清浅，有时浓重。江汉平原

101

素来多水泽，河网稠密，牵牵绊绊，经不得城市一番生拉硬扯，纷纷碎成隔绝的湖，彼此不通音讯。其实水的默契还在，涨水时节，总是一溜的内湖齐齐地涨。城市宽了，水域窄了，涨水时节免不了内忧与外患。这湖还好，涨也不涨得过分，只水绿得似洗了墨。

湖失去流动的姿态，颇有些年头了。原先，湖中多鱼，且是细小银白的梭子鱼。我小的时候，鱼还在。这么些年过去，不知不觉鱼少了，岸边再不见垂钓的人。偶尔蹦跶出一条鱼，也没人有兴致再捉。湖里含了过量的汞，这说法流传很久了。

那年，一位朋友养芦荟，恰值湖中清淤，赤条条翻了个底朝天，朋友虔虔诚诚捧了湖底的陈年淤泥去沃芦荟。不知是积淀得肥力太盛，还是果真含汞，一盆水灵灵的芦荟竟沃残了。也是那年端午，清淤之后的湖清波荡漾，岸边锣鼓震天，湖面旌旗招展，足有半个城市的人挤在湖岸看龙舟竞渡。湖很是风光了一回。

赛龙舟，是楚地传自久远年代的风俗。能赛龙舟的湖，自然不小。湖一路蜿蜒着，尚见河的身形，南北两端伸展开来，形成宽展的水面。沿湖，有一丛密集的杉树。这片杉树和许多的荒坟冢是湖最初的装饰，后来城市涌过来，道路铺过来，温柔细致地穿越，杉树留在了人来人往的人行道上，成了这座城市一道难得的风景。湖的另一侧是座公园，常年绿意婆娑，呼应着水影。湖西头，一隅田田的荷。叶生得盛，花开得野，摇晃得秋夏从不寂寞。即使深秋，满塘残荷留下来听雨，千姿百态，也是看不够。

湖往南，大堤向北，也就是当年长河梦想跨越，却生生世世不得跨越的那一方地域，是这座城市的老城区。几天前，拆迁旧房时，意外发现地下竟有一座古城遗址，专家初步推断来自宋朝。历史的又一些谜底，即将呈现。

五十年前，这座城市唯一繁华的马路——中山路，贴在大堤脚下东西向伸展，如今停留在昏黄的相片中，与现实已无一处贴合。世事流转，繁华不再，曾经新鲜可人的都洗尽了铅华，旧日容颜再无处寻觅。

中山路与湖湾之间，留有一片空旷之地，是更久远岁月中的拖船埠。据说当年从汉江逶迤而来的大小货船，纷纷泊在湖口，再由纤夫一寸一寸拖拽着穿越空旷之地，拖向长江码头。原本行于水的船，在这里有了奇异的陆上行程。悠远的号子唱了一程又一程，激昂也不无悲怆。老人说，站在湖湾细细去听，还能听到传自岁月深处的悠悠号子声。

直到这里修起阔大的广场，现世的热闹彻底覆盖了往昔的一切。

紧挨空地，原是层层叠叠一带青石巷老屋。深的院落，低眉的阁楼，脆亮亮的青石板路。小时候的我从巷弄里走过，常无端地猜想处处门扉之后，都有一个悠远神秘的故事。我始终摸不透这些巷弄的方向，转着转着，犹如转进了岁月的迷宫，不靠问路便走不出来。青石板路走起来，永远有着隔膜的亲切，仿佛敲击着散发檀木气息的时光，一下一下，清晰可闻。巷弄里有一段上坡路，六十年前，或者更久以前，这路有个名号——"软脚坡"，是整座城市最香艳的地方，日日笙歌，流脂溢彩，也是旧时悲欢离合上演最频繁之地。整座城市被解放后，散发奇香的"软脚坡"迅速沉寂下来，一径向着时光深处坠落而去。

我出生前，家已经从脆亮亮的青石板路上迁走，迁到了湖西。矮矮的平房，远没有巷弄趣味横生，那是局促的一个家。那时城市也是，有限的几条街，有限的几张计划票，生活远没有今天这般丰盈、松畅。二十多年后，城市越洇越广，家越迁越大，老旧的事物也离去得越来越快。

几十年、几百年的沉积，只用一个手势就轻易抹去了。古老的痕迹终会消逝，窄小深幽的老屋被画上硕大的"拆"字，随后一一隐入历史的记忆。高低错落的青石板路也隐去了，浮出水面的是崭新的广场。广场一直从湖湾铺展到大堤脚下。落成的那一个秋天，许多人都赶来看过。须发花白的老人望到的，不只是广场的辽阔，还有岁月的深邃。

那湖，看尽了一切变迁，依然静静地铺展，静静地积淀，继续着望不到尽头的岁月。

而有一些岁月，径自断了。想想，那些纷纷老去、脱落、消隐的岁月，再强健的记忆又能为之封藏多少，再深长的记忆又能为之绵延多久。求以文字，或可多些生命的坚韧与绵长。

湖，就作那蘸笔润锋的池吧。

听来的故事：她

她坐在石凳上，看花。花叽叽喳喳闹着，清一色喜秋的菊。广场真大。往事如流萤在阳光下飞过，她望见十八岁的自己，一袭月白布衫裤，脚蹬木屐，裸着玲珑的足踝，一声一声极清亮地，走上了软脚坡。

更小的时候，她随母亲划着腰盆闯进湖里，密密实实的莲阵。婀娜的腰肢，在翠的叶、粉的花掌间，躲闪，隐现，逗得满塘翠荷咯咯咯疯笑。

多么干净的岁月，像一捧新鲜糯软的米团，洒了晶莹的糖粒。在软脚坡的时候，日日清晨，窗外响起小女孩甜糯的叫卖声"热乎乎——香喷喷——的糯——米——团——哎——"。抬身出窗，递上白瓷碗盏，无须多说，再递进来便是温热的一满碗甜糯米，满得冒了尖。月底，女孩自来结钱。

那时，她最爱雨天踩着木屐去踏雨。再凄惶的日子，也丢不了踏雨的兴致。青石板洗得泛了天光，踏上去，啪嗒一声，光从木屐下惶急地四散逃离，溅得四下里都是光影。啪嗒——啪嗒——，一路踏过去，一条街都飞满了脆响，一颗心都溅满了潮湿的光影。再走回去，心静了，无悲无喜。

去湖中采莲的日子，要穿过一大片乱坟岗。那时的湖，像个不起眼的弃儿，城市的繁华地带远在宝塔河畔喧响。瘦瘦的石桥，似弯弯的扁担，一头挑着荒郊，一头挑着城市繁华的尾声。哪像现在的风光，湖竟端卧在城市最繁华的地带。世事流转，如今的这座城市，走上一天也不到头。她想起小时候，对母亲说去郊外捉鱼，走过长长的土堤路，翻过湖上的石桥，在某一处湾角上歇了，下湖捉鱼。那时湖里的鱼真多，也笨，水清见底，她总提了满满一竹篓回家。翻过弯弯的月牙儿小桥，借着月光走过长长土堤路，直提得小手一痕青一痕红。

走进软脚坡之后，她再没来湖边捉过鱼。她整日穿了齐整鲜亮的衫子，等。软脚坡的日子就是一串一串的等待，望不到尽头，望不出念想。她的心也热过，热过了冷，冷过了热，热过了再冷。直到走出软脚坡，一生的姹紫嫣红散尽，一颗心再没回过暖。

走出软脚坡，一晃五十多年。前年她去过，探望一直住在那里的老友。很多的旧屋陆续拆了。老友踏了一辈子的青石板路，在巷弄里摆过小摊，卖过嫩滑的米豆腐丸子，卖过千针万线纳的布鞋底，卖过小孩子打飘飘的纸贴画，卖过三分钱一根的冰棒，也卖过三块钱一个的冰淇淋，卖过……老友说什么也不肯离开青石巷弄，最后圆满地从这里被抬出去。仅仅一年，老友住过的老屋也拆了。老友走得及时，只可惜这么气派的广场，再看不到。

她离开青石板路时，走得毅然，做了纱厂招的第一批女工。日日在一排排轰隆隆的机器间来来去去，喊嚓——喊嚓——，她同这声音缠绵了大半生。耳朵磨起了茧，手也磨起了茧，卧满一个个指端。紧紧凑凑的日子，让她再没有心慌。

退了休，日子一大把一大把像抽不完的丝，她天天坐在湖边的台阶上，看湖，看划着腰盆采莲的自己，看翻过石桥捉鱼的自己，看月白衫褂中玲珑的自己……现在的她，腰身臃肿，走起路来，一步一挪。曾经的那一种袅娜，只有梦里才会有了。

广场修起来，她日日来广场，一坐一整天，看自己从这里走出去的长长一生，看广场边上一层层拆着的老屋，一层层向着天空升起的楼厦，看开满了广场的欢腾花儿……

江

没有预约。我心血来潮，穿过大半个城市，去看江。在一个阳光微朦的春日。

宝塔河是长江无数湾畔中的一个。岸侧身让出挺深一道弧，一贯滔滔东去的江水便作了停留。待欠身东去时，长江原本滑洁的肌肤，漩出了一路细碎的涡纹。来这里望江，常常望出几分寥廓、几分苍茫，和无边的清明。

古老的荆江水道，九曲十八弯，弯绕出长江不同于他处的风情。风情之外，是越垒越高的河床，和远远高出江面的巍巍荆堤。荆江曾被删去不少的曲折，可弯弯绕绕的本性不改，惊惊仄仄，仿佛一首踏着险韵的词。它流经的江汉平原水泽密布，填了再多的河汊，依然水息弥漫，碎泽如网。荆江类似于长江的中年，眉眼间不知觉多了些沉郁，激情却没有散尽，会在某一时刻，骤然撞击出火花……

朱红漆的长廊不曾萎色，沿着江的轮廓蜿蜒，仿佛贴身的一段心事。无事而来望江的人，不止我一个。相拥相偎的情侣，捧一杯清茗的老者，扯一杆寂寞的垂钓人，还有呼朋引伴而来的，四处散落。已见出柔骨的风，吹不破江面薄薄一层雾色，淡色的乳韵若有若无。水天仿佛黏合一体，不同的只是天凝着，水在流。流动是水的命运、水的姿态。看江便是看水的姿态、水的命运，再从中看出自己半生的流逝与浮沉。

正是水浅时节，江边喧闹。工人们忙于修复去年受了水浸的江堤。脆薄阳光下，机器轰鸣，倾斜的堤坡晒满新鲜的水泥护堤，水气尚未滴尽。金黄的稻秸，仿佛长在护堤上方方正正的一亩亩田，来年收获的，愿是安宁。

1998年，荆江两岸的人们收获过无眠的夏天。失常的江水漫过了卵石滩、缠绵的灯船石阶，漫过了堤脚下错落的江户人家。日日，人群熙攘去看江，望着素来巍巍的荆堤、浊黄莽撞的江水，暗中猜测两者较量的结局。那一年，多亏了水泥铺骨的千里长堤，疯涨的水平安退去。

收获，取决于曾经的种植。长堤是百年间几辈人肩挑背扛种植的"大树"，我们是幸运的乘凉人；百年不遇的洪水，是百千年间野蛮掠夺结出的"果",我们是不幸的收割者。

在没有大堤护卫的乡村,江水啃噬柔软的泥岸,浪浪含血。刚刚还温热的家,转眼沦为汪洋,只剩零落的树梢在水面寂寂飘摇。1998年冬,宝塔河畔卧了方新碑。碑文记录着一长串名字。他们,纷纷消逝于那个酷热而寒冷的漫长夏天。

碑,是凝固的冷色记忆,让我们避免走向遗忘。

午间,工地安静下来。江水如练。我收回望江的目光,望见了那位老人。他独自坐在静寂下来的工地上,面朝江水,背影苍老。

流淌进老人眼里的长江,一路浩浩荡荡覆盖了他的童年、少年、葳蕤的青春,和他夯实的中年……他的一生,与这条古老的大江融汇在一起。生活在长江之畔的每一代人,都是这样。微渺的生命与古老的大江,最终都会流汇在一起。

雾霭笼蔽的江面,只江心几尾航标船浮着朦胧微红。远处是几座已见轮廓的桥墩,等待着一座新桥安落。之后,坐着"突突突"的渡船奔波两岸的日子就要远去。生活就是这么一点一点,耐心地、富有层次地改变。几十年后蓦然回首,轮廓还在,细一看,早已人非物不是。祖祖辈辈的长江、祖祖辈辈的宝塔河,何尝不是这样改变着一去不返,在我辈的视野之外,鲜活地存在,并延续。

一艘白色客轮从容驶过江心,江水哗哗哗拍一阵岸,终于静了。属于一艘江轮的涛声，只有这么一程。因每一程都短暂，生活才常新着绵延不绝……

听来的故事：他

那时候，宝塔河的朱红漆长廊和古香古色的墙群还没有修起，四野荒凉中只一座孤塔。那塔，据说是百余年前的一位皇帝献与生母的寿礼，**名唤万寿宝塔**。塔的基座**深陷在**地面之下，走进去，立时五指一抹黑。摸着两厢湿漉漉、冰滑滑的石壁，深一脚浅一脚往上走，很久才见到一痕亮光，那是接近地面的一层到了。借着亮光，看得见砖上有字，石上雕佛。整座塔，历历如是，满壁的字与佛，数也数不过来。漆黑、光亮、漆黑……反复七叠，到了塔的顶层。空间越缩越窄，像柄锥子。

原先顶楼正中，支着根石柱，传说能消灾祛疾，远近的乡人都来求福，碗口粗的柱子被刮削得瘦骨嶙峋，后来便不知所踪了。如今的顶层只剩下石阶，贴壁而上，陡窄得能惊出生人一身冷汗。他不怕。九岁的他早已烂熟了这塔的角角落落。

从塔上望江最好，万千苍茫，尽收眼底。这是老掉了好几颗牙的私塾先生说的。私塾先生还喜欢张着他四处豁风的牙，讲张飞大战长坂坡，讲关羽大意失荆州……讲得唾沫飞溅。这些故事，与他脚下的这片土地有关。

九岁的他走在干板结实的堤坡上，这是 1949 年的夏天。

晨间的江面，雾霭浓稠得像碗米汤，太阳拼力也挣不出身子。宝塔支棱在雾中，仿佛还没有醒来。两只水桶在小手上悠荡，清冽的井水泼洒在光脚丫上，惊起鱼鳞般的凉意。他走得急，害怕私塾先生用长长的戒尺敲他的手。

空气里充满铅铜坚硬的气息，远方不时惊起碎弹子般的炸响，他无端地有些兴奋。炸响越来越繁密，兴奋也像江面的雾越搅越稠。他在心里琢磨，今天有点不寻常。

走着走着，阳光挣脱雾障，辣辣地泼洒在堤坡上。铅铜气息里又夹杂了腥腥的水汽和青草味儿……那天，他没能走到宝塔河东头的私塾学堂。他被一群兵拦在了路上。他们远远地对他嚷：共军就要进城了，还上什么学，快快回家。他掉转身往回跑，一坡的阳光被踩得七零八落，四处飞溅。他气喘吁吁，光着脊膊出现在父亲面前，短褂早不知散在了哪里。父亲没有惊异。平日里市声鼎沸的江边码头，只见星散游走的人，不再是他熟悉的泊船码头。

宝塔河一带是青果行、米行、鱼行、蔬菜行麇集之地，众声杂响，五色斑斓。到了午间，渔民们纷纷缩船上岸，码头上酒香四溢，五味喧腾。他的父亲在岸边开了家饭铺，日日午出晚归。今天喧闹的宝塔河突然静了，静得让人心头涌起莫名的凄惶。

父亲嘱他回家收拾几件紧要东西，赶快去塔内躲枪。从他被奶奶抱在怀里起，就习惯了躲枪。垂髫年纪的他，还记得日本兵来时，大人眼中漫起的如雾凄惶。好不容易熬到满街再看不见白膏药旗，原指望噩梦从此终结，却不想枪声依然如蛇纠缠着眼前的生活。

他拔腿狂奔在堤坡上。一路想起的，只有奶奶藏着掖着不肯轻易示人的一只古拙木箱。奶奶从不在他面前打开，他便愈是惦念，不知里面藏有何种神奇的秘密。家，已经空无一人。他慌慌张张找来木桌，垒起木椅，往幽幽的阁楼上掏呀掏呀，只摸得两手青灰。枪声渐渐密了，近了，他在密密的枪声里大汗淋漓。

他家住在宝塔河岸边，木房，细细的几杆脚柱撑在斜斜的堤坡上，江水在脚柱间回旋。那时的宝塔河，排有一长溜吊脚楼，日常用水，只需揭起屋中一片木板，桶伸下去，悠悠提上来，便是清冷冷一桶江水。那天，忙着寻找木箱的他不知道，他家的吊脚楼，马上会同那只木箱一起，永远地消逝在 1949 年夏天。

九岁的他，眼里只有黑幽幽的阁楼，心里只有奶奶的木箱。如果回回头，他会否看见光影细碎的江水正轻摇着吊脚楼，他焦急的目光中会否涌入柔软，将这暖色画面永远地收入记忆。而今，他的记忆无情地终止在空洞无物的阁楼上，终止在邻居梅奶奶惊慌失措的叫声中——我的伢，你咋还在这里嗳。

他跟在梅奶奶身后，重新奔跑在堤坡上。枪声在耳边呼啸，阳光被扯成一缕一缕，铺头盖脸罩在他汗浸浸的身体上。塔里挤满了人。他们勉强挤进人群，在底层藏下身，陈年的积水漫过了他的膝盖。

塔外的枪声持续了整整一天，黄昏时稀了。最后，世界静寂得仿佛什么都不曾发生。他随着人群走出宝塔，夕阳正好。江面氤氲着柔和的红晕，波波涌涌，极温情地流淌。转过湾头，他便看见了那片艳丽的火海，像一朵异常妖妍的花正在盛开，远比夕阳鲜艳夺目。花在绽放，一座座吊脚楼在花蕊中消失，那里有他再也回不去的家。一种从未有过的锐痛，尖利地划过他的身体，视线一点一点模糊。

那一天，宝塔河畔的吊脚楼尽数烧毁，从此再没有修复。揭去一块木板从脚下提水的日子，倏忽隐去，消隐于深邃无边的历史。那一天，无数倒下的生命换来了一座城市的解放。至今往东不远，还有块高高的石碑，纪念着这段深红色的历史。

此后，他的一生都交付给了这条大江，这道长长的堤坡。十六岁，他担着沉沉的泥土在堤上奔跑，他的汗水洋洋洒洒落入大堤，从此无迹可觅……1998年，他和许多生在江边长在江边的人一道，目睹了长江无常的汹涌。冬天到来的时候，他一锹一锹将一块崭新的黑色大理石埋在了江畔。

有些痛既是人的，也是江的。这是他同这条大江厮守了这么些年，慢慢悟出的。然而，脆弱的永远是人，古老的永远是江。属于他的望江的日子不多了，生命就像眼前这一江逝水，终是一介过客。碑，或许是一种更持久的记忆，可以让世世代代避免走向遗忘。

古城

古城是江汉平原上一株古老的植物。自楚国的渚宫王孙们栽种了它，业已存活了两千余年，有过枯有过荣，如今依然完好地存在。

古城是江汉平原的一方异土，不只丰产沉甸甸的麦、白花花的棉、水灵灵的稻，还滋养诡谲跌宕的历史风云，盛产荡气回肠的楚风流韵。

与周围众多的年轻城市相比，古城已经没有了弹性十足的肌肤，咄咄逼人的青春气息，飘忽飞扬的眼神。古城的面色端凝，眼锋钝重沉郁，肌骨虬结如龙。我总觉得，古城一定有着深入地髓的神秘根系，有着成年累月积聚而起的磅礴精气，在内里奔涌不息。不止这一座古城，几乎所有的古城，恐怕都有着如此质地的魂魄。

这座古城，不大，与我生活的城——沙市紧紧相邻。一个古老，一个年轻。十年前，两座城市在行政的意义上合并，一个名字为另一个名字覆盖，一座城被另一座历史更为厚重的城覆盖。

经过岁月的剥离，古城的许多前尘旧事，已从我眼际消失。曾经的剑戟鸣击，曾经的沙场逐鹿，曾经的慷慨悲歌，曾经的篝火狼烟，曾经的流斛晓唱，恍如金粉沉沙，纷纷坠入时间的沙漏，再无可抓握。也有一些遗存，尚在寂寞泛黄的纸页上飘摇。它们有着陈年丝绸涉足风中的形态，我的目光伸出手，旋即握住的，却是满掌的碎痕。

而另一些事物，通常很少，真的就抗住了岁月恒常不遗的力。比如一棵可以世代寻根的老槐，一条千年不萎的大河，一柄铜绿斑斑、锋刃犹利的古剑。还有环匝古城的这一带青砖城墙。它们是一些比人更坚韧、久远的生命。千百年来，时间不停地位移，人事不停地变幻，而它们忠实地守候，等待某一个微不足道的生命，如我，在千回百转之后的一次寻访。

古城的存在将时间拉成了无尽的线，我踏上去，落足成微渺无华的一点。十来岁的我曾在城墙脚下挖土埋灶，草草燃起生涩的炊烟，那是很多的同学一同远足，有人扯着砖缝间悬垂的枝蔓，攀上了巍巍的城头。身为女孩，只有羡慕和埋头老老实实地举炊。那时的古城真是隔膜。

后来，从西城门起步，踏着尺余长宽的方砖，一路怀揣历险的兴味，沿着城墙一直走到城东。一气，阅尽古城半壁的现世与沧桑。

再后来，诚了心一寸一寸地行。看砖石上岁月灼痕的斑驳，看城郭深入骨髓的刚性，看城垛炮台隐隐按捺着的激情，看墙幔间还没散尽的刀光与剑影。也听，撩开现世的喧哗，听岁月深处的金戈铁马之音，听护城河身死相随的无韵之声，听历朝历代城闱倾折又修复的悲怆之吟。恰值暮春，有圆白的无名花瓣，纷纷扬扬自树上飘落，落出一地的苍茫。

这一年的端午，护城河上即将龙舟竞渡，百舸争流。古城的邀约已经送达四方。古城的岁月尚在层层加厚，望不见尽头，也无法预测。而属于我的时光，再短再长，也会尽数凝缩为一点，停留在古城逶迤而去的时光之线上，微渺无华。

听老辈人说，新中国成立前，古城城内布满了青砖白瓦的平房和窄窄的巷弄。城内古迹星散。一座古老的城池，总有着太多的传奇与旧事，可惜它们得以依托的痕迹都断续被抹平，现在只剩下唯一坚固的城墙，可以让后世层叠的脚踩上去，仿佛踩动岁月隐秘的机关，重回到时光深处……

一点一点回溯吧。土匪嘚嘚嘚跑马的蹄音，仿佛还回响在城墙根下，声声急促远去。满族八旗军的驻防也仿佛是昨天的旧历。那时，旗人在东门一带密密地划地为苑，过着与汉人一般无二又高高在上的日子，直过到民国初，转瞬间好日子烟消云散。大多数的旗人如沙尘汇入汉人的群落，今天又有谁还能辨得清。看一眼历史，人就会多一分悲悯。

往上，古城宛如一只被群狮争夺的锦球，在历史的册页边上虎虎腾挪，那一份喧哗，伴几分血腥，伴几分悲怆，伴几分落寞，可想而知。古城没有帝王之气，却是南来北往、东征西伐的要道，命运自是多蹇。其间，三国时代的风云在古城上演了最为精彩的章节。

再往上，相对的平和到来。楚国的王孙们日日笙歌，古城是一粒新鲜的种子，被两千年前的一只手，抛洒入土。之后，古城枯枯荣荣，走到了今天。

古城的岁月太长，人总是没有足够的生命可以看清遍历。至多是走上城头，踏一踏千年风雨敲打过的条石青砖，作一番可有可无的怀想。再走回眼前的生活时，兴许会多一些平和与挺拔。

听来的故事：她

每一个人的前半生对后半生都无知无觉，而后半生像含着青果一样，含着前半生，咂摸，回味，咀嚼，吞咽。她的前半生夺尽了后半生的华彩，以致她的后半生酸涩无比，每一个日子都如一枚青果。

第一次进城在一个南风呼啸的日子。她七岁，拃挲着两只羊角辫牵着父亲的衣襟，走呀走，从天微明直走到日当头。那天的日头像个扁扁的咸鸭蛋黄，被风吹得东摇西倒。她也是，眯缝着两眼，左一下右一下，将父亲的短衫扯成了歪嘴婆的脸。终于走到了裁缝铺，父亲歇也不歇，裹一身南风转身就走，丢下她独自一人走剩下的路。

她站在门里，看父亲被风吹得变形的身影，没有泪。她做了裁缝店的学徒，闷头将每一个难忍的日子，都踩成——嗒嗒嗒嗒——的声音的河。夜里尚有微渺的欢乐，她和同来学徒的女伴拃了细细的针，在红火焰蓝火焰里烤透，再蘸了幽蓝的墨汁，一下一下在雪白的腕上刺下锦绣。她刺的是"玉香"，她给自己起的名字，觉着香艳。幽蓝渗入肌理，渗入，再不能抹去。如今幽蓝还在，只是当年白嫩的腕萎成了一段枯槁的木，不再般配。

闲的时间像一段窄窄的布时，她们就约了去就近的东城门楼，在大块的条石青砖上玩她们的游戏，总不会枯燥。闲的时间像一匹长长的布时，她们就叽叽喳喳沿着城头走上一圈。她算过，不停脚地走，走完一整圈得四个小时。而她们总是将时间抻得长长的，让快乐尽量地丰满、绵长。

日本兵来的时候，她十岁出了头，明白了些事理。看老板耗子似的缩在日本兵跟前，活像下一刻就双膝一软跪下去的样子，她就像午间不留意吃进只苍蝇，心里不住地犯堵。她的小辫留起来，在头顶盘成婉转的髻。她模样柔着，心里却刚，终一日挟了微薄盘缠，奔向了城里城外时常出没的一群匪哥。

再后来，城里传开了，匪窝里多了位女侠，皂色衫裤，红巾缠头，骑着匹赤红烈马来去如风。那时候，她骑着赤红大马，随着匪哥撒开缰绳，一路疯旋过城外护城河上的木桥，城墙根下的泥路小径，进得城，稍稍捻收缰绳，擦着青砖白瓦的屋檐飘过，蹄音如鼓，轻快如风，何等威风。她也杀过日本兵，什么样的生命都不过是一标热血，她渐渐习以为常。就这样，她将一生的华彩都敷展在了马背上，不管不顾。

后来，日本兵退了，古城驻过形形色色的人马，匪哥们不问来由想闯就闯，想劫就劫。再后来，满街巷只剩下红五星，天底下突然静寂得让他们心慌。匪哥陆陆续续一标热血，撒手而去，留下她从马背上的峥嵘落入了凡俗。

此后，就不断地、彻底地归于凡俗，宛如一道垂直线那般干脆利落。她重新握起了剪刀、软尺、熨衣板，她的生活里嘚嘚嘚嘚的蹄音消逝了，重响起——嗒嗒嗒嗒——的声音。长长的一卷声音，淹没了她几乎全部的后半生。

结局快要到来时，她老眼昏花，再也裁不准直线曲线，再也握不动一柄剪刀。她坐到了街头，守着一排寂寞无比的自行车。

那是一家现代化的医院，每天车不停地更换。而这座古城早已今非昔比，护城河上曾经跨着木桥的地方，换上了九龙石桥。城内的青砖白瓦房都不见了，古城也像很多年轻的城市一样高楼林立，遍布宽衢大道。看起来，唯一没什么改变的，是那一带城墙。她曾经徒步走过一圈又一圈，熟悉了东城门那古老城墙的每一个城垛、每一个炮台。

她的生命持续地衰老着。她坐在街头，腰背佝偻，眼耳昏蒙，曾经雪白的肌肤萎成了老树疙瘩的皮。每一天，有数不清的人打她身前身后经过，没有人知道她的来历，也无人关心。连她自己也已记不真切曾经的蹄音如鼓、轻快如风了。

第三辑

此地

　　有那么一天，远行的人长途辗转归来，回到承载生命起点的那座城，彼此已是两不相认的陌生。他（她），站在车水马龙的十字路口，已找不准寻找和回忆的方向。

时间城

城市，是地球上为数不多、无法自生自长的事物之一。城市的产生，至少与一个人的脚步有关。那双脚跋涉过山山水水、荒原野地，忽一日停顿下来……十年、几十年、数百年、数千年后，这片土地上就可能矗立起一座内心逐渐繁盛的城，聚集起杂沓的脚步。日常生活在之中生动庞杂地展开。饮食男女在之中四季轮回。恩怨情仇在之中明明灭灭。纷繁物质在之中消消长长。无常世事在之中交错上演。

城市就好像是人造出的一件玩具。人又将自己放进去，痛苦着快乐着，生了老了病了死了，玩具还在，亘古常新，继续着繁华和兴隆。

一座城的血脉，远比一个村庄复杂。

日、月同样在城市和村庄的天空，日日升，月月落。寓意却不尽相同。

村庄与脚下的土地根连着根、筋连着筋，是裹一身泥和风，裹一身阳光和月光，乖乖被时序引领的孩子。村庄的气息，像日月一样，应时更新，循环不已；而城的气息，强劲、复杂、迷乱、浊重，从晨到昏从昏到晨。城市向着天空升起，怀里永远揣着一颗叛逆之心。太阳在城市落下温暖的时候，也落下阴影；月光在城市洒下浪漫的时候，也洒下孤独。

城，是一块强力的磁铁，吸附着不同的方言、口音，不同的话语系统、生活习惯，吸附着那些在内心深处怀揣一枚铁屑的人们。他们从环抱城市的村庄走来，背负简单的行李，身后牵绊亲人跂眺的目光。

那枚铁屑，微小、灼热，在一颗怦怦跳动的心脏内部，闪闪发亮。

一个从村庄走出的人，当他到达一座城，就可能抵达下一座城。城是川流不息的河中的一座座岛屿，是河心垫脚的一方方巨石。每一个漂泊者可以停留，却不会真正拥有。

城太强大，被吸附的人无力抗拒。越来越多的脚步，从村庄迈向城市……

最初的城，将人与野地分离，摆脱兽类的攻击，在带来局限的同时，也带来安定。

慢慢地，一个人上升为城的核心与高度。在从地面抵达他的层层台阶上，建立秩序，划分等级，也驯养臣服，滋生诔媚，播撒尊宠。

曾经，拥有一座城，便意味着拥有土地、财富、威权。

城上搁起枪炮，枪口和炮口对准旷野，或另一座城。城与城之间，有了掠城夺池的征战。烽火漫天，四处蔓延，有了阴谋和杀戮，有了悲吟和离散，有了残破、毁灭与复生。

在新疆，看到一座荒疏数千年，正在缓慢而坚定地接近它原初形态的城——高昌古城。

这座城，和所有来自远古的城一样，有着赭褐色的肌肤。

土垒起来，竖的墙、横的顶、窄的窗、宽的门，一间一间的房。房与房之间留下通道，水在渠沟里流动，人在通道里走动，一圈夯土围起来，就是最简单的城。

这座城，曾将一群来自遥远汉地的戍边士兵，一群声息相通、乡愁一致的人团结在土色的堡垒里。开荒屯田，在一无所有的底子上兴起家业。他们在荷锄的间隙，一定常常向着东方眺望；他们在夯土的空档，一定常常从胸腔里呼出一声叹息……他们将所有的乡愁都搅拌在泥土里，又夯实进一堵堵墙、一间间房、一道道渠。外城墙、内城墙、宫城墙、可汗堡、烽火台、佛塔……那是一座与同一时间之轴上的长安城惊人相似的城。

一样的布局，一样的形制。只是体格瘦小，不复有长安城的雍容气度；只是内容简陋，不复有长安城的铿锵繁华；只是身处荒漠，不复有长安城的气定安详。

在这座城短暂又漫长的历史上，硝烟弥漫，战马嘶鸣。

城外，随时有虎视眈眈的觊觎者跃跃欲试。由土夯就的城，能有多坚固？几兴几毁，几度易主，它最终沦为一座空城。断垣残壁尽数交付不老的时光，慢慢化作烟尘。

这是一座过去的城。

只剩下模糊的轮廓，供后人，如我前去凭吊。

长安城、咸阳城、永兴军城、京兆府、玄满城……在时间的纵轴上，这些不同的名字，共同指向的是今天一座名叫西安的城。

这座城，曾荣登辉煌的塔尖，成为无数城市顶礼膜拜的方向。而今，它是一座仿佛还一味沉浸在往事中的城，积淀了太多的历史尘埃，没有足够的心情整理凌乱的内心。

历史上曾经抵达的辉煌和至今巍巍挺立的秦始皇兵马俑一样，是它沉甸甸的背负，既荣耀又沉重。

这是一座进行中的城。每天都有一些地方在拆除与建设，每天都有许多细节被涂改与添加。尽管速度不快，但高楼的数量在增长，拥挤陈旧的平房在减少；尽管灰尘还是一样飞扬弥散，但道路一天比一天拓宽，车道一天比一天拥挤；尽管口袋里的钱还是有限，可超市一天比一天丰盈，诱惑一天比一天繁盛；尽管生命不会掉头向后，可衣饰越来越新潮靓丽，面色越来越红润舒畅……只要有人生活其中，就没有一座城会静止；只要时间还在继续奔跑，就没有谁的生活会停止向前。

在这座城中生活的人们，常常向着远方眺望，就像当年戍边的士兵眺望遥远的长安城。从这座城走出去的人们，洒向了四面八方。他（她）消失在一座座城密集的人流中，乡音或浓或淡地隐伏在他（她）的声音里。除此，再没有明显的线索显示他（她）来自一座名叫西安的城。

年幼的城和古老的城。许许多多的城。还有我生活的城。都是现在进行时的城。很多时候，一座城市的改变，比一个人转瞬即逝的想法还要迅疾。

城与城的面貌越来越相似。人与人的装扮越来越相似。走在大街上，没有人可以轻易看穿另一个人身后隐匿的城。他的出处、他的品质、他的语言习惯、他内心暗藏的牵系，他曾经的童年、少年、青年、中年、老年……明明暗暗的线索，都在愈行愈远的路途上，渐渐偏离一座最初的城。而另一些城的气息，不断加盟进来，在身体之中交融混杂，留下或具体或抽象的影响。一个人的气息，若是条分缕析，实际上包含有他所生活、停留、经历过的所有城市的气息。

总会有那么一天，远行的人长途辗转归来，回到承载生命起点的那座城，彼此已是两不相认的陌生。他（她），站在车水马龙的十字路口，已找不准寻找和回忆的方向。

不知那是一座城的幸福，还是悲哀？

北京城。

对许多城而言，北京是一座未来时态的城，是这些进行中的城在明天，或者明天的明天可能抵达的一座城。

　　奇怪的，每次到达北京，都在秋天。秋天，是北京最明媚的季节。阳光金子般纯冽，金黄夹绿的叶子在空中飘转，缓慢，随性，爽亮。秋天的北京，在白日里闪闪发光，在黑夜里却湿漉漉的柔软。

　　早在去北京之前，这座城就以标志性的天安门、长城、故宫、颐和园进入并占据了我的视野。北京，曾经是一个像梦一样遥远，又像梦一样美丽的城。十多年前，和哥哥吵着嚷着去了趟北京城。十四岁的我和十九岁的他，坐长途客车，再转火车，两天一夜辗转在路途上，疲惫得面色苍白。可是，很快，北京幻彩、宽和、绚烂的秋天唤回了我们面颊上的红晕。我们和表哥，三个人各骑一辆自行车，狂奔在北京城的大街小道。我们去了北京城最著名的那些地方，也去了北京城不为人瞩目的那些地方。我们在白天顶着灼热的阳光，喝怪异的酸奶，四处游逛；在夜里枕着淅淅沥沥的雨声，无眠。

　　去拿返程火车票那天，哥哥和表哥骑着自行车穿过十里长安街，青春的身影衬着庄严的天安门城楼，像两团急速的风。就是那次北京之行，让一些隐秘的藤蔓在我青春的身体中开始扎根生长，我悄悄地迷恋上了那座城。几年后，我努力考进那座城，因为一个意外，命运让我与之错过，并将永远地错过。

一直以来，那座城，始终是我眺望的方向。不为哪个人，不为哪些事，只是简简单单地喜欢这样的一座城，喜欢他骨子里的大气宽广从容，尤其在秋天，还额外多了绚丽。后来，不期然地，在一个又一个秋天，我一次次抵达，停留，离开。

北京城向前的步伐，比我奔跑着的青春还要迅捷。五年后再去。十年后再去。十五年后再去。不过十几年的时光，天安门还在，长城还在，故宫还在，颐和园还在，可曾经素朴、简陋、灰调的一切消失了，代之而起一座大气明朗亮丽的城。仿佛曾经蹙紧的眉眼彻底舒展开来，一度被束缚的身姿尽情伸展开来。

2002 年秋天的一个早晨，我坐在北京朝阳区名叫石碓子的街边，明黄的落叶在身前身后飞舞，像阳光宽厚的手掌。风轻轻地吹拂着它们和我，清凉、柔和、安谧。老人、孩子、行色匆匆的男人和女人，从我面前走过。阳光被他们穿透，又在他们身后无声地聚合。我爱极了那一时刻。

那一时刻，仿佛可以回到久远的从前，也可以延伸至遥远的未来。过往的岁月中，生之疲惫、厌倦、琐碎、挣扎、疼痛，忍耐过那么多，就是为着来到这样的一个时刻吧。哪怕仅仅一个清晨的长度。

这座城对于我，每一次的到达，都是为了更好地离去。

在每个人内心深处，都存在这样的一座城吧。可以安放进许多不为人知的念想、希冀、渴慕、爱恋，许多指向过去和未来的属于个人的隐秘心事。可以让所有的躁动和不安都平息下来，让所有的惧怕和忧虑都退缩到远处，让空洞、疲惫的身心重新充满勇气和力量。我称之为心灵之城，一座镶嵌在生命中、具体而抽象的城，比如上海，比如南京，比如昆明，比如拉萨……

人会老去，这座城不会老去，永远，无限。

许多的城正走在时光的路途上，之中有我的家乡。正如许多的人正奔涌在朝向理想之城的路途上。

还有许多的人以一生眺望着一座城的方向，生活着憧憬着，痛苦着快乐着，逐渐老去……

木质的村庄

溯流而上，大致可以发现，木质的多寡，是判断村庄古老程度的一种标尺，也决定着一座村庄由内而外散发的气息。

南方的传统村庄，多木。木是结构房屋的主体，构造实用的部分，也镶嵌于修饰的部分。木的包容、温和质感，渗透于宅屋的角角落落。我喜欢这样的村庄，除了天然的草本木本植物四处见缝生长，数人才能合抱的大树栖息在村头村尾、桥边河沿，还有一座座进去就能感觉清凉与妥帖的老宅。

这样的老宅经过时光的沉淀，墙体泛出斑驳之色，复杂得难以用颜料描述；木质的部分也无预期地残损了，有人为的破坏，也有岁月随性的手笔。但它安详，如同村头布满疮疤的老树，似乎可以承受一切它可以承受的，依然无损它的安详。我固执地以为，这些老宅，可以安妥地、舒展地放置身心。

村中那些老树，巨枝虬结在半空中，如巨大的手掌托住了流转不定的时光。树下，总有一群群不知疲累的孩子玩耍着，捉迷藏、抓蚯蚓、滚泥球、抓沙包……他们一茬接一茬地长大，老去，最终消匿了身影。而树还在那里，成为村庄不离不弃的陪伴。

有了这些树，再寂静人稀的村庄，也有了安慰。在宜丰采风时，去过一个叫坪上的古村。绕村半壁的石垒古墙上，散布着数十棵八百至千岁的古树，大多为樟树，看起来三四人方可伸臂合围，还有生长极缓慢的石楠和罗汉松，紧致的腰身。它们与村庄的年岁相仿，一路绵延成环抱的姿态，护卫着这个村庄。村民出门抬头便见它们的身影，一年四季被它们荫庇。它们仿佛一条隐秘的时光通道，连通着村庄的源头。

盛夏，慕名至婺源，随古村落立档调查人员走访古村。这里古村密集，因被群山抱持而得以保持本真生态。

同行的当地女子有个男儿气的名字，显峰。她家在一个尚未被旅游开发的古村，村内老宅不少。她家的宅子建于19世纪后半叶，在族谱上可查找到源头。在一座庞大的运行了上百年的老宅里，每一年都有木质的部件在悄悄地裂变、腐烂、风化，在眼睛看不见的地方，直到坍塌碎裂才被惊觉。

木质的物件，有自身的寿限。这样的老宅牵系着久远的祖先的脉息，在岁月的起承转合中不断存储着生活的细节、时光的重量，即使有人居住于中，镇日小心翼翼地维护，还是有人力难及之处。而且，真实的生活，有着凸凹粗糙的质感，哪里可以做到周全无遗的呵护。

老宅里，愈是繁复的细部，那些镂空雕花的雀替、柱础、窗框、飞梁、翘檐，有着目光和手指难以触及的细微转折和深部空间，却可以被粉尘、虫豸、风雨、阳光和月光轻易抵达。这些来自自然的物事，在漫长的时光中，随性出入，耐心地对这些部件进行二次雕琢，直到它面目全非。

每走进一处老宅，当我们留意着那些唯美的难以复制的细节时，显峰却专注于询问房主如何保全，如何维修，如何保持品质的仿旧。她与古宅是一体的，即使她已经搬进县城，住进水泥楼房多年，只在年假时偶尔回去一趟老宅，但她与老宅有过相同的呼吸节奏，成长的记忆渗透着被老宅过滤的光线的质感，生活习惯也延续着对老宅的迁就与贴合。无论离开多久，她对老宅始终怀有亲人般的牵挂和担忧。与我们说起老宅，她的语气里有些许骄傲，也似连缀着无声的叹息。那是时光的馈赠。那也是无法挽留的遗憾。无法，却又想拼力去挽留。

在虹关村，詹姓老人正在翻修老宅。三米长的横梁是精挑细选的好木，前一日进屋时，因为老宅低调的门脸、高耸的板壁、紧凑的结构，木匠师傅们想了很多种办法。此时，它安卧在老宅正中，比周遭的木色都新、都亮，却有一股安妥的气息。似乎有它稳稳地坐镇一方，这满屋的狼藉躁动之气，都不足为虑了。不远的天井一角，堆放着比人高的沙土、瓦当，瓦当是从老宅屋顶上揭下的，有着让今天的匠人称羡的结实质地。梁的下方，几位木匠师傅正在赶活儿。进门的一侧厢房里，也有木匠师傅在忙，木屑散布在老人稀疏的头发、圆眼镜片和脸颊、鼻端。他便端举着一张被粉尘装饰的脸，好奇地探出头来打量我们。

在上海工作退休的詹老，对这座老宅念念不忘，对这座古村也是。街头巷尾的粉墙上，都能看到墨色涂写的巷名，这都是他的作为。他乐此不疲地将时光打发在这些事情上，全然出于自觉自愿，仿佛想在老年一气偿还远离古村的那些时光。

也是在虹关村，我们路过一处只剩支离骨架的老宅，颓败的脏腑隐没在半人高的草木中。野草恣肆地横逸斜出，疯狂滋长，改写了老宅原本封闭自洁的空间。已经没有门扉的木框上，挺立的杂草丛中，悬有一枚蓝色簇新的门牌——浙源乡虹关村 100。新与旧，如此突兀地组配在一起，颇为触目惊心。不知这老宅是无人居住而自行毁败的，还是主人主动地放弃，在他处改建了新宅。

在古村，你会不断地与呈现颓态的老宅相遇。颓而不败的他们，支撑着骨架，挺立在同样古老的街巷与树影中；你也会不断地与形态如旧但质地簇新的新屋相遇。人们渴望改善生活空间、生活质地的渴望，是无法阻挡的。老宅的好，老宅的亲，老宅的贵，老宅的不可复得，只能在懂得、体恤、珍惜它的人那里，才能保全并延续。

也有老宅被移植。人挪活，树挪死，那么老宅呢？它们被从埋入土中的基础上挖掘而出，远离了自己植根多年的村庄，整体标记后迁至新地，再按标记组装起来。

移植者，多是承包了某一村落旅游业的投资者。他们出于打造景区的目的，将一座古村的村民迁空后，再添置进一些移植来的老宅。看起来整个村落的古宅生态更加丰美，可被抽空的村庄，还能葆有多少本真的活泼泼的生气？

那些老宅在被移植的过程中，也被修复。朽败的骨架，用水泥框架支撑。门头檐角，借用日益高端的修旧如旧的技术，老的与新的、真的与假的，混淆一体，看起来面目无异，可气息不对。那种走进老宅可以闻见的，从老宅骨子里、木缝中散发出的天然木香，被生硬粗暴的水泥气取代。

我静静地望着这些被拆骨又接骨的老宅，不知它会否在夜深人静时发出压抑的呻吟，又会否在体内留下历久而反复发作的伤痛。这些，都只有老宅来默默地承受了。

颓败的老宅与簇新的门牌，存留在相机里，那一点亮蓝和一片深暗的木色之上，有挺立的生气勃勃的草茎。在按下快门的一刻，我记得有风吹过，轻轻摇动它们。这一切构成了某一时刻的记忆，留于感觉，留于影像，留于文字。但，这不是完结。

正在消逝的余响

车，嵌在三条并行的巨蟒中部，仿佛蟒身斑驳花纹上的一点。蟒身在缓慢地、没有规律地向前蠕动着，时停时歇，将时间抻成难熬的长度。

我们已经被堵在遂川往广东的高速路上一个多小时了，这是乙未年正月十一的午后。车徒劳地不停变换车道，还是找不到任何缝隙或通道摆脱这长蟒的身体。雨意充盈每一朵云，天空灰白，映衬着远山的轮廓线，单调乏味。此时，若从高空俯拍，这绵延在中国南方近乎凝滞的长流，想来是非常壮观的。听本地人说，春节长假过后，这段路天天呈现这样的景观。源源不断向南的车流，无声地注释着独属于当下中国的社会状况。

多年城镇化的进程，让无数人离开村庄入驻城市。回家不再是一个日常的词汇。或者说，家不再是单一的点，而成了树上分离的枝丫。只有在传统节日春节，回家才成为一个浓墨重彩的词，一个意义指向明确的词，在宽宽窄窄的高速公路、国道、省道、县道、乡道上，奔波着回家的人们，他们提着大大小小的行李，拖家带口，沿着枝丫回归他们的根。这个根，他们称之为老家。几天之后，他们再一次提着大大小小的行李，拖家带口，奔向自己在城市临时搭建的那个家。

私家车群体的快速膨胀，使得回家的路演变成了缓缓蠕动的巨蟒。忍受着路途上的艰难、疲乏、无奈、焦躁、煎熬，预期到被堵的可能，人们还是穿行在回家的路途上，让自己演变成巨蟒身体上一处细小的斑纹。

这是独属于中国的年的余响。

说实在的，城市的年抵不上老家的年。可老家的年，也已抵不上记忆中的年。那一份红红火火的喧腾，货真价实的喧腾，被鞭炮声充满和覆盖的喧腾，正走在消逝的路途上。我不知道，那些碾着路尘奔回老家的人们，有多少是因为舍不得这份喧腾，念想这份喧腾。

我们此行不是回家，而是去追赶这份正在消逝的喧腾，想将之记录在相机里，记录在纸页上，摁进自己的记忆，或者也输送进别人的记忆。这一被命名为"田野调查"的工作，本质上就是追赶那些正在消逝的事物，逆着时间的方向，逆着生活的方向。生活总是依循着时间的方向，向前，义无反顾地向前，一些事物被刻意地或无意地遗落在了她的身后。之中有一些是理当被淘汰的，有一些却是珍稀的，只是当我们意识到她的价值与美时，她已消逝不见。比如，以每天一百座的频率消逝的古村落，之中不乏珍贵的美丽，可他们木质、土质、石质的形态，注定会被时光腐蚀、消磨、吞噬。还有许许多多乏人传承、难以延续的民俗，所携带的文化密码、文化基因，构成了他们独异的美质。但植根于农业文明，与农业生活方式相匹配的他们，一旦进入工业文明建构的时空，也就踏上了一条朝向消亡的路途。如我们者，能记录下多少，挽留住多少，抓握住多少？

次夜，踏着暮色，我们走进于都银坑村。在这个以萧姓人家为主的村落，还保留着正月里跳甑笊舞的习俗。自正月初六开始，每夜在一个屋场跳一场甑笊舞，直到九个屋场轮完。这一夜，轮到了上营和下营。

我们到时，红烛和高香已在屋场的空地上点燃，五座神像并排安坐在烛火之后，神态安详。腊月和正月也是他们一年一度的节日，其余的日子他们被封存在祠堂的阁楼或龛笼中，抱持住他们的神秘与神圣，不问这村庄里的纷纷扰扰，也不惊动村人的日常吐纳。只不知，年复一年在此时被迎出供奉的他们，可洞悉了村庄那无可挽回的改变。越来越多的年轻人奔赴了城市生活，被留在原地的老人与少量的孩子，还有那些无法挪动的古老的树木和房屋，支撑起一个村庄。日见潦草。

孩子们是最雀跃的参与者，他们早早地就聚在了空地上、烛火边，追逐，嬉戏，佯举着舞蹈用的道具四处游逛，将一场在老辈人眼里敬神娱神的神圣仪式，视作一场难得的游戏。他们有的刚刚随父母回到老家，几天后又将离开。这一场甑笟舞的余响，不知会在他们的记忆中绵延多久，抑或终生？

2015年上营牵头的是一位萧姓青年，从南方打工回来，尚未婚娶。当其他人家都沉默的时候，他站了起来。从小与村里跳甑笟舞的萧老师傅学的招式，他不想遗失在飞速流逝的岁月中。在能坚持一年的时候，就坚持下去，哪怕自身力量微渺。

萧老师傅斜背着一个土布包袱到场，八十多岁的身子骨，精瘦却硬朗。在诸事口耳相传的乡村，关于甑笟舞，他是一众后辈的师傅。自古而来的那一脉线索，随着诸多老人的离世，都牵系于他一身了。整场仪式中那些微小而琐碎的程式、规矩、细节，一一由他框定和传授。而今，还有萧姓青年们热心于这一传承，他们将成为今夜舞蹈的核心力量。而那些在烛火边雀跃欢跳的孩子中，还有如他们一样的热心传承者吗？

我望着兴头十足敲响鼓点的萧老师傅，猜度着他平日里的模样，会否也这般神采飞扬？今夜这场狂欢无疑是奢侈的，对一座清寂的村庄而言，对一个平凡度日的村人而言。

燃香，喝酒，唱船歌。几位老人在萧老师傅的带领下，对着一本纸页泛黄的唱本，用方言吟唱起了船歌，一人唱问，众人唱和。烛火前，不时有女人带着孩子、供享的食物，点燃高香和红烛，低首合目。在她们微微翕动的唇齿间，含着她们诉说给诸神的心愿。那些心愿微小琐碎，却涵盖了她和家人全部的生活、全部的热望。一旁，孩子们顾自玩着他们的把戏。年轻人在准备舞蹈的道具和服装。整个屋场，像那一蓬蓬被暗夜映衬的烛火，缭乱而炽烈。

待老人们唱完一段，鞭炮声炸响。随后，锣鼓声起，年轻人手持竹制的甑笊，在空地中间围成一圈，边击打甑笊边划动舞步，呈逆时针方向跳起来。甑笊发出清脆的撞响，伴随着舞者的吆喝声，整个屋场似有一股风在回旋，在奔腾。在场边观看的村人中不乏年轻的面孔，先前被锁闭的表情此时也松敞开来，仿佛被场内的节奏带动，被缭乱的烛火映亮。这一刻，在场的人们都抛开了缠身的种种烦恼，沉浸在酣畅欢腾的舞蹈中。

我调转目光，望向身后。那一排顶着红色绸布的神像，依然安详地注视着这一群沸腾的人们。他们的视线，被众多的围观者挡住了。他们金色的脸庞，被烛火映照出深邃的轮廓。

据说，这场狂欢般的舞蹈会持续到深夜。唱一段，舞一段，直到唱完全本船歌。在每一环节相接处，都有鞭炮声炸响，烈烈地铺排，为村庄铺一地红屑，散一天硝烟。我们就踏着这红屑，闻着这硝烟，听着这烈响，离开了银坑村。

没走几步，即落入乡村浓稠的夜色中，唯耳边传来鞭炮的余响，渐远。

这鞭炮声，颇像一个惯于沉默的村庄发出的啸叫。这个村庄或许已经静默了一整年，或许已经空寂了一个夏天和一个秋天，或许已不习惯发出如此恣肆的声响，或许不再拥有明年或后年；又像一个讷言的村人忽然喋喋不休的倾诉。这个人或许存储了太多委屈，或许积存了许多念想，或许在内里饱含了祈愿，或许只是需要短暂地将自己点燃，燃成一地灿红的热望。这热望，可以捂暖此后的不少日子。

那一夜，以一幅幅画面的形态定格在我的相机里。黑暗中凸显的烛火，缭乱而炽烈，带着仿佛可以触摸的暖红。这画面携带着鞭炮的余响，惊醒了我笔下的文字。

在凝定与流动之间

在匆匆的行走中，想把握一座城的精神脉络不易，况且是赣州这样一座有千年古韵与积淀的城。好在，与时间的流动相仿，一直被章江、贡江载浮的赣州，在流动中消泯了无数的人与事、光与影，却留存有可供后人驻足缅怀的些许岛石。

这座城，与我的家乡荆州相仿。星散的、可追溯至数百上千年前的遗存，仿佛尚未被岁月磨逝的纹饰，佩戴在他的额际、腰部、眉端、指尖，仿佛一个历经沧桑的人，随手一掬就是一把故事，可是不轻易言说，一味地沉默，将过去和未来交付流水。

曾经这样书写我的家乡，"作为一座被时间层层掩埋的古城，与周围年轻的城市相比，它没有弹性十足的肌肤、咄咄逼人的青春气息、飘忽飞扬的眼神。面色端凝、眼锋沉郁、肌骨虬结、悠远的历史，成为古城最荣耀，也最沉重的背负……"

而眼前的赣州，不知是否我止于游历，而未生长于斯的缘故，在我看来显得轻盈许多。古意无处不在，但不是钝意入髓的古，而是沉静舒雅的古，仿佛某一个朝代的特质太过深刻地沉湎在他的骨血中。

那，自然是宋。一个各向度都发育得饱满丰实又经历山碎河倾的朝代，一个既可以将文字调度得柔媚生姿又可以铿锵悲怆的朝代，也是一个让许多文人至今思慕渴望寄生的朝代。而我的家乡荆州，源于古楚，那于原朴粗粝中衍生出瑰奇灵异之气的国度，信奉剑戟鸣击逐鹿旷野。潜隐在骨血里的不同的基因、不同的精神密码，造就了两座城的不同。

对于赣州，我有一种亲切感。仿佛他是我家乡的一个兄弟，被时光分散在了两处。那青砖垒砌、糯米灌浆贴缝的古城墙，砖石上岁月灼痕的斑驳，瓮城墙幔间还没散尽的刀光与火影，还有古城楼翘飞的檐角、城堞上摇曳的草叶、墙体上附生的累累藤蔓，都给我亲缘般的触感与视感。没想到，这些我自小习见的事物，会在这个夏天，在南方更南的地方等着我。

熟悉之中也有陌生。即使是兄弟，也有差异。环绕着家乡城墙的护城河，在这里拓展成了章江与贡江，两条结实而天然的河流，这让赣州的古城墙不得不有抵御水患的筋骨。在青砖之下，是糯米与铁粉浇筑的墙体，异常坚固。城墙上的五个炮台，是清朝咸丰年间为抵御太平军添设，使之又带有了热兵器时代的印记。

暑热在青砖墙体和江面上蒸腾，透明的水雾奔向蓝天，而墙体反射也吸纳着这酷暑之热，岿然不动。野草葳蕤，映衬着亮蓝的天空，摇曳得目光有些微迷离。有多少城墙在时光的水流中建起，又倒塌。有多少城池在时光的水流中关闭，又敞开；攻克，又沦陷……这一段城墙，和那一段城墙，有什么不同？

他们都是时光给予我们的馈赠，仿佛流水中的岛石，供我们在某一时段驻足，不过为了感觉时间如流水般的无尽与强大，以及那水涡中旋转着的让人无法洞悉的玄秘。

浮桥，被水流轻轻晃动的路。它长在水里，而非空气中或泥地上。当身下的百多条木舟与铁浮船一起被晨光勾勒出轮廓时，浮桥像极了一条凌波的百足龙。它似乎分外享受这一时刻，慵懒地摊开足爪，由着流水轻漾。龙背上，穿梭往来的人们，挑着担，担子里是时蔬、河鲜、瓜果；推着车，车上是叽叽呱呱的娃娃或沉默不语的货物；也有空着两手的，或是将手妥帖地窝在另一只手里的……他们从东郊穿过浮桥，穿过城墙，穿过建春门，进入赣州城的腹地。

这样的画面，大约八百多年前就开始了，像一匹流水的长卷，一直漫卷到今天。

据说，是写《容斋随笔》的洪迈架设了最初的这座浮桥。从那以后，日日，桥应时而开合；年年，桥应时序而长短。三舟一系，百舟一体，渡了这贡江两岸无数的人、物、事。

水波永动，可这一带浮桥却始终凝定在这里，在贡江的某一部位，在赣州的这一方位。桥上承载了数不尽的来来去去的生命，栖落过描不完的晨光与暮色。我们到的时候，正是天色转阴的午后，阳光收敛了锋芒，但暑热尚在，渗透在丝丝缕缕的江风中。浮桥显得有些空疏，只有三三两两的过客，而江边的生活如常而有序，建春门前卖河鲜的摊点，水盆里伏着乌龟、江鱼、细虾，竹竿上晾着鱼干。木制的桥板，走起来有轻微的声响，还有水波的荡漾，仿佛踩着远古吹来的风。近岸的江水里，伏着几个男孩和一个将头发挽起的少女，他们安然在江水里，仿佛与水是一体的。岸上造木船的男人，埋头工作着，偶尔抬头望望江面。几只大船上卧着硕大的铁锚，不知是用来定船还是定这浮桥的。

这画面我仿佛早已熟悉，在关于浮桥的照片还是文字里？我知道那些被蔑缆连成一体的木舟，会在每天定时开启，让江流中的竹筏与船只通过，那时岸上站满驻足等待的人。偶尔，一只木筏莽撞地冲击一只载桥的木舟，那木舟便借势顺着风顺着水流而去，仿佛贪欢的孩子。而真有贪欢的孩子，早等着这一刻，悄悄攀上出溜而去的木舟，领略那一阵临风顺流的快意！

管理员驾着机动船，"突突突"地追赶上来，将木舟牵住，仿佛领一个淘气的孩子回家。木舟上的孩子赶忙出溜到江里，听着责骂声在水面冒出一串笑声。很快，敞开的浮桥又严丝合缝成了一体，仿佛一道关，一座城门，重新锁住了贡江。可锁不住贡江的水流，她昼夜不息地流淌，奔去了远方。

客家人是流动的群体。他们从中原向南流淌而来，流进赣州，流过梅关，漫向南方之南。流经之处，不断地析出支流，析出一群群的客居者。他们在异地安住下来，或者停留一段继续漫流。

在一幅描绘客家聚居地的地图上，那用土黄色标示的一块，覆盖了赣南、闽西、粤桂，甚至跨海而去，登上海南岛。

南方之南的荒僻地，以群山阔荡的怀抱收留了他们。但客居的日子，土著的侵扰、流寇的袭击、野兽的窥伺，会让日常的光阴随时化身为危险的箭镞，骤然逼近，防不胜防。

围屋，不只是寻常意义的家。它是客家人为自己建造的城池，自做的堡垒，凝定的巨大盔甲。厚达两米的土石垒砌的外墙，像青砖城墙的内部一样，用糯米、黑糖、纸条、篾根加上土，铸成水冲不垮、枪捅不透、炮打不穿的筋骨，这样的屋子才能安放他们漂泊太久、畏惧太多的身心。三进连环、几横几纵的院落，共同簇拥着围屋最中心的祠堂，如一个忠诚的怀抱环护着对先祖的尊崇，也如永远的注目眺望着血脉的源头。

不论流徙多远，客家人都会怀抱着先祖的牌位上路。正是远离，持续着对他们忠诚的考量；正是流动，让他们在内心凝定了一脉褪不了色、斩不断根的思念。

赣州处在远离繁华的偏僻边缘地，却有着通往更迢远处的唯一通道。曾经，梅关是一道淌流不息的关，让赣粤两地的人交互物资、信息、声气与习性。很多客家人就是从梅关走向更偏远的南陲。

这条曾因军事需要，由秦军的马蹄踩踏出来的群山中的路径，在唐朝由张九龄提出修建流通货物的通道，于是，将坚硬的花岗石岩体凿挖二十多米，碎石铺砌，点点前伸。于是，有了长达三十余华里的驿道，有了扼赣粤间唯一通道的梅关。

因山势造型，时有台阶的驿道，只能由挑夫一步步丈量来去。

一位生在赣南于都（旧称雩都）的朋友，还记得小时村人经常往来梅关运送货物，南去的多是山货、土物，北来的多是洋货、舶来品。村口有间屋子，用来关狗，狗吠声充斥晨昏。每隔一段日子，就有村人赶着一大群狗上路，每条狗的脖颈上套一根麻绳，绳上绑缚一个长过狗嘴的竹筒，不知是哪位先辈发明的这一办法，足以让两三人顺利将四五十条狗顺利赶过梅关。很快，生猛的狗吠声就静默成了粤人餐桌上的菜肴。

今日的梅岭驿道，在绿树环绕之中，山幽林静，已与多年前川流不息的繁盛景象相去甚远。十数文人，谈笑而过，摄下的是梅花还没开放的梅关，雪花还没洒落的梅关，看不到挑夫迅疾的身影、听不到喧声的梅关。梅关，曾经高筑关楼的梅关，已经太静太静了，静成了一种回想，静成了一道凝定的风景。可回想是流动的，赋予这风景沧桑流变、静中生动的韵致。

想当年，被贬广东的苏东坡走过这里时，不知身边可有流流沓沓的挑夫，同样徒步的他是面带微笑还是眉头微蹙？"日啖荔枝三百颗，不辞长作岭南人"的诗句里，隐埋着真实的欢喜还是为了遮蔽淡淡的惆怅。当年，文天祥遭缚后被元军押解着从这里走过时，不知身边可有埋头赶路的挑夫，那一种源于山野的生猛劲儿，可引动他对自由的慨叹……

流动的生命，充满活泼泼的生息。可凝定之中，又何尝没有流动；流动之中，又何尝没有凝定，如同欢欣与忧愁、渴望与绝望、覆灭与新生可以杂糅与转化。这世间本没有永恒的隔阂与阻断。

进入一座老屋的古老节奏

在我熟悉的这座城市，时间呈双向度潜行着。在她透明的指缝间，一些事物逐渐地显影、浮现、清晰，而另一些事物逐渐地远去、淡隐、消失。后者，也许轮廓还在，在青石板路日渐纤瘦的血管末梢，被清刚的阳光照亮了某些细部。走进去，浓布阴影的窄巷深处，似有传自久远的风持续吹拂着，将内里的一切，耐心、固执地吹散吹疏松。碎碎片片，迟早会收进时光幽惚的暗处。

每一道褶皱，构成了青石板在百年时光嬗递中的独特表情。鞋跟与石板的每一下接触，都将一种远逝感以震颤的方式传导进空气。整条小街却不加理会。它顾自喧闹着，五金杂货、副食零卖、小吃糕点，像三教九流之徒聚在一处，嘈切之音盈耳。往上的天空，不时被一杆衣物横掠而过，大人的冬衣、孩子的夹袄，还有形形色色的内衣，都理直气壮地飘在风中。它们的影子，被阳光熨平在地面上，还在不甘地摔打、扭动，仿佛这些衣物的主人留了魂魄儿在里面。

我从这些不安分的影子上踩过，同时小心躲避头顶上大大咧咧张开两统腿管的裤头。与这些衣物一样，小街人们的俗常生活也不加掩饰地晾晒在路人的目光中。穿花布罩衫的孩子，在青石板路上跑来窜去，脚步咚咚脆响。深色棉袄包裹的老人，定坐在墙脚。碎白的头发从绒帽下泻出来，阳光一路滑过，在瘪而多皱的嘴角摩挲一下，团结在了虚握拐杖的一双手背上。那上面，岁月涂抹的斑点清晰可见。一个年轻女人，旁顾无人地在门前洗头，香息汤汤洒洒，铺了好一段青石板。小吃店的生意静了，店老板套着深蓝围裙俯在煤炉前，往外掏煤渣，淡淡烟灰飞腾。一些人在路边玩纸牌，吸引了另一些人，百无聊赖地站定闲看……

这个下午，我和朋友背着相机，走街串巷，四处寻找老屋。

曾经充塞着城市条条巷弄、密密挨挨的老屋，似乎相约着在这个午后隐匿了身影。我们穿过一条又一条街巷，失望迭覆失望。那些街巷面目相仿，水泥铺道，林阴稀少，两旁高低错落鸽笼似的楼房。满目景象，是那般雷同而无趣。

忽然，一个不经意的拐弯，我们踏上了这条青石板小街。

青石板，与老屋气息相通、气脉一致的线索，在这座城市日渐庞丽、精美的身躯上，已经萎缩成极其细小的几道筋脉，像一些稍纵即逝的语气词，可有可无地，拖在一条条宽衢的尾巴上。稍不留意，便会错过。

我们踏上青石板的脚步，经过阳光的熏蒸和几番失望的过滤，已由最初的急切变得缓慢、持重。不知道，在这条被喧嚣覆盖的青石板小街上，还能否找到我们所刻意寻找的。时光会否在日新月异的城市缝隙里，奢侈地保留一个怀旧的入口，等待我们进入。

认识的一位摄影记者，从三年前开始寻觅和拍摄老屋。他将许多老屋最后的神态、最后的影像定格在胶片上。那些画面弥漫着一种无法言喻的抒情气息，仿佛一个老人嘴里缓缓吐出的、如泣如诉的歌吟。翻看时，我总觉得，是他，那位摄影记者，在按动快门的瞬间，将内心的潮汐一并按进了这些画面。

当我也背起相机四处寻找时，才发现我出发得何其迟了。老屋，已经在一波接一波的拆迁中，化作了满目青砖碎瓦。记忆被粗暴地斩断，远端的线头掉落在不知何处。

距离我第一次走进芳的家，恍惚间，已是二十多年时光从指缝间漏过。她家在软脚坡上，屋前屋后，都是回肠般的青石板。那是怎样的一种新奇啊，从一扇窄的木门进入，肠径般的巷道不断向前延伸，脚底感受着土质地面随性的隆起与陷落，手指触摸着陈年木头敦厚、敛重的质感，紧凑的天井、雕花的木窗、嘎吱作响的木楼梯……两旁小户小家比连，傍晚，从各家各户传出的杂响、漫出的气息，相互纠缠成奇特的尘俗印象。而光线，神秘地暗哑着。我小心翼翼地摸索向前，如在迷宫中穿行。心里，对芳生出巨大的艳羡。老屋中的生活，多么像在一株百年、千年老树的肚腹间，在它粗硕、绵密、包容的年轮中缓慢地回旋。时间和空间，都是小小的我，无法把握的深邃的陌生。

芳的家，里外两间，木墙中隔。她和奶奶住在小小的阁楼上。白天，我踩着结实的木梯上去，阁楼的空间低矮得容不下身子肆意转还，可青春期的秘密，仿佛只有这样的空间，才承载、存放得住。放学后，受到老屋蛊惑的我，一次次跟随芳回家。在她的阁楼上，用细切的声音诉说彼此的秘密、不着边际的杂想。

如果芳家的老屋还在，不知那些木纹褶缝里，还能否找得到两个女孩亲密私语的影子和她们存放在那儿的些许隐秘。

我已经很多年没见到芳了，即使还生活在同一座城市。也没有刻意去寻找或联络过。这么些年，我有那么忙碌吗？竟连和初中时的挚友联系一下的念头都不曾有过。她呢，也成了家、添了孩子了吧。她想起过我吗？像我一样，突然地在某一个瞬间，回想起多年前的一个朋友。那个朋友，曾经那么深刻地镶嵌在彼此的生活中，曾是一段逝去时光的见证。如同老屋，是许多人逝去生活的见证。那些离开了老屋的人们，他们会否在某一个瞬间，陷入强烈的怀想中。老屋里一个又一个晨昏、一段又一段旧事，以及附着在上面的苦、辛、甘、辣、麻、涩……会似真如幻地，重新晃过眼前吗？

古老的事物，最大的价值就在于，它见证了不朽的、永远处在消逝中的时光。但它们，却处在随时可能消逝的危险中。有可能，当我们陷入怀想时，举目四顾，已无可求证。

这个下午，我和朋友站在一条喧闹的小街上，沿着青石板的线索，忐忑地、迟疑地摸索向前。然后，在一个副食店和一个小吃店之间，我看见了深邃的一道窄巷。望进去，光线明暗交错，遥远的尘俗生活的气息，仿佛蹒跚着正从幽明中穿越而来。我不由自主地，迎了上去。

是老屋。窄窄的过道里，立着不知谁家的橱柜，木面烟熏火燎，如尘灰盈面的老人。墙面也是，几十年、数百年的岁月烟尘，争相在上面留下了自己的指纹。过道长而曲折，一户户一家家就隐在一扇扇木门背后。

一直往里走，不见一个人影。但天井中横空的铁丝上，晾着一件孩子的粉色棉袄，和一件女人的内衣。一扇紧闭的门内，传出畅意的鼾声。拱形门檐顶上，孤单单长着一棵树。根，似乎在砖缝里。砖，是一拃厚的旧式青砖。树枝细细地支棱在天幕背景上，无一片叶，骨感分明。而天，近乎透明的淡蓝。

我将孤树和一带拱檐拍下来，将幽长的明暗过道拍下来，将阳光偶尔掠过的亮影拍下来，将木然立着的尘灰色橱柜拍下来……此时的老屋，空无一人。但我知道，它充当过无数人生活于世的背景，现在依然充当着。拍着拍着，我已回到了入口。再往外踏出一步，便是喧嚣的现世。我停下来，回转身。

眼前的一幕可以在记忆中保留多久？即使在老屋真的消失之后。

必须承认，寻找老屋并非心血来潮。当我出发时，灵魂正处于低烧状态。我对眼前的生活生出了厌倦和烦躁，忽然看不清生命存在的真义。

一直以来，我们忙着赶路忙着经历忙着成熟，但终有一天，在匆促的奔跑中，我们的灵魂，突然间感到了气短胸闷、心跳过速、脚步虚弱。那时，生病的灵魂会让我们生出一种渴望，渴望与那些古老的、缓慢的事物亲和，渴望将生命的根脉、将自己看得更清楚。

人类代代繁衍，却迈不过永生的法门。使人类历史像链条一样环环接续的，除了人类自身，还有那些古老的、缓慢的、远比人类生命长久的事物。它们曾是一代代生命存在、成长、衰老的背景，天长日久，在它们身上，便隐伏下来一些关于生命和久远年代的密码，暗藏了些许人类历史一路推演而来的根茎脉络。更重要的，它们是历史馈赠给我们的礼物，让我们看清了时光的悠长与深邃。以之为参照，人的一生实在太短促，而困扰生命某一时段的痛苦和烦恼，更是微不足道。

那个下午，在那条喧闹的青石板小街上，我和朋友走进一道道窄巷，拍下一座座老屋的侧面、正面和局部特写。老屋，始终静穆无言，任我们取景。它们，真像一些即将远行的老人，平静地注视着来路和去路。

老屋，安静、端肃地伫立在那儿，保守着，也似在无声地宣讲着，一些隐秘的教义。翻看自己亲手拍下的老屋，从那些凝固的画面中，我似乎听见了什么，又似乎并不能懂得。

但在不知不觉间，我的灵魂已从低烧的边缘返回，降成了清凉的温度。

也许，在进入老屋的一个个瞬间，我已在不知觉间，应和了它古老的节奏，濡染了它深邃的平静。恢复正常的我，不无矫情地，如此猜想。

因为一个名字来到凤凰

雨后。凤凰有着初浴的清新肤色，我在这一时刻与之相遇，无法不动心。

沱江是凤凰妩媚的眼波，色清如玉，碎光清泠泠。可并非一览无物，油油的浓密水草像水妖的发，飘得极其袅娜，仿佛随时会浮出水面，伸出翡翠色纤长的手指，缠绕上过路人的足踝。从江中矮矮的跳岩上来去，步履生涩，却回回有惊无险，水草一味妖娆地隐伏水中，纤丝毕现，安静驯顺。

沱江两岸，各有一带清素的青瓦灰墙与婉转的青石板小巷，相伴逶迤，向一叠叠翠山偎去……

凤凰，乍见之下，是种令人暗自生叹的纯乎天然之美。清素，又妩媚。这便是凤凰与众不同的味道。不事风情处的风情。

门扉似掩非掩，陌生的来客一不小心便走进了镇子深处。当年依着沱江塑形、穿镇而过的两条官道，像极斑斓的河。川流不息的人，流动着，来与去，神情一律舒散。城小得很，时日便显出悠长。官道两厢，青瓦灰墙的店铺比连，浅浅的门脸里，挂了种种出奇绚烂的事物。正值午间，水情澎湃得最盛。我逆着拥塞的河道而上，寻找在凤凰的栖地。

店家姓王，极慈善的一个中年女人。她细细嘱我如何辨别凤凰街头物品的真假，如何寻到凤凰最独特正宗的小吃，如何省时省钱游遍凤凰，如何最精到地带回对凤凰的念想。夜航的小船，便是她帮着找的。

一年前，朋友来过凤凰，直感叹这里民风淳朴，物价低廉，整个小镇仿佛敞开胸襟、心无芥蒂地迎来送往。一年后，我来到凤凰，旅游通票涨到了令人咋舌的高度，许多囊中羞涩的学生，慕名而来，却只能望门兴叹。

仅仅几个月前，凤凰被一个外地开发商承包，现代市场运行模式入主边城凤凰。本质朴素的凤凰，人为地"金贵"起来。昂贵的门票自然于凤凰本地经济有益，可女店主毫不掩饰自己的不满，告诉我，许多土生土长的凤凰人并不认可这种做法，凤凰的人情味仿佛在许多层面稀薄了。

夜航船是凤凰人自己操橹，属违规操作。景区管理的船只，统一在傍晚收缆。寂静起来的沱江就留给了夜航船。与昂贵的旅游通票相比，夜航船的价钱便宜得不由人不动心。于是，一方方轻巧的墨影，就在沱江两岸的明灭灯火中，轻盈穿梭来往。

夜色四笼后，女店主将我们引到一处浅滩，早有尖头翘尾的木船等候。船上已有一群语声喋喋的学生。脱去了白日里的喧嚣，沱江幽幽地在灯影月色中流淌，微光四处闪烁，水声清澈如诉，别有一种妖娆动人。

身后的学生一刻不停嘴地感叹，仿佛凤凰夜色的一点一滴，滴落在他们心头，都会溅起圈圈涟漪。我被涟漪轻漾，被绵软的夜风轻拂，凤凰的人间灯火就在不远，却隔世般被不知疲惫的沱江冲刷去了几分真实感，有了梦的成色。让人不免怀想，吊脚楼上的灯光，是否还照着眉毛扯得极细的轻歌女子；暗暗的灯影里，是否还卧着心酥腰软起早还得赶路的旅人；某个店铺里，斜斜的灯晕中，是否还坐着那个名叫翠翠、曾让两个乳臭未干的半大小伙心动的扯白棉绳女孩；背街的青石板小巷，烟色月华中，是否还响着一个离家思乡者寂寞的足音……

船，擦着一根根吊脚楼的脚柱过去。虹桥通体透亮，玉似的温润暖黄，近了，又远了。

年纪不轻的老船夫悠闲地撑着瘦篙，水静处，蹲下来闲闲地咂烟，红红的烟头时不时斜身一闪。对面有船过来，老船夫用本地话热切地招呼一声，两只船擦身而过。前面就是急滩啰，你们坐稳点。老船夫在船帮上掐灭烟头，直起身来握稳了篙。船尾的船夫再叮嘱一声，一滩长长的白浪已横亘在沱江中。

水兴奋起来，哗哗地向着滩头冲去。心也悬提起来。忽然，船身仿佛被一只有力的手一挫一送，只听轰隆一声，伴着众人不由自主尖叫，船头撕破白浪，浪的碎片，点点冰凉的珠串，飞溅而起，落在众人的身上、发上。老船夫双脚一前一后，稳稳地立在船头，回头看看我们这一船大惊小怪的游客，在夜墨蓝的底色上展开一个无声的笑容，皱纹里藏了碎光。

前面还有更大的滩啰，不过滩太大，得下人啰。老船夫的一席话，引得学生又是一阵惊动。我听出来是两男三女，静夜里，看不清面容，只从说话就能辨出性格各异。有的稚气未脱，有的稳沉少言，有的文秀，有的泼辣，有的内敛。他们开始说到沈从文，一个与凤凰有着血脉联系的名字。许多人来到凤凰便是为了这个名字。

镇子中心想必已过了。大片的黑里，灯火只剩星星点点，两岸愈显空寂幽深，黑黝黝的山影叠映耸峙，树影已分不出彼此。听说沈从文就在镇后某一座山的山腰，镇日听着沱江不息的涛声，安眠。

老船夫将手指向远远的黑暗深处，说：那里，听涛山上，沿着镇上的官道一直往下走，路边有指示牌。船上，霎时静了，都不言声。水声，山影，不知所归的一腔情绪，都在夜的幕布上淡淡化开。转眼，一段平静的水面过去，又一道白滩隐约可见，水声也壮了几分。情绪重又激昂起来，将男同胞悉数请下船，我们继续朝着淙淙白浪奔去……

哭声在我回房后，伴着一阵青石板上急溅起的足音，贴着窗根下由远而近，又由近而远。

扑到窗前去看，只觉跳岩上有隐隐约约的哭声，起起伏伏过了沱江。那哭声，在夜里隐忍又清晰得让人倏然惊心。

不知哭声背后，连着怎样悲情的人间故事。

直到第二天，才从女店主那儿得到答案。昨夜，一只夜航船在我们上岸不久，就翻在最急的滩头，老船夫被篙弹起落水，夜黑水深，伤情不容乐观。女店主告诉我，这事，在凤凰寻常得不足以让人大惊小怪。可亲人的哭声，照样凄切得让人动容。

相似的情节，仿佛在书中见过。哦，沈从文的《湘行散记》。那些写给"三三"的烫人字句。一只覆棚的摇橹小船。美妙的橹歌。缆子湾、鸭窠围、青浪滩。落水的小水手……到凤凰的念头，就是从那些文字间升起。心，一度随着七十多年前的那个人，逆着沅水，上过一个又一个湍急的险滩。

看似平静的沱江，竟也暗藏着凶险；看似静柔的水面，竟也暗隐着锋利。仿佛从这一刻，我才真正进入凤凰的内心，真正读懂凤凰。何以一个青山秀水、翠色沾襟的地方，历史上却匪事不断，岁月峥嵘。何以那些看似木讷朴拙、脚踩草鞋的人，义气、敦厚之外，也有着粗莽、凶悍的血性、霸气与韧劲。

这就是凤凰，草根野茎似的凤凰，让沈从文在离开后一直魂牵梦萦的凤凰。这就是凤凰人，文弱的外表下，"亦慈亦让"的心性里，却有着"不折不从"的魂。

山多水多滩也多的湘西，山水天成，美得如湘西女子慑人心魂的歌声，也险恶如杀人不露声色的湘西汉子衣袖中随时会抽出的刀。比如凤凰。

凤凰，若是山高水长的湘西酝酿的一个妩媚句子；沈从文，便是清流叠翠的凤凰孕育的一个峭拔词汇。自然地，来到凤凰，便绕不开那扇朱漆的门。

几日来，雨意一直低伏，氤得青石板巷均浮在脆薄的潮湿中，满身清亮润滑，殷殷地反射着水色天光。凤凰人家，多是原木的窄门，外扣两页起半腰的中门，至多只涂了层清漆，早为岁月模糊了容颜。门后一律黑幽幽，仿佛一旦推门而入，便会失足坠入时光的深处，回到不知何年何月。

这扇门，却裹了深沉的朱红，停在一条窄巷的半腰。青石板路熟门熟路地，径直将我领到它的面前。再往前五十米，是一家老字号的姜糖店，工笔绘就的古代仕女图遮了半壁墙。辛甜拙辣的气息，沿着湿漉漉的青石板袭过来，拐个弯，滑入了这扇门。我便裹了这气息迫不及待地抬手敲门，叩门声是一张细薄的门票。走进去，就见满目熙攘的客，转了一回环，独缺了离家的主人。

八九间屋子无端地暗着，仿佛主人离开时随手熄了灯，来者都是客，自然寻不着开关的隐秘处。还有空，每间屋子都盛了满满实在的空。几式零星家具，让幽暗更显稠密，却稳稳地立着，丝毫不溢出浅浅的门槛。

天井却亮堂堂，天光漾在天井正中的大水缸里，雨意盎然，直闪人眼。

只是，语声与脚步声一旦进了屋，便纷纷撞在空与暗上，无所适从地折落了。落在木地板上，被粗结的木纹吸收了。一点惊动，也不留下。主人的气息，散淡地浮泛着，无处不在，又无从把握。偏房书桌上，干干净净，只留了巴掌大一个洞，显见得是岁月精心地用手指一点一点抠出来的。卧室里的书桌尚新，也干干净净，那些吐出了珠玑文字的笔墨纸砚，都不知收去了哪里。老式有栏木床上，铺了一领薄薄的印染蓝花布床单，同样遮不住一方空寂。仿佛，主人将能带走的一切，都带走了。然后只在外屋墙上的镜框里，留一个温情的笑影，算作谢客。

一切空得出人意料。一拨拨的客，来来去去，带不走什么，也留不下什么。走出来，才想起，忘了看看椽间檐角的蛛网，有没有主人的影子与声音还隐秘地粘挂在上面。

凤凰的江，清亮。凤凰的河，斑斓。那"河"早出晚归，从晨曦淡挑直淌进夜色深浓，才仿佛被夜色缓缓吸纳一般，渐次消隐在黑暗中。之后，是深不可破的静，罩住了小小凤凰。等到黎明重新来临，河又从晨曦中缓缓流淌出来，散发着朝露的清新。

来到凤凰，一天不在那条彩色的"河"里趟上两三回，就心痒难耐。凤凰好在只有沿江两条主街，又以其中一条为盛。凤凰的游客早已数倍于当地人，从面容上一眼就可甄别，可人人挂着一副凤凰熟人熟事的表情，对凤凰那些曲曲绕绕的小巷，也是一派驾轻就熟的姿态，凡去过一次的地方，绝不会走岔路。

过跳岩，走向老城厢。

笃——笃——笃——笃，有节奏的捶击声自沱江岸边传来，牵住了脚步。不必说，有人在江边浣衣。扭头望处，就见一年轻妇人，握一柄憨憨实实的木棒，正一下一下用心地捣着衣物，湿漉漉的一摊。妇人的腰背极有韵致地，起起伏伏。背篓像个乖觉的孩子，安静地守在她身后。沱江兀自流着，不小心带走一兜白白的皂泡儿。像水妖们吐出的一串柔软的呼吸，在翠色的绸衣上滑远了。

与沈从文的告别，和与凤凰的告别，没有本质的区别。因为他，来到凤凰，认识凤凰。见了他，自然就该离开凤凰，告别凤凰。

故乡，对于每个人来说，都是不可替代的。那是生命的原点，游历之后回到，便是幸福。虹桥与沈从文儿时的虹桥，已大相径庭。当年浓缩着凤凰人日常生活的虹桥，桥上桥下比邻的滕回生堂、洋广屠户案桌、炮仗铺、成衣铺、理发馆、布号和盐号都不见了，它们在漫长的岁月中，演变成了清一色的旅游店铺。越来越兴旺的旅游，改变着凤凰和凤凰人的生活，还将继续改变下去。这一切，沈从文都会看到吧。他永远地留在了这里。他将熟悉凤凰每一分每一寸的改变，他永远地和凤凰的山水泥土融为了一体。

走过喧闹的虹桥，走过数不清的石头垒基的房屋，官道渐渐静了，也窄了。路上有大眼睛女孩提篮守在路边，篮中是捆扎成束的金银花，灿黄的碎花，衬着翠绿的枝叶，有动人的明媚。女孩知道，那么多人停下来买她篮中的花，是为了谁。她告诉我，已经不远啰。

山静幽幽，翠色稠密。真是好去处。不远处的沱江里卧着道急滩，江水格外热烈地冲刷着滩石，击起盛大的白浪和水声。墓地就在山的半腰，树藤荫庇。半人高的五色石，未加雕琢，石上堆满新鲜的、盛开的金银花。

墓地，不过一个标志，指示着远去者继续出入这个世界的路口。通过它，远去者继续给这世界以影响。

名字也是。人自出生到走出这个世界，从身体到心灵都被刻意赋予一个符号，以被从茫茫人海中识别，召唤，记忆，然后是怀念。生命内在的丰赡、庞杂、狂野，尽在一个平淡无奇的名字背后展开。等到生命本身化作了一抔土、一掬沙的时候，名字却作为一个生命的记号与象征，深深地铭刻于旷世的风中，被反复吹拂……

　　一个名字
　　一枚枚单薄易碎的符号
　　从世界的这头奔向那头
　　自黑暗中升起
　　从光明中淡出

　　一阵风
　　从冬寒抵达夏暑
　　从天蓝抵达海蓝

从镰刀抵达露珠
从播种抵达光芒
从麦穗抵达泪水
从呼唤抵达呼唤
从身体抵达心灵
从柔嫩抵达丰盈
从孤独抵达温暖
从善良抵达悲悯
从疼痛抵达痛楚
从局限抵达无限
从记忆抵达回忆

最后
回到肉体
回到大地

风，等在那里
将一片片叶子
吹散，或者
聚拢

放入谁的记忆

香巴拉秘境

香格里拉

与很多地名不同，香格里拉先拥有无尽的内涵空间，再获得有限的外延空间。如同一个人先拥有思想，后获得身体。

云南的形状，仿似一只北方古屋挑檐上端坐的麒麟侧影。香格里拉，在夸张翘起的尾部。费神去查，这一方位在地球上的经度和纬度，可以清楚获知。然而，仅仅五年、十年、五十年以前，香格里拉还是一个指向不明的崭新词汇，读音抑扬婉转，内涵呈现辽阔无边的梦幻的色彩。

1993年，经由一本名为《消失的地平线》的英文书，"香格里拉"被创造出来。从此，成为世界熟知的一个符号，一种无可逾越的吸引，成为整合一切美好形态的象征之物。

无数探险者、考古学家，相继踏上寻访香格里拉之旅。他们各自遭遇什么，铭记什么，或者遗漏什么，我们不得而知。直到1997年，经由一位探险者的手指方向和一群专家的逻辑认证，香格里拉终于由一个游移在浩瀚时空中的词汇，落在了大地上。

2001年，滇西北层峦叠嶂深处，一片名为中甸的土地被填充进"香格里拉"空茫的发音。抽象的符号和具象的存在，内涵和外延，思想和身体，就此遇合。

青稞架

木质，骨节粗硕，形制简洁。一架一架，站在香格里拉草甸结实的胸膛上、高原阳光灼烫的注视中。

一种俗常的高原粮食，茁壮、饱满、挺拔。一棵一棵，在它的身体上铺展开来，并像血液一样进入它的名字——青稞架。

2006年夏天，无数的青稞架在车窗外奔跑。清一色深棕的皮肤，迈开长腿的步伐，影子拖向身后。蓝天、白云、草甸、狼毒花，远处的山峦和无所不在的阳光，装点了那一刻的背景。所有的青稞架都空着，这让它们的奔跑显得格外急切。

在一具具青稞架的附近，通常有一座、两座房子。不见有人出入，但我知道生活正在一座座房子的内部进行，如同青稞特有的气息在青稞架上四季弥散。房子里的人和着酥油捏糌粑，青稞磨成的麦面在他们的手指间，慢慢柔软、团凝、饱满、绵实。这散发清香的粮食进入他们的口腔、肠胃，将力气灌注到他们的每一块骨骼、每一寸肌肤，灌注到脚底、指间和发梢。

似乎，海拔的高度，决定了一片土地和土地上的人与天空和太阳的亲近度。而天空和太阳的气息，会在人的血液里渗透、弥漫。

是夜，在藏民高大的木屋中，我坐在来自天南地北的游客中间，用脚踩踩着地板，一遍遍重复"呀索、呀索，呀呀索"（藏语"再来一个"）。青稞酒纵容了这份久违的癫狂，糌粑包容了这份难得的纵情。用青稞酿造的粮食，释放了被高楼锁闭太久的激情，任由心魂与脚下这片高原短暂地契合。

同行者中，有人情不自禁加入了手舞之足蹈之的行列。在藏民奔放、热烈的舞姿中，他的舞蹈毫不出彩。可他忘情地踩踏着节奏，扭动着身体，在藏房七彩的背景之上，舞得如入无人之境。

朋友指着他告诉我，经历过一次手术后，他身体里的一个器官已不再完整。那是几年前癌症入侵他的身体留下的永久印记。

人生，就是伤痕越添越多的过程。一道道的伤口，在如水流逝的岁月中，沉淀下来，印在我们的身体上、心灵中，成为再也抹不去的疤痕。

天地间，有谁逃得出这一定律。即使在被视为"永恒宁静平和"象征的香格里拉。

眼前舞动的身影缭乱一片，之中有谁不曾病过痛过，不曾受过大大小小、深深浅浅的伤害。只是在这一刻，舞蹈如同阳光倾覆而来，他们像青稞一样，在灿烂如洗的光芒中舒展开来，尽情地晾晒自己，从身体到心灵。

一如香格里拉，这具硕大的青稞架。

玛尼筒或风马旗

旋转，旋转，不停地旋转，在风中，在心中；

飘扬，飘扬，不倦地飘扬，在风中，在心中。

在香格里拉，随处可见玛尼堆、玛尼筒和风马旗。祈祷是藏民的日常仪式，而它们是藏民不可或缺的精神的青稞与酥油茶。

在碧塔海，栈道边，有两座玛尼堆。垒叠的石块上，大多刻满藏文和图画。虽然不解其意，但我知道，那是一个个生命发自肺腑的呼唤、祈祷和祝福。

我从路边拾起一块石头，默念"唵嘛呢叭咪吽"六字真言，顺着时针的方向绕行三圈，将对亲人的祝福、对前路的祈盼轻轻说出。我深知，自己在这个玛尼堆所标示的宗教信仰之外，我缺乏藏民发至骨髓的"深信"。可那一刻，我的内心饱含深情。我像手中的石块一样，谦卑而坚贞。

藏民相信，正是在循着时针方向的不停旋转中，附着在灵魂之上的恶与不洁，将以离心的方式远离自己。而朝向天空翻飞的风马旗，可以将他们卑微的心声送达天庭，同时将天庭的恩泽传布给他们。

他们如此地注重灵魂的洁净与高贵，而彻底地轻视肉体的尘垢和苦痛。他们如此地憧憬来生的幸福，而甘愿承受今生的千种万种磨难。

是什么样的机缘，让这样的一群人降生在这片高原大地上，让他们拥有了如此的生命质地和信仰？这里，阳光纯洌，山川俊美，空气洁净，白云璀璨，哺育的子民高大健壮、爽直豪放、纯朴善良。然而，阳光的纯洌之中，暗藏灼热的刀剑；山川的俊美之下，隐伏凌厉的杀机；洁净的空气背面，是稀薄的氧气、艰涩的呼吸；璀璨的白云下面，是随时可能降临的霜、风、雨、雪。

这片高原大地，壮美而倔强，雄奇而波诡。高原上的子民，无力与如此宏阔强悍的自然相抗衡，在千百年的抗争中，慢慢将身体跪伏下来。借助玛尼筒和风马旗的旋转与飘扬，一遍又一遍诉说他们的敬畏，他们的臣服，他们洁净自身的朴素心愿。

他们，成为大自然最虔诚的信徒。

云朵或石头

云，在香格里拉天空，有谜海般莫测的丰富。没人知道，下一刻，她将变幻出何种奇异、妖娆的形态。而石，巨大、内敛、刚毅。没人可以探知，亿万年前，作为海洋的一部分，他经历过何种离奇、诡谲的潮汐翻涌。至今，还有曾生活在海洋底部的贝壳、海螺，镶嵌在他的体内，在海拔三千多米的高原之巅，这是何等的奇迹！

云，灵动了香格里拉湛蓝的天空。石，坚固了香格里拉跌宕的山峦。

云南大学出版社 2005 年版《消失的地平线》有一篇长的前言，长而精彩。名为李旭的作者，用饱蘸情感的笔墨描写了香格里拉——这片他驻足流连了二十多年的土地。他用大量的篇幅，赞美香格里拉的雪峰、江河、山谷、湖水、天空、云朵和石头。由这些自然元素组合而成的香格里拉，在他的笔端"有着花蕊般高雅的神秘"。而他的万余言文字，因了深情的浸润，发散出花蕊般清郁的芬芳。

在藏民的信仰中，自然是最神圣的事物，远比自己的生命珍贵。面对自然，他们选择了匍匐，再匍匐。

云和石，是藏民顶礼膜拜的自然的一部分，又参与了他们虔诚的祈祷。风将藏民的吟诵送至云端，石将他们的呢喃长久铭刻。

白云蓝天、山石林木、河流湖泊，在藏民眼里都是神圣之物，不可亵渎，这是像青稞、玛尼筒和风马旗构成的日常生活一般，平朴而庄重的理念。他们亲吻大地，在大地上匍匐前行，让大大小小的石头不只磨砺他们的脚面，还摩擦他们的身体。他们相信纯洁、善良、高贵、美好正是在不断的磨、不断的痛中，在持续而坚忍的身体受难中到来。

而高高在上的白云，将抚慰他们此生的痛苦，柔软他们来世的幸福。

香巴拉

香巴拉，一个比香格里拉的读音更缠绵、轻柔、梦幻的词汇。

向历史来处逆溯数百年，进入藏经的册页深处，沿着释迦牟尼拈指微笑的手势，会依稀望见香巴拉的身影。

香巴拉从宗教和文字的内部开始生长。这一"土壤"具有的虚幻空蹈色彩，注定了香巴拉秘境的缥缈无踪，难以抵达。

那是隐藏在雪域高原深处的一片王国。在双层雪山的抱持之中，有八个呈莲花瓣的区域，人们生活其间。在那里，景色超逸脱俗，精美绝伦，人人有着超凡的智慧。在那里，湖里盛满酥油，树上结满糌粑，人们日日丰衣年年足食。在那里，没有贪欲、欺骗和纷争，人们安享日月，岁月静好。然而，如此美妙的王国，并非人人可以进入。那是天地间的一处秘境，凡俗之徒难以破译和抵达。

夏，我游历在名为香格里拉的土地上。从丽江奔向香格里拉的路途中，绝大多数时间，车在大山的腰身上盘旋环绕，公路一侧便是陡峭深邃的山谷。翻越了座座高海拔的山峦，辽阔的高原草甸终于出现在了我的视线中。

　　落实在大地上的香格里拉，继续着时序和生命的如常轮回。云影在青稞架间奔跑，玛尼筒在手指间飞旋，风马旗在风中哗哗鸣响。两颊染着高原红的藏民，笑着匍匐着祈祷着行走着，跋涉在从生到死的路途上。

　　当幻梦遇上现实，会让经历者多一些明白。永远绚烂、激情而神秘的，是追寻的过程，而非抵达的瞬间。

　　对于我，游历之后，香格里拉依然缥缈在虚幻之境。在顶礼膜拜的虔诚中，在眼睛深沉的凝望中。在变幻莫测的云影和石海的深处，在大地和它催孕的万物的生长中。在我的想象、向往和祈祷中，持续她的传奇、魔幻、美丽。一如花朵，在神秘地绽放。

　　香格里拉的另一称谓——香巴拉。

梦回新疆的几个记忆坐标

阳光下，一个打开而非叠起的人

12日，在新疆。

辗转近千公里行程。

一路上，见到渺无人烟的戈壁，寸草不生的沙漠，羊群满坡的草原，也见到在热辣、灼烫的阳光下，伫立如白色雕塑的雪峰，金色火焰般燃烧的向日葵，水色湛蓝如大海或异美如翡翠的湖泊，交替感受着这片辽阔大地的莽荒与绚丽、贫瘠与富饶。感叹在心里绵生。

长年生活在城市和人群密集的地方，习惯了脚下的土地支离破碎、逼窄狭小，习惯了在幢幢高楼间弯折自己的视线，习惯了被时间的无形魔咒套牢脆弱的神经，习惯了在层叠的屋檐下、拥挤的人群中，将身体紧紧地蜷缩起来，避免受伤。一同蜷缩的，还有内心的某些热望和奢想。在城市，我是一个层层叠起的人，是一截单调、乏味的弧线，是一条时常看不见自己的茫然生命。

8月，奔赴辽阔新疆，心里怀了一丝逃离的窃喜。渴望在新疆博大的胸膛上，尽情舒展开自己的身体和心灵。新疆没有让我失望。

在这里，高速路是笔直的一道墨线，时而直刺向一列绵延的山峦，时而像一柄长勺，挑起一马平川的地平线尽头、脆蓝玻璃似的天空，和天空中大朵大朵弹性十足的云朵。

在这里，不只空间的概念被拓展，时间的概念也被改写。常常，车行一两小时，景色仿佛是不断地被复制，一样起伏跌宕的山荟，一样漠漠铺展的碎石戈壁，硕大的云影落在大地上，清晰可辨。鸟儿振翅划过天空，恍惚一瞬，天空又恢复了浩渺空旷的蓝蓝白白。一路上看不见行色匆匆的人影，偶有牧民骑在马上，放牧成群的牛羊。远远望去，人与牛羊一样，是山原间微渺的一点黑影。一切，仿佛在时间之外延伸。

在这里，用木头围起一圈栅栏，三两毡房散落其间，就成无比广阔的家园、一个完满自足的世界。牛儿、马儿、羊儿，徜徉在草坡上闲散地吃草，晒太阳。人与它们一样，拥有不多，又似拥有全部。这山、这水、这草、这天空、这白云、这阳光，都是自家庭院里的一样装饰、一样陈设，人拥有，而非占有。客人来了，朴实的牧民热情地捧出奶茶、羊肉。那是大地借助他们的手，来款待另一群来自远方的孩子。

在这里，我退化的双脚重新拥有了纵情奔跑的力量，浑浊的双眼一次又一次举目远眺。我的目光迎头撞在天山、阿尔泰山浑实的躯干上，惊起阵阵疼痛的甜蜜。我的双脚踩向柔软而坚硬的草地，手臂尽情地向着天空伸展，我的影子也像那些云朵一样，清晰地印在地上——那是一个将箭头指向我的，大大的"人"。

在这里，阳光明冽无尘。我是阳光下一个打开而非叠起的人，我的眼睛、鼻子、耳朵、嘴唇，我的四肢，就像那些山脉和草地一样，在阳光下松快地摊开来，坦然地承接阳光的抚慰、炙烤。我能清晰地感受到，一双温热的手在将我打开。

体内的霉点在慢慢、慢慢地消融……

与海无关的城市——乌鲁木齐

海，对一座城市，会产生怎样的影响？

让城市的肌肤变得湿润，气息含了腥咸，在他远眺的眼眸里，添一些蔚蓝的颜色和光泽，让他的视野变得无边无际，又恍惚迷离，在他的声音里添一些旷远的回响、让人无法释然的忧伤，让他的心脏随着潮汐涨落的节律跳动，黏稠的忧郁像徘徊来去的雨季一样漫长，让粗暴和温柔在空气中交锋，长发像海藻一样散漫地生长，又被风不羁地穿过，让浪漫与诡秘的情感泡沫一样四处滋生，让离别的眼泪多一些相聚的欢欣也多一些……海，可以怎样地改变一座城市，深入的、细微的，坚决地、优柔地，外在的、内在的，霸道地、温存地，都与乌鲁木齐无关。乌鲁木齐是地球上无论从哪个方向，都离海最远的城市。与海无关。

因为海的缺席，乍一看，乌鲁木齐显得有几分单调、木讷，仿佛刚刚用沙堆起的城市，原色来不及改变，也来不及雕琢。水千里迢迢从大海奔涌到乌鲁木齐，跨越了太多的山太多的河，抵达时容颜已经改变。雪，成为乌鲁木齐的象征之一，抵达乌鲁木齐的一条通道。即使在盛夏，不远处的博格达峰也顶着雪白的纱巾，一年四季，就那么点缀着乌鲁木齐缺少水分、沙色的晨昏。

与博格达峰比邻的诸多天山山脉，肩比肩手挽手，将乌鲁木齐衬托得矮小、局促，密集的屋脊瘦弱得似乎只够一群白翅灰背的鸽子飞一飞、停一停。夕阳斜照过来，在乌鲁木齐的脊背上曲曲折折，没有阻挡地一直铺到远天，这一刻天山是美丽的，博格达峰是圣洁的，乌鲁木齐是金光闪亮的。它似乎不再是一座城市，而是通向天山的一条朝圣之路，被一束光芒铺亮。

其他的时刻，乌鲁木齐的呼吸里带着浓浓的阳光气息，明烈，干燥，缺少水分的婉转、阴柔。乌鲁木齐或许有浪漫，那浪漫却藏在了内里，藏进了刀郎沙质的歌声中，藏进了《2002 年的第一场雪》深埋处。以一种燃烧的姿态，未经雕琢，脱干了水分，高亢、峭拔，也短暂，不似海水的绵长、汹涌、无尽。

若是白天，在乌鲁木齐国际大巴扎，眼睛很容易被满目明丽的东西灼痛，仿佛火色早已潜进了那些绚丽的花色、繁复的纹饰里。即使入夜，乌鲁木齐体温慢慢地降下来，可干燥依旧，火热依旧。二道桥的灯光下色彩艳丽炫目，维吾尔族的、哈萨克族的、蒙古族的、回族的、汉族的交杂在一起，明明暗暗的光线下辨不分明。鲜嫩的羊肉在火炉上吱吱吱地炸响，杂响的歌声、乐声、市声像火焰一样明烈，一双双浓眉毛下深陷的乌眼睛里闪着光亮。

火，是水流淌在乌鲁木齐的另一种形态，另一种存在方式。就像江南离不开水，离海最远的乌鲁木齐离不开火。火，滋润了白日里的乌鲁木齐，又在夜晚成为探进乌鲁木齐内心的一支火烛，将一壁的暗处照亮。原来那些暗处，也是直接的、简单的、通透的，极容易抵达，也极容易被点燃。

那么，雨是怎么到达乌鲁木齐的？

乌鲁木齐的雨水，是被火烤出来的。天空耐不住太阳的灼烤，黑了瘦了，汗水雨珠一样砸下来。在乌鲁木齐，常常可以看到奇怪的一幕，近前阴沉着，雨线粗硕，砸得大地啪啪地响，远天却亮着，而且因为近前的黑，而显得出奇亮。头顶上的阴沉，就仿佛从远处的火堆飘过来的汹涌的烟雾。只要风来一来，吹一吹，天空马上就干净了，一尘不染了，恢复了清朗。

乌鲁木齐清朗时的天空，没有一丝乌云、杂色，不眨眼地瞧上一会儿，就会生出怀疑，是不是属于乌鲁木齐的海跑到天上去了，浪花都化作了白云？那分明就是满天空的海色嘛！

即便真的是这样，海也是远的。乌鲁木齐依然是离海最远的城市，与海无关。

天上人间之赛里木湖

丛生的苇草，大海般湛蓝的湖色，水光潋潋滟滟。

远岸，灿白的雪峰、青褐的山脊。近前，山坡柔缓、青草离离，星落白色的毡房与吃草的牛羊。那远处的雪山似头戴白纱巾的少女，随着她的身姿，赛里木湖张开漫阔的裙裾缓缓舞动。那蓝莹莹的底色上，撒满亮闪闪的金色碎箔。向上，是比雪峰柔和飘逸的洁白云朵，比湖色略微浅淡的净蓝天空，清越至极，与湖色之湛蓝上下呼应——蓝色印象，视觉中的赛里木湖。

岸边苇草间，散铺数米宽细小石砾。踩上去，尖利的疼痛从足底漾起。水色清澈透亮，离岸十余米，犹清晰可见湖底躺卧的团团垒垒的石。石一律形态浑圆，似已被湖水摩挲得温顺柔和，可踩踏上去，依然见棱见角。好在清寒的湖水处处补隙，似雪山沁凉的手指蔓延而来，轻轻托住了脚底，箍住了脚踝——棱角分明的寒，触觉中的赛里木湖。

掬水入口。一缕淡到似有若无的咸，自深邃的寒意中慢慢呈现，明晰。跌跌撞撞几步之后，安卧下来。待唇齿回温，便是清晰无比的咸与甘——甘蕴咸中、咸化甘醇，味觉中的赛里木湖。

8月的风，吹过赛里木湖，细腻多情，动作轻柔，带着些微的腥凉，仿佛怕惊扰了它蓝色的清、鲜明的寒与微甘的咸。感谢风，滤去了所有的浮华、燥热与尘烟，让赛里木湖原色原味、原形原迹地来到我面前。一直以来，我心中揣想的美丽圣湖，在这个夏天与她不期遇合。

赛里木湖是新疆海拔最高、面积最大的高山湖泊，一个有着大海般颜色的湖泊。在我看来，心与天同色、与海同色的赛里木湖是新疆最美丽的湖，胜于小而幽雅的天池，也胜于水色异美的喀纳斯湖，美得纯净清雅、圣洁脱俗。

乌伊公路铺经赛里木湖南侧，逶迤西去，向前穿深谷、越天山。传说中成吉思汗向西征战时发现的、长满野果子树的沟谷——果子沟，就在离赛里木湖不远处。近年因开山建路，只在半山坡上还可见到零星的野果树，而当年野树比肩、果实纷披的景象已成想望。

美丽的赛里木湖，曾是远古时代丝绸之路北道的一处驿站。商贾来往，驼铃叮当。驼队经过长途跋涉，进山之前想必会在此驻足小憩，休整一番。让清凉的湖风吹散身心的燥热与疲惫，让湛蓝的水色滋润一路干涩的眼睛和唇喉，养精蓄锐之后，继续西行。那时，赛里木湖想必成了无数旅者路途上的一阕期盼，内心的一柱支撑。而圣洁脱俗的赛里木湖，绝对当得起如此冀望，在漫漫丝路上给予过无数旅者沁心润体的宝贵慰藉。

据常来此地的导游说，赛里木湖多风，其他三季是风的栖地。风恣肆而行，浩荡而过，绵绵不绝，吹寒了赛里木湖的体温和容颜。可他，偏偏喜欢夜宿赛里木湖湖畔。

夜深人寂之时，耳畔只剩呼呼的风声。梦境迷离中，千年前响彻湖畔的驼铃声依稀御风而来，身边的赛里木湖也仿佛化身为蓝衣、素面女子，伸出纤纤细指触摸着漫涣长梦。半夜梦回，被衿潮湿冷重地裹在身上，内心却一派空明、空旷、空寂，那空泛无依的感觉竟是异常让人留念。

可惜我们只能在湖畔停留片刻，无缘夜宿。白色的蒙古包、漫坡的羊群，构成了赛里木湖外延的人间气息。那些羊儿三五一群分散在绿草盎然的湖边，闷头吃草。同行者中有调皮的幼儿蹑手蹑脚地走近，渴望摸一摸柔软的羊毛。羊儿头也不抬一抬，却仿佛感觉到了，迈着匆匆碎步四散跑开。那些羊儿身上不知用什么原料画上了黑而粗大的数字，7、11、65……这些数字代表它们分属于不同的主人家吧。

我们来得迟，错过了赛里木湖畔一年一度的那达慕草原盛会。导游兴致勃勃地介绍，每年的7月15日前后，赛里木湖前的草坡上蒙古包林立，远近的牧民云集而来，漫山漫坡都是或坐或站或纵马奔驰或驻马远眺的盛装人儿，摆市、赛马、叼羊、摔跤……牧民们尽情歌舞，欢庆丰年。赛里木湖也在这一年一度的节日里洋溢出浓郁的尘俗气息，那被7

月的风吹得动荡不拘的湖水，也仿佛感染了牧民们的火热情怀，蓝得异常激情、奔放。

在新疆，只要有水的地方，草色就丰茂；只要有草的地方，景色就绚丽。赛里木湖在斑斓的草色之外，又奢侈地占有了离此万里之遥的大海的颜色，那景象，仿佛天上有人间无。

可赛里木湖又是如此地贴近俗世欢娱，停泊在繁华道路之侧，为牧民、旅者随意亲近、取用，那情怀，却又是人间有天上无了。

仰望喀纳斯的星空

喀纳斯在新疆的最北端，就是中国地图上雄鸡尾巴尖那块儿地方。

喀纳斯的湖怪神出鬼没，虚虚实实间滋生出无穷的神秘，扣人心弦。当我穿越北疆大地，奔赴卧伏在阿尔泰群山怀抱中的喀纳斯湖时，对它的了解仅止于此，对它的向往也仅止于此。那时，我还不知道自己将被喀纳斯的另一种事物深深震撼。

在 8 月，喀纳斯山坡上的野花已经谢了。那些缤纷的色彩在萎弱之前，一定丝丝缕缕渗入了身边的草木，因而喀纳斯的绿是七彩调和的杂色的绿，深浅互配，软硬有别，冷暖交融，轻重相异，呈现出单一色调的绚烂，堪称奇美。

远处，山坡上的松林，绿得峭拔深沉，如深色的蕾丝、花带点缀山脊；缓坡上的低草，绿得柔软熨帖，如手感绵细的曳地布裙。近处，草色黄绿舒蔓，如花毯裹地；林木烟绿葱茏，如柱栏散布。

还有喀纳斯湖水之绿，简直无法用语言来贴切、传神地描绘。喀纳斯湖由高山雪水汇积而成，那蓝绿的湖色中似揉进了莹白的雪色，而呈现出一种似有若无的乳晕，柔和又浊重，清澈又混沌，若非亲眼所见，真不知大自然的调色板上居然可以调出如此奇异的水色。站在山上远望静静的喀纳斯湖，仿佛一块浑然天成的上佳翡翠玉，挂在山林间。

可让我震撼的，不是喀纳斯的色彩，而是星空。

在喀纳斯半山坡的一处旅馆住下，来自布尔津小城的旅店老板娘告诉我，喀纳斯夜晚的星星特别多，而且是绿色的。她那带着明显哈萨克人特征的眼睛眨了两眨，笑着说，"不是我说的，是住在这里的客人说的。他们说，喀纳斯美呵，连星星都是绿色的，特别亮，特别美。"

当时，对老板娘的话并没太在意。但凡偏僻山区，空气清新、透明度高，夜空总是显得低而切近，星星也就显得格外大、亮、繁多。早在鄂西山中，我就见识过。那是城市的夜空无法比拟的。在城市，灰尘、烟雾、油气、灯光、高楼，有太多的污浊和干扰，让洁净的星空远离了地面上的人群。

喀纳斯与北京有足足两个小时的时差，加上经度高，夜色来得缓慢、迟滞，寒气却升腾得迅速。夜里十点，暮色才慢慢笼上山谷，山峰的轮廓依然清晰地影印在灰蓝的天幕上。此时，天上冒出了一粒、两粒星，亮是亮，大是大，却不见奇。我们一行几人裹着租借来的羽绒大衣，围坐在火塘边看民俗歌舞表演，热烈、奔放的哈萨克歌舞，将火焰的热烈送进我们的眼里、耳里、心里。火光中，一张张面孔生动、明亮。

不知何时，突听得有人低声惊叫，"看天上的星星！"众人纷纷抬头。一抬之下，几乎个个张开嘴巴，失态之色定格半晌。

那星空实在太琐细、太清晰、太庞大了！

无数明亮的大星星，背衬着无数、无数、无数细如芝麻粒儿的小星星，密密麻麻布满了顶部的天空，构成一幅让人目瞪口呆、半天回不过神来的群星阵图。

这难道就是平时悬挂在我们头顶上的星空？

众人你一言，我一语，都不敢相信眼前所见。就好像用放大镜去看一个熟悉的事物，以往认知的一切在瞬间被颠覆了。完全的熟悉不可怕，完全的陌生也不可怕，可怕的是非常熟悉之下的全然陌生。这让你难以判断眼前见到的和过去熟知的，到底哪个更真实。

那一夜，我坐在喀纳斯夜空呈现出的亿万星辰之下，久久地仰起头。热烈的歌舞不再吸引我，我的内心被一种隐秘的旋律震撼着，再无法移转视线。我知道那旋律来自眼前遥远而切近的星空，它正向我展示着它在宇宙中的真实形态。

多年来，是城市的夜空遮蔽了真实的星空，欺骗了我的眼睛。在康德心中，最为神圣的两种事物便是头顶上的天空、内心的道德律。也许，他曾无数次眺望着浩渺的星空，反躬自省，静心洗濯，让内心变得更清明、辽阔、纯净。他眺望的星空，他内心至为神圣的星空，是否就是今夜我头顶上如此庞大、密集、澄澈、广阔的星空？

今夜，我仰头眺望，那清晰弯曲成优美勺形的北斗七星，那清晰穿越于星云之间的浩浩银河，那清晰分立于银河两侧的牛郎星和织女星，还有许许多多在书上读到，却不曾亲见过的星座，巨蟹座、金牛座、双鱼座、狮子座……这样的星空，我无法带走，更无法移植到我所居住的城市。可从此，穿透城市寥落的星空，我有了想象漫天繁星的凭依。

凌晨，裹一身寒气，坐区间车回住处，忍不住提前下了车。漫步在静谧的喀纳斯景区，感受着头顶星空的浩瀚，我一次又一次仰起头，提醒儿子，提醒自己，看看星空，看看星空……

与风缠绵的魔鬼城

魔鬼城耸立在一带戈壁之中，赭红色的一片，奇形诡态，突兀而现。

在正午的阳光下，魔鬼城是一片向上升腾的赭红。仿佛内里有烈焰在灼烤，热气太甚，漫溢出来，在地面袅袅蒸腾，静静膨胀。视线与之对接一刻，便仿佛被一股粗莽的力量牵扯，失了形。

远远望去，那些形状怪异的山体，峭陡的坡度，倾斜的荡漾，歪扭的弧线，不可思议的破碎、层叠、凝聚、组合，相互呼应又相互排斥地，连绵成片。虽凝滞不动，却仿佛无时无刻不在随着地热的蒸腾而幻形，随着风的吹拂而游移。

小径已被人踩得虚白，像一道道筋脉蜿蜒在赭红的肌肤上。阳光明烈，可脚下的泥土似乎比头顶的阳光更灼烫。细小的尘埃从山体上分泌出来，被晒烤得轻飘而绵细，随视线和脚步一道缓慢地浮游，像一地无法聚拢的心事。

魔鬼城又名乌尔禾风城，是阳光、水和风的共同宠爱。

阳光的宠爱是父亲似的，持久地照耀，恒定地温存，应时而来的抚摩，给了魔鬼城赭红色滚烫、硬实的骨骼和肌肤；水的宠爱是母亲似的，柔韧地渗透，滋润地改变，在动情中凝聚，在揉搓中化合，给了魔鬼城魅惑的曲线和面容；而风，是霸道、莽撞而又善变的情人，在粗暴中给予，在掠夺中沉醉，在颠覆中融聚，给了魔鬼城迷乱的表情和内心。

常常，父母恒久地疼爱了几十年，却不敌情人的一个眼神、一声轻唤、一下爱抚，更让人心旌荡漾，彻骨入血。魔鬼城软化了所有的坚硬，聚集了所有的柔情，来迎接这位性情无常、行踪不定的情人。为了这份情，不惜粉身碎骨、形销骨立。

风来了。这位狂热的情人按捺不住内心的激情，一次次不羁地抚摩、莽撞地亲吻、狂热地拥抱，带给魔鬼城天旋地转般的疼痛与甜蜜。风去了。这位乖戾的情人在尽情地穿透、覆盖、满足之后，骤然冷漠了表情，裹着满身沙粉——欢爱的气息，绝尘而去，留下魔鬼城孤独地在月光下守望。

就这样，在一次次风来又风去、风去又风来的循环往复中，魔鬼城的容颜和心情慢慢地改变——表情沉郁了，面颊陡削了，神态诡异了，内心紊乱了。许多的心事化作了随风而散的粉尘，再也，再也回不来、聚不拢了。

阳光下，魔鬼城就像一个独立戈壁、翘首祈盼的盛装女子，只是赭红，火焰般的色彩，也掩饰不住内心的荒凉。

雨水难以抵达的吐鲁番

在新疆，吐鲁番是一个符号，耀眼、灼亮；

在新疆，吐鲁番是一枚玛瑙，绯红、剔透；

在新疆，吐鲁番是一粒果实，饱满、晶莹；

在新疆，吐鲁番是一颗小小的心脏，火热、滚烫。

从乌鲁木齐往西的高速路，犹如一根粗硕的血管，通向这颗勃勃跳动的心脏。途中，会经过亚洲最大的风力发电站，会经过王洛宾歌中唱到的达坂城，会经过吴承恩笔下的火焰山，可它们的光芒都不足以淹没小小的吐鲁番。

吐鲁番，在新疆之行的最末端。这个年均降水量仅十六毫米的小城，却一直以超常的热力、奇异的果香吸引着我们。它是一个抱得紧紧的、火热的谜团！常年缺少水分的滋润，它的力气自哪里诞生，它的能量自何处积聚？还有那些顺着树藤爬蔓、汁水饱盈的瓜果，它们在生长的过程中，如何悄悄地攫取了惊人的水分和甘甜？这是一个谜，揣在吐鲁番的深处。

吐鲁番的街巷是坦白的，简单的脉络、无奇的景象，仿佛没有承担任何的谜底，可我总觉得，有许多的秘密就藏在随处可见、窗格镂空的晾干房里，藏在满地满眼褐红、土黄的泥土里，藏在一扇扇描画有绚烂花饰的木门背后，藏在一间间低檐、带露台的土砖房中，藏在维吾尔少女扑闪扑闪的大眼睛和妩媚的手势里，藏在一只只西瓜、一颗颗葡萄和一个个哈密瓜的果核里。

从外面看，葡萄沟的葡萄藤架遮天蔽日，就像巨大的一席碧毯，红砖房只是点缀其间的朵朵花饰。走进去，阳光洒下点点光斑。那光斑经由藤叶的过滤，串串葡萄的折射，变得婉约、迷离。长长的廊街披上了明黄与翠绿相间的轻纱，在阳光下飞扬。人行其间，飘着飘着，就升至了一个欢乐、丰饶、无忧的梦境。入梦一般啖着清甜入心的葡萄，白的、绿的、红的、紫的；入梦一般伸长手臂，触摸参差悬垂的葡萄叶子，深的、浅的、薄的、厚的；入梦一般将晶莹欲滴的阳光，当了晶莹欲滴的葡萄，手伸至半空，又羞怯地收回来。在这个梦里，葡萄像阳光一样闪闪发光，阳光像葡萄一样翠绿清甜，填了满眼、满心。

从吐鲁番回乌鲁木齐，已是夕阳西沉时分。

刚刚还清朗的天空倏忽阴沉下来。乌云先是凝在天山山脉的一座山峰上，墨黑如枣的一团，越凝越大，渐渐铺漫过来。很快，头顶上的天空就被一件蓬大的灰衣覆盖了。不远处的博格达峰仿佛大地伸出的一根手指，撑住了灰衣的边缘。乌云初起的地方，已看得见粗硕的雨线，一根挨一根，密密地斜砸下来。灰衣越来越沉重，前方的乌鲁木齐市也被笼罩了进来，零星的雨珠开始敲打车窗，一下比一下急促。转眼工夫，窗玻璃上挂满了曲曲弯弯奔腾而下的雨线。

不用回头，我也知道，无论那些雨点多么粗硕、强壮，身后的吐鲁番还是会干爽依旧，不染纤毫。所有的雨点，将消失在奔向吐鲁番的路途上，无法抵达。吐鲁番火热的阳光，迫不及待地，将它们收回了天空。

那些水——雨水、雪水、地下之水，将经由一个秘密的通道抵达吐鲁番。它们在吐鲁番的皮肤下，沿着一条条隐秘的渠道流淌，在适当的地方透透气，见见天光。那时，清澈的水面，会映出蓝乎乎的天、白乎乎的云，斜插进来的树影，还有吐鲁番人的笑脸。

之后，它们会一直流淌进一颗颗葡萄深处，回到阳光下。

像阳光一样闪闪发亮。

古丽吉娜的那拉提草原

那拉提草原的草场，草场边的群山，是广阔的。对于我这个仅与她肌肤相亲不到二十四小时的过客而言，那拉提草原是古丽吉娜和她的伙伴们的。

古丽，在哈萨克语中是"花朵"的意思。古丽吉娜，一个十九岁的哈萨克少女。她有着一双圆圆的黑眼睛，大而深陷。尖尖的下巴，细挺的鼻梁，面色像微微挂红的葡萄。每年的 5 月至 10 月，是新疆的旅游旺季。那时，在那拉提草原就会有一群哈萨克少男少女，牵着自家的马从他们居住的小镇来到草原上，等候游客的光临。十九岁的古丽吉娜，就站在他们中间。

古丽吉娜骑一匹白马，马鬃带点儿浅棕色。我站在那儿，不知挑选哪匹马才好，一匹白马低垂着眼睛慢慢靠近我，它的头垂在我的胸前，长耳朵微微晃动，像位有礼貌的谦逊绅士。抬起头，我看见了古丽吉娜腼腆的笑脸。

穿着红上衣、蓝色绣花坎肩的古丽吉娜，乍一看起来，显得比她的实际年龄大出许多，也许就是那张笑脸透出的朴实和成熟，让我一下子对她生出了信任和喜爱。我正想挑选一匹漂亮的白马当我的坐骑。

古丽吉娜看懂了我的眼神，一撇腿跳下来，扶我上马。随后，她也跨坐在我的身后。马背上的鞍垫是一层叠一层的手织布毯，缀满漂亮繁复的花纹，坐上去异常暄软。古丽吉娜从我的臂下伸过手来，拽住了缰绳。我和她，还有胯下的白马，霎时合为了一个整体。

同伴们也次第跨上马，一溜儿长长的马队顺序出发。马蹄轻敲地面，身后的古丽吉娜轻甩马鞭，嘴里发出"嚯——嚯——"的声音，马儿心领神会，小跑起来。颠动的马背像在海浪中剧烈颠簸的小船，没过多久，我的身体就感觉到了疼痛。古丽吉娜觉察到了我的不适，一边勒勒缰绳让马放慢脚步，一边告诉我用脚踩实鞍镫，身体微微悬空，与马背起伏的节奏协调一致，这样人与马才可浑然一体，身体就不会感到难受了。

我一试之下，果然如此。身体轻松下来，这才有心情举目眺望远近的风景。

那拉提草原在群山的环绕之中，再往深处走就是森林公园。路边的山坡遍披松林，一指一指，像无数墨绿色的箭头密密挨挨朝向天空。阳光慷慨地洒下来，绿色的山丘舒展起伏，紫色、蓝色、黄色的野花儿随风浮动在青青草色之上。空气仿佛都带上了幽微的绿意，清新、爽亮。

我小心翼翼握牢马鞍，微侧过身，大声问古丽吉娜，"你的家就在这儿吗？"

古丽吉娜抬手指着不远处山脚下一片小镇模样的地方，"我家在那儿。"她说的普通话带有重重的夹舌音，语调柔缓。"每年5月，那拉提的旅游旺季到了，我们才上草场来。

到了 10 月，下雪了，我们就牵上马回家。"

"你是土生土长的那拉提人？"

"嗯。"

"那拉提真美！"

"别人都这么说。"

没有回头，我也能感觉到古丽吉娜笑了。那笑浮漾在她的声音里。

古丽吉娜告诉我，她今年十九岁，已经读完高中。在这里为游人牵马的许多孩子，只有十来岁，最小的不过九岁，还在上学读书。他们是利用放假的时间，来草场为游客牵马挣钱。两个月下来，不只自己的学费有了着落，还可以补贴不少家用。

难怪许多游客身后坐的牵马者，全然是一张稚气未脱的孩娃脸。那拉提的阳光过早地为一张张小脸涂抹上了一层褐红，让他们显出与年龄不相称的早熟。可他们娇小瘦弱的身形，与那些身高体壮的游客形成了鲜明对比。这些孩子多在镇上读书，等到 9 月开学他们就回去了。而古丽吉娜，会坚守到 10 月，直到第一场大雪落在那拉提草场上。入冬后的草场，再无人迹，只剩下绵绵白雪在大地上无拘无束地铺呈。

古丽吉娜告诉我，落雪的那拉提草原更美。她试着进一步向我描述，没说几句便讷言了，脸随之涨得通红，眼睛里泛出内疚。

在那拉提草原生活了十九年的古丽吉娜，还从未远离过这片草原。她的普通话说得不够标准，她的汉语词汇也不够丰富，她无法对我尽情表述草原之美。可在这一刻，我却真正感受到了那拉提在冬日里无与伦比的美丽。不是经由古丽吉娜的语言，而是她的语拙和满脸羞色。

古丽吉娜从小与这些山坡、这片草场摸爬滚打在一处，年复一年，草原的气息已在不知不觉中融入了她的眼睛、肌肤、血液。当羞涩泛上十九岁古丽吉娜的面颊，内疚浮动在她的眼睛里，草原之美，也真切地洋溢在她的表情和眼神中。

冬日的那拉提草原，放眼望去银亮一片。山坡在雪毯下藏起了所有的色彩，却藏不住跌宕起伏的身形，脆薄的阳光落在上面，交替织出光亮和阴影。光亮的地方饱满、浑圆，耀眼得逼人眼睛；落下阴影的地方，内敛、柔和，弯曲出一轮轮优美的弧线。跌宕起伏的山峦雪原，弹性十足地铺展、奔腾。仿佛一曲激情浩荡的冬日交响曲在大地上、阳光下奏响……

那是经由古丽吉娜进入我想象的、大雪覆盖下的那拉提草原。

古丽吉娜的那拉提草原。

在天山云雾中穿行

云，居住在高处，比如天山之巅。雾，若也居住在高处，比如天山之巅。他们洁白的身体会缠绕在一块儿，很难分清哪是他哪是她了。雾似乎是那个代表男性的"他"，疏散、弥漫、开放，气息浊重；云似乎是代表女性的"她"，绵密、内敛，将心抱得紧紧的。如果拥抱的话，我想雾是主动的那一个，伸出长长的手臂将云密实地环抱住。

从巴音布鲁克草原到乌鲁木齐市，有近十小时车程，其间大部分路途都在天山山脉中穿行，须翻越两座海拔近三千米的山峰。每到一定的高度，云和雾就不请自来。不只远近的山谷间白茫茫一片，连眼前的道路也成了云雾嬉戏之地，司机不得不打开车灯，将一束追光投向云雾之海。而前方，在云雾的背后，有一束更加强烈、滚烫的光芒也在找寻着我们。它像利剑剖开体温冰冷的云雾的覆盖，在一个又一个短暂的瞬间，让温暖抵达我们。

从天空俯视，我们的车大概像在波峰浪谷间穿行，时而从浪峰下探一探头。而天山诸峰恍如大地伸出的莲花五指，稳稳地、岿然不动地托举住我们，赐颠簸中的人儿以平安。

世间再从容、淡定之人，也有意绪飞湍难抑、情感喷薄而出的时刻，如果记录下来，那一定是像山峦般跌宕起伏的线条。地球上所有的山脉，都是大地心潮起伏的心绪轨迹，是大地激情的生命时段留下的印记吧。可经历之后，所有的内心搏斗都结束了，所有的疼痛和尖叫都静寂了，所有的挣扎跌宕都凝固了，眼前的一座座山，便有了勘破世事的那一派从容淡泊、醇厚稳重。

智者乐水，仁者乐山。经历过大痛者才会真正归于大平凡、大从容。没有大痛过的生命，终会因为不甘而主动迎向激荡，也迎向剧恸。常常想，喜山者，与山契合的，是内心那道不再在阴天隐隐作痛的伤口，还是目光中无欲无争的那一份平静诉求？

天山，横贯北疆。她记录的是大地的哪一生命时段，哪一重要事件，已不再重要。那是一道愈合良好的、业已平静的伤口。我们进入她的脏腑，再无法感同身受到曾经撕裂般的痛楚，却会濡染一阕平凡人生难有的庄重静穆、辽阔包容。

天山的群峰之下，容得下密树繁花，也容得下赤地荒野；容得下灼烫飞扬的阳光，也容得下终年端凝的冰雪；容得下落英流水，也容得下蜂蝶狂舞；容得下云聚云散，也容得下雾开雾合；容得下一马平川，也容得下回环往复；容得下人丁牲畜的日常吐纳，也容得下大悲大恸的生老病死……一切的一切，能容下的，她都容得下。

刚到新疆时，从乌鲁木齐启程向东。一边是平川，一边是天山，与疾驰的车一同向前飞奔。雪峰巍然，平川漠漠。

路上，远在千里之外故乡的朋友发来短信，讲述眼下的烦恼，不外人事的纷争、利益的冲突、夹缝中的委屈……车中的我眺望着不远处的天山，雪峰在阳光下莹莹闪亮，而朋友所经历的那些琐屑的烦恼，也是我曾经无数次经历、沉浸和抱怨的，突然间像灰尘一样轻飘了、稀薄了、浅淡了。那天，望着起伏绵延的天山在天际划出的轮廓线，我想到空间与心性的唇齿关系。

人来到这世上，心本来未染尘埃，只是因为空间的逼窄、求生的艰难，让人心生出了皱褶、瘢痕、污浊。就好比将一棵树捆绑了枝丫，将一个活泼的生命放进玻璃瓶中，失去了自由、辽阔的生长空间，生命只好委屈地变形以求基本的生存。

在地广人稀的地方生活的人们，往往朴实、善良，懂得无私分享、给予。在拥有很多（几乎就是全部）的时候，反而不会想到贪婪地去占有；而进入城市愈久的人，日益狭隘、自私，相互倾轧、伤害，将心层层设防，目的只有一个——得到，将越来越多的东西，打上"唯我所有"的标签。

走进新疆，在这片辽阔的土地上，身上的层层枷锁、层层捆绑释放开来，身体自由地大口大口吞吐呼吸的同时，心也无拘无束跳脱出来，在蓝天皓日之下，纵情地，纵情地奔跑跳跃，拍翅飞翔……

给每一座山每一条河取一个温柔的名字

升入空中的河流

四色地图上通常分布有连片的土黄色区域，也蜿蜒有蚯蚓似的淡蓝色曲线，曲曲弯弯，向着四方延伸。那是世俗意义上的河流。

每一条丰沛的河流，都会在一路上接纳众多粗大或细小的支流。从静止的地图上看，一条河流就像有着许多分杈的树枝，那些通常用黑色圆点标示的城市，是结在这些树杈上的果实——一个个内心饱满的果实，真实的它们远比地图标示的复杂、阔大。虬结延展的"树枝"，总是一路果实坠坠，日渐粗壮，吸饱了水分、养料，而后心满意足地伸进大海——辽阔的深蓝。

也有一些曲线，没能走出黄色深沉的怀抱，纤维一样成为黄叶子上的一根茎脉。它们越活越纤细，即使不断有新的水流注入，也无济于事。它们静卧在地图上的样子，让人想起暴雨过后在公路上爬行的迷途蚯蚓，干涸成了一痕淡淡的、布满渴望的影迹。

实际的情形中，这些河流走着走着就消失了，使得对它们怀有深深期待的干涸的土地更干涸。那里的土地张着龟裂的嘴唇，寂寂无声，皱纹成片成片，触目惊心地爬满额头，身体布满豁大的伤口。一旦这样的土地等不来河流，就再也留不住一座城镇、一个村庄，甚至一个人、一株草。

河流，与生命的起源有关，与生命的延续有关，也与生命的终结有关。所有的消失中，河流的消失最为动人心魄。

人类最初、最辉煌的古代文明，那几枚硕大饱满、璀璨夺目的果实，便结挂在世间屈指可数的几条大河流经的河域。现在，大河依然在流淌，却没有了古时的那般雄迈刚健、洁净清亮，那般强大的孕育力与滋养力。我们的母亲河——黄河——也不例外。她的生命正在一段段地枯竭、萎缩。那曾经一路奔腾着纵贯历史千叠峰万道峦的强健的母亲河，那曾经澎湃着横贯祖国北野，孕育、灌溉了无数生灵的丰腴的母亲河，淤积了太多浊重的泥沙，承受了太久贪婪的索取，果真不堪其累，在一点一点走向衰微的生命尽头，走向枯竭？

我宁愿想象，所有在大地上消失的河流最终都升上了天空。远离了贪婪索取的人类，它们在天空中彻底放松下来，缓缓流淌，没有挣扎、疲惫，不含悲怆。它们穿过白云的暗礁，越过会飞翔的"鱼群"——自在的鸟儿，在阳光的漫天丝缕间穿梭，在浩瀚的天宇中干净、自由地行走畅流。天空，另一种形态的海洋，是所有河流的母亲。大地上的河流，也像人一样，本能地想往温暖的深情与关爱。一旦可能，它们便带着承受了太多伤痛与疲惫的躯体，向着天空漫游。

有一天，当衰老枯槁的土地需要之时，它们还会从空中腾跃而下，化作无边的雨柱施以拯救。雨水落入焦渴的嘴唇，唤醒土地之下几近枯竭的生命，长出新鲜的血脉与筋骨，将颓萎的土地重新支撑。没有一片土地会真正地死亡，因为河流，流淌在大地上与天空中的河流，流淌在亿万斯年中的河流，有了它们，干涸的土地终会复苏。

将手伸入滔滔的江水，将手举向落雨的天空。那一种手感，多么的相似。

当河流以云雨的方式重现时，怅惘的我们慢慢伸出手，会否忆起熟悉的河流的体温与它在大地上纵情奔腾的姿态。

不慎走失的村庄

土地或许不会消失，村庄会。

读到过关于罗布泊、古楼兰的零星资料。20 世纪初，外国的探险家、考古学家划着木舟进入罗布泊。若干年后，呈现在我们眼前的罗布泊，已是一望无际荒芜的戈壁与荒漠。河流不为人知地消失了，还有传说中人畜兴旺过的村庄。

古楼兰遗址与罗布泊相距不远，远古的河流也曾流经这片土地。至今，古楼兰再难听闻到足音的空寂街巷里，还躺着破碎的陶片。千百年前，它作为一只陶瓮的一部分，被美丽的楼兰女子顶在头上，捧在手中，晃晃悠悠自河边归来，清凌凌的河水漫过陶沿，溅湿过远古的一片阳光。不妨将古楼兰看作一个古老而庞大的"村庄"，我们已无法确知它消亡的真实情形，就像我们无法确知古楼兰里那些岁月的残余碎片，那些陶片残骸，那些不再完整的羊毛地毯，那些花饰不再清晰如初的木窗棂，它们是自然风化的结果，还是源于动物的破坏，或者人为的损坏？如今，古楼兰的遗址伫立在戈壁之中，像一个旷古的多义的谜等待猜解。

多年来，古楼兰这个走失者，在人类的视线之外独自缓慢而寂寞地存在，存在并走向消亡。我们只是在他迈向消失的路途中，偶然地与之相遇。当重新进入人类视野时，古楼兰那从岁月深处穿行而来的自然生态，神秘、荒凉，像一个远古的奇迹在我们眼前重现。最初的一刻，我们睁大眼睛，说不出一个字来。

一座村庄的走失，何其神秘苍凉。

历史漫漫，地球上神秘消失的村庄不止一座、十座、百座。有一些，尚留有线索让我们寻找。比如一次云南抚仙湖水下探险，确认湖底有一座古城。据说那座水底之城，比岸边一块石碑上提示的、两百年前突然沉入湖底的一座村庄，更为古老。比如在伊朗小城哈马丹，修筑公路时竟意外发现深埋地下的黑克玛塔纳古城，而在它的上面还安睡着波斯帝国时代、亚历山大时代、安息王朝和萨珊王朝时代的诸多文物积存。已经不知道历史的尘埃是怎样将它们一层层掩埋，收存进私人的宝库之中。传说在浩瀚的民间、在历史的册页边上流传了很久，终于被证实。如此可遇不可求的缘分，不免让人生出奇异的遐想，倘若从我们脚底开始，不懈地挖掘下去，我们会否与不同朝代的村庄相遇？

而许许多多的村庄，消失也就消失了，不再有人知道。也许有一天，它们突然以一种前所未有的神秘生态，一种不可思议的方式，重新出现在我们面前。恍如一贯庄重、肃穆的历史，突然间做出个鬼祟另类的表情，让我们情不自禁地惊诧、惊喜、惊叹。这同样是一个谜。

还有一些村庄，在人的眼皮底下、在人的手中沦为了荒芜。战争的肆虐与逼迫、自然的干旱与贫瘠、天灾与人祸制造的绵绵饥荒、异族的侵夺与蹂躏、兄弟间的仇恨与屠杀……这些村庄的怆然走失，渗透着血泪，也就格外令人悲伤。漠漠历史中，有多少村庄因为丑恶的人、人性中丑恶的一隅，化作了回忆中一滴永不干涸的渗血的泪珠？

恐怕没有人可以说清。

被神赐福的植物

我从来不敢轻视植物，尽管它们从不发出声音，也无法行走，终身站立在一个地方，保持固有的姿势。我还是深深敬畏于一株植物蕴于沉默中的力量。

在万物中，植物的消失似乎最轻易。任何的外力，风雨雷电，金水火土，乃至一个孩子偶尔起性的恶作剧，一只卑微得不能再卑微的虫豸，都能伤害一株植物，而不必担心追逐不舍的报复。那些古老的大树，身体上布满创痂，像一只只不倦而沉着的眼睛，安详沉穆。几乎没有任何其他的生命，可以怀揣着如此多的创口，同时回报以如此静穆、安宁的眼神。只有植物！

植物的再生，也最频繁。植物的枝叶、花朵、果实向着天空开放，根茎向着土地深处延伸，看不见的力量，朝着肢体内部积聚、灌注，日久弥坚。植物的消长几乎都是周而复始的，绵延不绝。一只蒲公英花盏，借助一阵微风，可以播种数十枚幼芽。在刈除过杂草的地方，不必费心自会长出新的草蔓。一株树干几乎被掏空的杨树，还在绽发点点新芽。一片长不出麦子的土地，会长出葳蕤的高粱、野菊或仙人掌。一棵被雷电劈作两半的树，匍匐倒地的半拉躯干依然会在泥里生根。一棵被拦腰砍伐的树，会允许鸟儿衔来的一粒种子在截面上生根发芽，在自己的残体上凌空长出又一棵树来……并非臆造，它们都是我见过的植物。

一片土地的生机，最先总是由植物营造。一片水域，总是由植物率先来滋养。碱性的土壤，有喜碱的植物去配。酸性的土壤，有喜酸的植物相许。湖泽遍布的水乡，有喜水的植物去栖。干旱板结的土壤，有喜旱的植物落土。季节姗替，植物由荣转枯，就会由枯转荣。

植物最悲惨的葬地，恐怕莫过于美丽的花瓶。那是爱美而自私的人类赐予植物的命运。可人类在享受美的形态、贪恋美的香息时，常常忘了没有植物可以在花瓶里自由地呼吸、生长。就如同海水没法在茶缸里呈现辽阔的蔚蓝。隐忍的植物，静默着承受了一切加诸自身的命运，无论幸否，一一承接下来，再以自己的方式醒转、复活。

一旦将残的花、萎的枝还归于泥土，植物在它消失的地方，就会重现。植物需要的，仅仅是人类的耐心和宽容。

植物的自我修复能力、再生能力，远胜于其他物种，那是大自然对温仁宽厚的植物种群格外地垂惜，于是赐福。

身披符咒的动物

在人与动物之间，有着许多相似之处。动物颇像被造物主施行了某种咒语的人之变种，在符咒的深渊里，卑微地活过一生。

是否因为这般渊源，动物极易与人朝夕相伴形成亲缘，以至一只亲密动物的消失往往牵动人心，悲情萦怀，久久难散？据说很多终老的动物，有预见自己死亡的本能。它会悄悄地离开心息相通的主人，找一个僻静的地方独自迎接死亡。人，一般也能洞见，体恤者不会强行干预，只是悲哀地注视着爱物离去的背影。那是动物与人之间，最后、最深的默契。

这种悄然消失的方式，听起来有种萦绕不去的感伤。在我熟悉的为数不多的动物中，猫便是如此。可就我目力和听力所及的范围，还从没有一只猫，依循此种种性行为方式选择自己最后的栖地。它们住在高楼之上和铁笼之中，非正常死亡提前到来，或不慎摔下楼去，或不幸误食而死。它们多半死在亲密主人的面前、怀里。我不知道，这会不会让一只将死的猫感觉悲哀。

动物的语言，常常是通过眼睛传达给人的。人与动物的直接交流，又常常通过触摸。我们的手，一下一下抚触着狗挺直的脊背、鸟滑洁的羽毛、牛深陷的面颊、猴伶俐的脚爪，便有源源不断的话语，经由温热的手掌进入动物的内心。它们用眼睛回应我们。牛黑漆般的眼睛穿过长长的低垂的睫毛，安静地注视我们。我们会在这双什么也不事表达，什么也不加抱怨的黑眼睛里，蓦然迷失自己。狗睁着它清亮的淡褐色眼睛，望着我们。我们的手会在那一刻，变得像母亲抚触婴儿那般柔软。还有一只鸟的眼睛、一只羊的眼睛、一头鹿的眼睛……

动物的眼睛于无言中解构了人类的话语，令所有的语言在它们面前黯然失色、哑然失声。在失语中，面对着一双动物的眼睛，我们的心常常在暗地里轻轻地颤抖。

动物与植物一样，顺应天道生生死死，不加抱怨。动物不会像人那样，在辗转反侧、思之再三后，不甘地责问上天，为什么受伤的偏偏是我，为什么害病的偏偏是我，为什么将死的偏偏是我。动物中那些生命最脆弱易折者，往往繁殖能力也最旺盛，像老鼠、蚂蚁、蟑螂等。原本在造物主那里，只有生命力的强与弱，没有善与恶吧。强与弱，是天定的差异。差异之间万物都有自己的尊严；善与恶，是人为的标准。人是怀揣私欲的复杂物种，习惯以自己的标准量度一切。而在造物主那里，万物平等。弱的，自会给予另一方面的补偿；强的，自会在其他方面适度削弱。

大自然是个平衡的整体。所有的动物只是其中一类生命，生命链上的一环。缺失的，自会有新生的来补充。消失的，还会以其他方式延续。

行走在大地上的人

人与植物、动物一样，是自然之物。对于人来说，消失因其必然性，而成为一桩无法回避的痛苦。那一种宿命，将人类一网打尽，没有谁可以侥幸逃脱。人的一生，就是与各种体验相遇缠绵的过程，末了，与死亡相遇，同归。与世间万物相比，人又过于清醒，自懂事起便具有望到终点的眼力。稚气的孩子，有一天会攀住大人的胳臂，严肃地问：

人会不会死？

你会不会死？

我会不会死？

人长长的一生，都怀揣着必将丧失手中一切的隐在恐惧，并目睹一场接一场现实的死亡在身边上演。那些亲密的、不太亲密的生命，都会在我们的眼皮底下化作一抔灰一捧土。眼泪密集地掉落下来，也挽回不了什么。

有时，死亡会在无数次的预演后才正式降临。疾病一次又一次席卷过脆弱的身体，导演与死亡亲吻的黑色幽默剧。身体历尽百般疼痛的折磨，囚禁在病床上听任宰割，精神徘徊在恐惧与绝望的边缘，蜷缩成一团，内心的愿望缩小再缩小。几欲速死时，死神却又放你回到活泼泼的生界。在与死神有过缘铿一面后，人只会更加顾惜生命，哪怕生之大地上遍布泥泞与琐碎的痛苦。

很少有人真正做到嘲笑死亡，将赴死的过程营造成堂皇的艺术品。一则没有机会，死亡常常不容商量地说来就来；二则缺乏率而直面的勇气。在我的视线中，陆幼青算是罕有的一位。

陆幼青的死，像拼却全部气力的一曲高腔，尾声在最高亢处垂下幕布。那是 20 世纪末牵动人心的事件之一，有年轻的网络为证，有书页尚未泛黄的《生命的留言》为证。可无论从表面看来，三十七岁的陆幼青如何坦言死亡，笑对最后屈指可数的日月，在他竭力幽默的文字中还是时不时会冒出对上天的诘问：为什么偏偏是我？

那是人类心中最普遍的诘问。

佛教许诺来世，基督描画天堂。许多的宗教，都试图证明死亡正是幸福的开端，是对生的救赎，以对未知之界灼亮光芒的期许来吸引芸芸教徒的目光，让他们不再执着于远方的黑色原点——所有生命的最终归宿。于是，信徒们虔诚地祷告，祈求，许愿，还愿，眺望着遥不可及的一束佛光，常常忽视了照射在自己身体上的阳光，那一种真实可感的温暖。

宗教，是人类自造的安慰仪式，类似于精神按摩。我曾经相信另一种关于死后归宿的幻想，那是在我经历过生命中最初的死亡事件之后——那些在我们身边消失了形体的人，继续以匿形的方式与我们生活在一起。他们存在于环绕我们的空气中，用超然、平和的目光关注大地上的生活，只是无力干预。他们生命的钟摆虽已停止，但在情感上依然与我们隐秘牵系。地久天长。

在悲痛逐渐被时光洗淡之后，我才觉出这想法的荒唐。历史何其漫漫，已经消失的人，恐怕数亿倍于地球上现世的生者。天地再大，也有满盈的一刻，可见这想法的天真和愚蠢。况且人分亲疏，陌生的眼睛也可以洞悉自己的生活，想想都很恐怖。想法的源头，说到底是个不舍。人类代代繁衍相继，每一个死者身后都相跟着一长串血缘相系的生者。到末了，死者纵有千般不舍、万般遗憾，也得撒手而去。留在原地的生者，看着那些曾经如此亲近的生命一步步走远，从此天地暌隔，再也唤不回，伸出的手怎么也穿不透那层透明的纱幕。泪不流进眼眶，也会淌在心底暗暗成河吧。

老辈人说，坟上新发的野花、野草在微风中轻摇，便是那走了的人在点头微笑。那是旧式的说法。现在安放生命最后一抔轻尘的，是坚硬的水泥墓基和墓碑，不过，带一束草或一捧花还是可以的，野地的风一样会将它们轻轻吹动。

我愿意相信。那便是他或者她，正对我含笑致意。

所有的生命，人，以及与人极为相似的动物，最终都会化身为植物吧。植物是一种至纯至净的生命，在所有生命中最趋宁静、完美。而且，植物无言，所有的生命在消失之后也必是无言的吧——否则世界会变得多么嘈杂无序。

他们，那些业已离去的生命，只是在风中吐露芬芳，清新空气，在大地上荣而枯枯而荣，生生不息，往还不已……

与生命有关的事物

声音与气味同属于生命的范畴。它们是生命透明的一部分，为生命所携带。人、植物、动物、山河溪流，再具体到每一个人、每一种动植物、每一座山每一条河，都有自己的声音和气味。

声音的存在与消失，几乎同步。气味相对持久。气味是一条卧伏在记忆中的河，相关的往事和他物，如水草，若浮萍，如游鱼，似暗礁，在水波中沉沉浮浮，若隐若现。气味可以装入漂流瓶，投放进岁月的汪洋，远隔重洋地寄达。

常常在一个事物离去之后很久，我们还能在某个恍惚的瞬间，闻见熟悉的气味浸漫而来，贴着那个生命的标签，独特无二。无法用语言表述，却真切得可以感觉，可以分析，可以反复吟味。微妙的气味，彼此不相雷同、不相混杂，如同月光下分明的手势，在暗中引领迷路的我们。

声音不同。声音消失得太快。一旦消散在空气中，声音便再也无法收拢，即使费力收集起来，也会失真。但声音一旦重现，一定会唤醒许多相关的记忆。犹如拽住一根线头，接下来，叮叮乓乓的往事响作一团。

声音，象征生命中不可复得的部分。失去了，便是终其一生的遗憾。多年后，也许我们穿行在行色匆匆的人流中，蓦然听到一个熟悉的声音。那个瞬间，切记莫要回头，也就不会失望。高科技时代，借助日新月异的现代录音设备，已经可以逼真地重现声音。只是在按下播放键的前一刻，需要备好洁净的纸巾。此在的声音与彼在的声音，哪怕惊人的相似，之间的缺失也是无法填补的，只会让人更深地陷入哀伤。

还有色与光，将生命团团实实地包裹，点染着世间万物。常常，我们记不起某个细微的表情，却会记住某种色彩。常常，我们记不起某个久远的情节，却会记住某个午后弥散的光线。奇怪的是，色彩与光线并不能牢靠地把握在手中，却轻易地穿透了岁月的层层幕布，随时抵达眼前。也许，它们根本从未远离。

色彩比声音和气味稳定、具象，容易捕捉。色彩恍如一处若即若离又万变不离其宗的路标，悬浮在半空中。我们常常经由一朵玫瑰，一袭老红暗花的布料，一方广告牌上的暗哑色块，一支红色笔芯划出的印痕，一颗滴落中的浓稠血珠，一枚红芯白地钻戒，一张欲张还闭的珠光亮彩红唇，无预期地，想起一个人，一桩事，一个与红色有关的瞬间。

我已经忘记姑爹的面容、朋友 J 的面容，还有他们的声音。想起他，我眼前出现的是一种愈走愈远的深蓝，那是我姑爹走向长江边的孤独背影，也是最后的背影；想起她，是一种浓浓生机盈目、大喜气又大悲伤的灿红，那是覆盖 J 年轻身体的缎面被衿，被衿之下的她已经冰寒。我的记忆，古怪地停留在鲜艳色彩的幅面，不再游移，也不再深入。

与声音和气味相比，光线缥缈，可遇而不可求。也许永不再现，也许不期而至。光线是个怪脾气的精灵，很难被驯顺地装进记忆的口袋，可一旦装入，又会固执地浮泛在记忆之袋中，不褪色，不淡忘，不逃逸。光线的消失，实在是件艰难的事情。就像试图伸出手驱赶进入房间的阳光，千万不要愚蠢地试图驱赶记忆中一缕淡淡的光线。

第四辑

此遇

那是一场揪心的考验。这是一场伤痛的别离。

游荡在混蛋与英雄之间

说影片《无耻混蛋》之前，必须说说导演其人，昆汀·塔伦蒂诺。

昆汀的电影充满了关于坏人与好人、混蛋与英雄的辨证。一个又一个混蛋在邪恶与正义间荡着秋千，他们发出肆无忌惮、痛快酣畅的大笑，用力地跃动身躯摇荡秋千，时而奔赴这端时而奔赴那端，在真理的天空划出缭乱不堪，却又清晰深刻的印迹。非学院派出身的电影导演昆汀追求的就是这种效果，清晰而又缭乱，鲜明而又混沌，简单而又复杂，低俗而又神圣。他似乎迷恋混蛋，迷恋血腥，又迷恋英雄，迷恋神圣，以非常态的路径融合两者——用戏谑的方式消解神圣，又让神圣来解救低俗；用血腥戮戮正义，又让正义浸染血腥。他让它们交混在一起，搅拌，打烂，血肉模糊地成为一体。

在他的影片中，那一个又一个让你过目难忘的混蛋，让你不齿让你嘲笑让你愤恨，却又在某些时刻让你情不自禁地牵挂、同情、尊重，恨不能为他们去伸张正义。说到底，昆汀的电影里没有一个完美的好人，也没有一个彻底的坏人；没有一个完美的英雄，也没有一个彻底的混蛋。

他喜欢在电影里大段大段地进行论证，他也喜欢在电影里运用小说的结构方式，第一章、第二章、第三章……乐此不疲，耐心地为之命名。在那些角色喋喋不休展开论证的环节里，你仿佛看见昆汀那冷静严肃而又暗隐了一丝戏谑的表情。有时他那么克制而不动声色地完成残忍，有时他那么泼洒地英武气十足地完成复仇，有时他那么肆无忌惮地血腥泛滥，有时他那么不正经地进行宏大叙事，有时他那么混蛋却又那么英雄……但你得承认，他的电影总是热气腾腾，在不知不觉中感染你，攫住你，让你边看边感叹，"昆汀这小子！"看完，还要情不自禁地回味、咂摸一下，仿佛用舌头卷过嘴角残留的一抹血腥。

据说，导演昆汀用十年时间来创作、修改《无耻混蛋》的剧本。有过中长篇小说创作经历的人大约知道，十年的时间跨度可能带给一部作品颠覆性的变化，让最初的构思一再转折，改变方向。最终呈现给我们的影片《无耻混蛋》由五个章节构成，沿两个线头行进，情节之弦紧绷，意外频现，直至影片尾端，两条线索交汇，轰轰烈烈地实现臆想中对希特勒的完美刺杀。

影片开头，杀机在田园牧歌似的景象中突然而至。砍入树桩的斧头，退进小屋的三个女儿，竭力用井水泼面镇定自己的父亲，他即将面临一场势必折磨他余生的审问。

昆汀的镜头语言简洁、克制。杀机的逼近淡淡无痕，却在漫长耐心的铺垫之后，以极其残忍暴虐的方式抵达杀戮。

德国党卫军汉斯·兰达上校，有彬彬有礼的举止，一丝不苟的作风，略带讥讽的笑容，隐而不发的锋利，含而不露的凶残，这位伪装起来的混蛋，被法国人喻为"犹太人猎手"的德国军官，以追杀藏匿起来的犹太人为职责，并为自己的无往不胜而自傲。他不慌不忙，近乎饶舌地一步一步引导对话，四两拨千斤地攻破了这位父亲的心理防线，迫使他供认出了正躲藏在他家地板下的邻居索莎娜及其家人。士兵蹑足而入，枪弹蜂拥而出，击穿地板，木屑飞溅，看不见的鲜血迸射。

索莎娜的家人都被残杀，只有她逃向了田野，带着满脸血痕、惊惶、悲怆和刻骨的仇恨。

影片的第二个线头，是九个空降到法国的美国士兵，他们都是犹太人，怀着对纳粹的刻骨仇恨，在法国的山野间开展游击战，唯一的任务是"屠杀纳粹兵"，以尽可能凶残的方式，让纳粹兵闻风丧胆。奥尔多·雷恩中尉是他们的首领。这个脖颈上残留着一圈疤痕的军人，开场白痛快直接，"纳粹没有人性，他们的头儿是一个憎恨犹太人、杀人如麻的疯子，他们必须被消灭，所以我们见到的每一个穿纳粹军装的混蛋，都得去死。"

这样一群自称混蛋的军人，立誓要极其冷血地对待大洋彼岸的那群纳粹混蛋。他们说到做到，剥掉每一个纳粹兵的头皮，将每一具尸体开膛破肚，肢解毁容，他们让自己成功地成了德国士兵心中挥之不去的梦魇。偶尔，他们放掉一个纳粹兵，不是大发慈悲，而是为了让他回去描绘同伴被虐杀的场景，让他回去展示额头永难消除的纳粹标志，将恐怖酿造得更加恐怖。

在昆汀臆造的世界里，他们是一群痛快淋漓的复仇者，一群满身英雄气的混蛋，他们让希特勒束手无策，暴跳如雷。昆汀故意将威武的希特勒画像和气急败坏的希特勒置于同一画面，实现无声的解构和嘲讽。即使是残忍至极的画面，昆汀也习惯幽默顽皮地加以解构，填入昆汀式的戏谑。

四年后再度出现在我们视野中的索莎娜，已经拥有了另外的名字、另外的身份。她是一家电影院的继承人，她暗暗策划着一场复仇行动。似乎是为了成全她的复仇，昆汀让一个德国英雄佐勒列兵爱上了她。他曾独自守卫一座钟楼，射杀了两百多个敌人，被德国人奉为战斗英雄，他的事迹被拍摄成电影《国家骄傲》，而他在影片中扮演自己。佐勒列兵极力说服德国宣传部长将《国家骄傲》的首映式，放在索莎娜的电影院举办。这无疑是天赐的良机，但走在复仇之路上的索莎娜还要闯过重重关卡。

在餐厅，她与"犹太人猎手"兰达上校再次狭路相逢。这位有着惊人嗅觉的"犹太人猎手"保持着他的警惕与怀疑，他用奶油来试探索莎娜，用言语刺探索莎娜，索莎娜已不是四年前那个惊惶无措的少女，想必四年来她已被刻骨的仇恨磨砺成了一把锋利内敛的箭，只待需要射出的那一刻到来。可是，她毕竟不是钢铁，不是机器，她不得不极力掩饰自己呼吸不畅的本能反应，竭尽全力冷静以对。终于，在经历漫长的"猎手"的逼视和试探之后，兰达起身离开，索莎娜再控制不住，一瞬间，痛苦的表情侵漫而上，吞没了她的脸容。这表情，代表了一个民族曾经的共同表情。

索莎娜的计划逐渐成形，她要在电影院举办"德国之夜"，在《国家骄傲》的首映式上来一场痛痛快快的复仇。与此同时，在索莎娜看不见的地方，一场针对德国最高首领的刺杀计划"影院行动"也在进行中。与索莎娜微弱的个人力量不同，这计划惊动了英国和美国军方，惊动了雷恩中尉和他带领的那班混蛋们。这一端的较量，更加惊心动魄。

在整个计划中，非常重要的一环，是作为间谍的德国演员布里奇特·冯·海姆斯马克与英国派出的阿齐·西科格斯中尉接上头，将他带入德国人为《国家骄傲》举办的首映式——"基本上所有的臭蛋都在一个篮子里了"，只要炸掉这个"篮子"，就可望早日结束战争。万军丛中取其首，这是军方的战略。

西科格斯中尉在战前是个电影评论员，熟悉德国电影，成为这项任务的最佳人选。接头地点选在一个偏僻乡村的地下室小酒馆里，最终，除了海姆斯马克，没有一个人活着出来。

导演昆汀善于拿捏节奏，营造紧张气氛，也不吝啬残酷和血腥。其代表作《杀死比尔》之一、之二，同样是关于复仇的大戏，铿锵激越。在《无耻混蛋》中，小酒馆接头的一场戏同样被渲染得扣人心弦、跌宕起伏。

几个在此聚会游戏的德国士兵、三个乔装打扮的英国和美国士兵、一个充当间谍的德国女演员、一个坐在暗处嗅闻可疑气息的盖世太保，在空间狭小的酒馆里狭路相逢，试探，掩饰，化解，冲突，剑拔弩张，乱枪横飞，情势快速扭转……最终得以活着离开的，只有腿部受伤的海姆斯马克。混乱中，她遗落在现场的高跟鞋，让"犹太人猎手"兰达上校捕捉到了危险的信号。

看起来，一个筹备多时、精心酝酿的"影院行动"即将告吹。可即使是在一根钢丝上也要继续走动，雷恩中尉不肯放弃这大好机会，打算铤而走险。他带着被德国人以惊恐的心情称为"杂种"的游击队队员，跟着腿上裹缚石膏的海姆斯马克，衣着光鲜地出现在电影首映式上。已经知晓兰达惊人嗅觉和手段的我们，暗暗为他们捏一把汗。

两根线索在盛大的电影首映式交汇，却又保持各自的节奏平行向前，若即若离。两根线索在行进中都遇到阻碍，佐勒列兵突然闯入放映室，与索莎娜先于结局双双仆倒在血泊中；海姆斯马克被兰达暴虐地掐死，雷恩中尉被逮捕。这一切都在公众的视线之外，悄然发生。影院里，电影如常放映，银幕上的佐勒完成着他射杀两百多敌人的壮举，他的每一次射击都激起观众的一阵欢腾，而银幕的背后，堆置着即将置观众于烈火的硝酸胶片。

兰达，一个看起来那么忠心耿耿、尽忠尽责的德国军官，在千钧一发之时，却与被捕的雷恩中尉玩起了谈判的艺术。却原来，这是一个正为自己寻找未来命运出口的投机者，他以自己的敏锐眺望到了战败的结局，冀望以自己的智慧和狡黠将自己塑造成一个"英雄"，一个终结纳粹罪恶的"英雄"。只是雷恩，断不肯将这个彻头彻尾的混蛋成全为一个"英雄"，他以混蛋的手段完成了对这个纳粹混蛋的审判与惩罚。一个无法抹除的象征耻辱的标记，被他用尖刀刻在了兰达的额头。

复仇在戏剧性的转折中实现，被锁闭的电影院内，索莎娜出现在银幕，她面带嘲弄的微笑，"你们就要死了，好好看着我的脸，我就是杀死你们的犹太人。"伴随她的笑声，烈火喷涌而出。

她终于实现了复仇，在年轻短暂的生命之外。

映衬着烈火奔腾的背景，两名"杂种"游击队队员冲着惊惶逃窜的德国军官们疯狂射击，轰轰烈烈。昆汀在他创造的世界里，帮千千万万的犹太人实现了他们的复仇，以混蛋加英雄的方式。轰轰烈烈。

以诗的名义

仿佛一片薄而锋利的寒凉，搁浅在心里。这部命名为《诗》的电影，回想起来，清晰的是爽净而明媚的，有风吹过的阳光，衣着得体的老妇在郊野孜孜于对诗的捕捉和追寻。她是那么地不肯深坠于现实，不时地逸出，逸出，向着诗意漫溯，可是现实，以他薄而锋利的残酷，快速无痕地切过。

影片开头汤汤而来的河水，和片尾汤汤而来的河水，是否某种隐喻？那洁净不息的流水，流经村庄流经城市，洗刷着人世的脏污，也浮载着人间的生死。在流水送来的、日益切近的女尸，那被流水凌乱也顺服的发丛旁，出现了"시"和"poetry"。我们知道那是"诗"。诗的点题与出现，如此突兀，如此背离我们对诗的理解，想来是导演李沧东的刻意之举。

杨美子，一个六十六岁的老妇，提藤制包，戴白色镶花朵的遮阳帽，碎花衬衣和黑色暗花长裙，配素白网状围巾，得体的妆容，端庄雅致。说话时，不经意地露出娇羞。如果仅仅从表面，很难看出此刻她生活的局促。实际上，她是一位长期帮人照料半瘫老人的佣妇，每月领取政府有限的补贴，只身帮远在外地的离婚的女儿带着外孙，时而忘记生活中的常用词，忍受着肩痛和经济的拮据。她洁净而小心地活着，她的问候和话语，时常没有人耐心去听，她却顾自地与人打着招呼，说话，微笑，沉浸在自己的世界。她不愿意伤害任何人，却避不开人世间袭来的伤害。

这样的人，是容易被诗感召的。她们敏感、细腻，有着饱含汁液的感情细胞。看到"公共文学课堂，你也可以成为一个诗人"的招贴，杨美子坐进了学习写诗的文学课堂。

"课程结束的时候，我希望你们每一个人都能写出诗来……"文学课老师说。于是，杨美子在狭窄杂乱的家里以手遮眼寻找诗，将一个苹果圣物般端详寻找诗，坐在树下看被风吹动的叶子寻找诗……就在这时，找上门来的，却是非诗意的现实。

在小酒馆，与其他几位家长见面时，杨美子才知道外孙参与的六人学生组，强奸了一个同年级女孩，而女孩几天前跳河自杀了。如此突兀而震惊的消息，杨美子却仿佛没有听闻入心，她起身离座，出现在小酒馆的玻璃窗外，在几位忧心忡忡的家长视线中，旁若无人地端详一朵花，继续寻找她的诗。

透过她平静如常的外表，很难洞察此刻她的内心。可是她，在本子上写下："鲜血。花朵红得如鲜血一般。"

诗，这狭窄的通道，帮我们潜入了一个女人极力掩饰的脆弱、慌张、震动。讲述着鸡冠花语的杨美子，在短暂的惊慌之后，做出的本能选择已经明示在她的话语里——保护。"一个保护着我们的保护伞。"此时，对于这个女人，诗又何尝不是一把撑开的保护伞。

突如其来的消息，抽走了杨美子脸上的笑容，让她迅疾憔悴了。她站在外孙的身后，看着他的背影，那是她真正感到无力的世界。外孙在自己参与酿造的死亡面前，显得那么无觉无感无痛，冷漠至极。杨美子用尽力气，也无法揭开外孙蒙住头、将她阻隔在外的被子。她甚至做不到去严厉地责骂他。

几位家长商议的结果，每家出五百万用于赎买孩子的未来。

杨美子做着其他家长没有做的事。她去了教堂，旁观自杀女孩的安魂弥撒。对于她，精神上的负疚感，更甚于难以支付的五百万现金的重压。她逃一般离开，取走了蜡烛前供放的女孩遗像。这负疚，无人可以帮她化解。这重压，无人可以帮她承担。这疼痛，无法向人去诉说。只有在莲蓬头下，蓬勃的水声中，她才敢痛哭出声，让水溶于水。

此时，诗成为慰藉，是叹息的余音，是对尘世的疑问。她在本子上写下："鸟儿的歌声，他们为什么歌唱呢？"

别的家长关心的是自己的孩子，是对事件尽量无痕的掩埋，而她，关注的是一个年幼的生命，是她曾经感受到的伤痛。杨美子独自去学校教室看女孩读书的地方，去学校实验室看孩子们犯错的现场，去桥头看女孩跳入河中的地方，去郊外农场见女孩的母亲。她将女孩的遗像放置在饭桌上、她的外孙面前，代替了她的万千话语。

杨美子只在打电话给女儿时，恢复了惯常的笑容。她让笑声通过电话线抵达远方。她说着我很好，医生叫我多运动，多多写诗。而实际上，医生告诉她，她得的是阿尔茨海默综合征——老年痴呆症，她会越来越健忘，先是忘记名词，然后是动词……这个女人，将多大的忧愁都含在胸腔里，不让它逸出。对于将自己的孩子抛掷给她的女儿，她不忍心告知。

这一天，坐在河边的杨美子，刚刚从女孩跳河的桥上走下来。她拿出本子，我们看见一滴滴水渍在纸面化开，以为是她的眼泪，这个女人终于忍不住，清晰地落下了眼泪。可那是雨，满山野的雨。雨中的杨美子，被大雨淋湿的杨美子，这个用她自己的话说曾有过很多故事的美丽女人，她的笑容会让很多人变傻的美丽女人，显得那么憔悴、疲惫而悲伤。

被大雨淋透的杨美子，在心里做出了选择。这选择，将她送到了片子的结局。但在结局到来之前，再让我们说说诗。

诗是与现实的对抗？在现实中，我们多么容易将诗视为现实的对立物。仿佛，诗在驳杂的现实中无法立足，无法存活。现实的考量充斥着生活的每个角落，也左右着人们的情绪、思维、行动。甚至在很多人的视线里，根本就没有诗这一事物。然而，文学课老师说"你们每个人心里都有一首诗""被你们禁锢的诗歌应该找到它们的翅膀，然后起飞"。

"写诗就是在啜泣的深夜独自醒来，就是建造一块坚固的基石，支撑起一根柱子，撑起你破碎的心……""人们都说写诗的人，是心间绽放花朵的人。"爱诗的人，诉说着他们对诗的理解。杨美子写下的却是："时光飞逝，花儿枯萎。"

这个本是以施害者家长的身份，去见受害者家长的女人，打算以自己的艰辛去打动另一个艰辛的女人，却在这艰难的路途上走着走着，开始忘乎所以地寻找诗。尝一口落地的红杏，在本子上写下："杏树扔下自己的果实，只为来生。"

这个被诗情充满的女人，完全忘记了此行的目的，和女孩的母亲聊着她看到杏、野花与美景的欢乐与满足，仿佛她不是一个被忧愁压覆的女人。我望着这个此刻被阳光照耀的女人，从心底里开出欢乐之花的女人，心里充满怜惜。她只是忘记了任何扮演，本色地出演了自己，一个正钟情于诗的女人。或者，她本身就是一个与诗相契合的人，像她的老师五十年前预言的那样。诗人的身份，与一个人的经历无关，与一个人的身份无关，与一个人的处境无关，或许有关的，我想，是一个人的性情。

再一次逃一般离开现场的杨美子，在回转身后蓦地想起了自己的使命，背对阳光的脸色瞬间灰败、慌乱。可是一切已晚。是诗，让一度紧紧压覆她的忧愁散逸，却又那么不合时宜。杨美子坠入更深重的忧愁。

一筹莫展的杨美子，满足了半瘫的老男人，以此拿到可以赎买外孙未来的五百万。不多不少，五百万。交出钱，度过人生一大难关的杨美子，似乎可以继续她的学诗之路了。她可以在这条路上走出很远，只要她愿意。可是，相信诗歌是美的杨美子，觉得帕警官在诗歌朗诵会上说性是侮辱诗歌的杨美子，已无法完成这样的远行。

她从网吧里将经历此事后依然无痛无觉的外孙带回家，为洗过澡的他修剪了指甲，对他说：保持干净，干净的身体才有清楚的头脑。然后，看着外孙被警察带走。那么平静地看着警车远去。回过身，她依然努力地接打每一个飞来的球。万千波澜，都被封闭在这个奋力跃动的女人的身影里。

影片的每一人物，每一场景，每一句对白，每一首歌曲，每一首诗的选择，都映现着导演的意图。片中的诗歌朗诵会上，有一首诗，很短，两句。

我问你

不敢踢开燃煤烧后的灰烬

你曾经

对另一个人来说是一个炙热的人吗

在"这个诗歌快要消失的时代",电影《诗》以诗的名义,完成了对一个叫杨美子的女人生命最后时段的描述,在这一时段,她遭遇人生巨大的艰难,却选择了以诗对抗残酷的现实,以诗探测人性的温度。在这一时段,她努力寻找着诗,爱着诗,并以决绝的方式完成对自己的救赎,最终抵达诗本身。

美国作家华莱士·史蒂文斯在《最高虚构笔记》中写道:"对生活所怀抱的诗意胸襟要大于任何一首具体的诗。"一直在寻找诗的杨美子,写下了她唯一的一首诗。

安格尼斯的歌

那里怎么样

有多孤独

日落时是否仍是霞光满天

小鸟儿是否还在去森林的路上歌唱

你是否能收到我不敢寄出的信

我是否能说出我不敢说的忏悔

时间会不会流逝

玫瑰会不会凋谢

现在该说再见了

就像风儿 徘徊又离开

就像影子

像未至的承诺

像封存到最后的爱

亲吻我脚踝的青草

也像跟随我的小脚印

黑暗降临

是否仍会燃起一根蜡烛

我祈祷

不再哭泣

祈祷你知道

我有多么深爱着你

……

画外音由杨美子略带苍老的声音变为女孩稚嫩的声音。她们，在一首诗里融为了一体。

写出唯一一首诗的杨美子，她看起来那么冰凉，却又那么炙热。一如她的诗句。

最难的不是选择……

妙笔可以生花，生出的却是虚妄之花。小说在本质上就是无中生有，电影也是。

影片《妙笔生花》在一部小说中嵌套着另一部小说，一本书的作者身后隐藏着另一个作者，一个故事里环套有另一个故事，由此衍生出了最外层那个看似真实、实则虚构的故事。

作家克雷出版了他的新书 *THE WORDS*。在新书朗诵会上，他朗读自己的作品，遇见了一个年轻女人。如果这是影片的现在时，那么影片还有两重过去时，在另外两个时间节点上链接有另外两个故事。影片结尾，年轻女人试图进入克雷的生活空间，探究小说是虚构还是真实，某一时刻她将扮演揭露者的角色，她能否揭开所谓的真相？

在抵达这一刻之前，影片需要先讲述两个环套在一起的故事，向我们展现一部作品如何和两个"作者"相遇。

罗瑞·詹森，一个一直做着作家梦却始终籍籍无名的写作者，终于因一部作品登上了领奖台。虽然不是一个多么大的奖项，但镁光灯聚焦在他身上，他成了纽约文学界冉冉升起的星星，被出版界、媒体、读者关注。看起来，他终于达成了自己的梦想，拥有了渴望拥有的一切。但，这部获奖作品并非出自他的灵感、他的笔端，他不过是将它誊抄了一遍，并署上自己的名字。作品的真正作者循迹而至，一个曾以自己的全部激情和生活经历铸造这部作品的不知名的写作者。他一度丢失了这部作品，却越过漫长的时光在别人的书中找到。

真相只有两个人知道。说，还是不说？罗瑞面临自我审视的关口，道德层面的危机，最终他做出了选择，并带着这选择继续生活。他，是否就是克雷的过去时？小说在多大程度上是真实的，多大程度上是虚构的？不管罗瑞与克雷有无重合，现实中的疑难是如此真实、具体、锐利，不容回避。

"罗瑞已经拥有了他曾经梦想拥有的一切，而那位老人却还在某地等待着，他的一举一动或许都会让现有的一切发生巨变……"作家克雷朗读着书中的情节，将我们带向另一个时间节点。

年轻的罗瑞大学毕业后，和未婚妻朵拉搬到一家旧工厂的阁楼上，带着他的写作梦想开始新生活。白天，他在纽约这座城市漫游；夜晚，他在寂静中勤奋地写作。没有工作的他，需得向父亲要钱用于支付日常生活费用，而他花费三年写出的作品一再被退稿或杳无音讯。尴尬的生活状态，不被肯定的写作状态，让他看到的是命运不肯青睐，而父亲看到的却是他自身的局限性——他适不适合那个梦想。年轻人急需证明自己，证明自己配得上文学梦，却在铁面无情的现实面前，不得不先为生计谋。他进入一家出版社工作，依然怀揣着自己的作品可能遇到伯乐的奢望，但一再碰壁的现实，让他不再在深夜勤奋地笔耕，他似乎开始满足于过平凡的日子。在去巴黎的新婚蜜月旅行中，他与一个老式文件夹不期而遇，它被塞在古董店不起眼的角落里，却被他一眼挑出，仿佛命运的安排。在这个旧文件包里，躺着一部不知尘封了多久的书稿。这不知来处的书稿，连作者的名字都没有，唯一明晰的线索是按在稿纸边缘的一枚墨印指纹。

"这些文字，让他看见了自己渴望得到的一切，也让他看清了自己永远无法成为卓越作家的现实。"克雷的朗读将两重时间联结在一起，使整部影片的节奏有张有弛。

这部并不厚重的书稿，以一种奇异的力量冲击着罗瑞，侵入他的生活，并轻易地撬动了他的生活，让他质疑自己的才能，自己的梦想，自己过往的生活，自己已有和将有的一切……文字就是具有这样的魔力，带来怀疑、颠覆、震动、恐惧，同时建设、改变、修复。

罗瑞仿佛被这部作品伸出的无形的手，紧紧地攫住。寂静的深夜，罗瑞终于抵挡不住内心的欲望，在打印机上敲下了第一个字母，和旧书稿上的，一模一样……

谜底慢慢呈现——并非罗瑞刻意将这部作品据为己有，而是妻子误会这是他的新作品。她无意中读到这些文字，一口气读完，溢出泪水的眼睛，看着他的激动表情，无法恰切表达的话语，让罗瑞渐渐放弃了否认，放弃了挣扎。他开始恍惚觉得这部书稿真的出自他的笔下，就应该出自他的笔下。他似乎别无选择，虽然他随时可以开口，告诉妻子：这是别人的作品！

"这些故事和你之前写的都不一样，感觉就像你不再回避自己内心的想法，它们更加饱满，更加真实，也更为诚恳，我从小说里看到了你自己的一部分，属于你但我从未见过的一部分。"朵拉被感动得流泪，激动不已。这段话，多么恰切地解释了误读的存在。读者在不知情的情况下，强行将一个写作者的内心情感、图景移植给了另一个人，并声称从中捕捉到了另一个人的"真实"的内心世界。

罗瑞没有勇气否定、纠正这一误读。他踏进自身局限的沼泽，不肯拔出腿来。"有了这个作品，罗瑞，你就是一个伟大的作家。"在妻子无比信任的鼓励下，他将书稿交给了一位资深出版人。"你创作了一部非凡的文学作品"，权威给出的评语，让曾经梦想的一切，忽然间近在咫尺了。书，顺利出版，并且畅销。罗瑞没有料到盛大的荣誉，他切盼得那么辛苦的一切，如此轻易地到来了。

然而，旧书稿上的墨印指纹，那独属于某个人的物证，并不肯沉溺于时光深处。它浮现出时间的水面，带我们进入另一时间节点，也是这部书稿的真正起点。作品的真正作者，出现了。

1944 年，另一时间节点，一个参军入伍却从未经历过战争的美国男孩，奔赴欧洲战场。战后，他随部队驻扎巴黎，一座远离家乡的城市。这个在部队里成长的青年，修过被德军破坏的地下道，搬运过踩上地雷的尸体，从战友递给他的书中看到了一个广阔无垠的世界。那时，写作的梦想就在他心里扎下了根。

青年与巴黎女孩西莉亚相恋，却面临退伍后的分离。已经领略了外面的广阔世界和书中的广阔世界，青年无法再适应家乡狭小的天地，也无法忘怀恋人。他重新回到巴黎，进入一家英文杂志社边学习边写作。很快，他和西莉亚结婚有了孩子，可是生活不肯按人的意愿发展，孩子得病死去，将他们的生活划开一道深邃的裂纹。

妻子整天以泪洗面，并选择离开他回到家乡。而他烂醉如泥，生活似乎难以继续。是写作，这一直难以被他抓握的漂浮之物，仿佛天使降临他的身边。痛不欲生的时刻，他拿起妻子留给他的信，在背面打出第一行文字，仿佛开启了情感与思绪的泉眼，水流狂泻而出。他的手指不停地敲动，在稿纸上显现出那些仿佛是上天恩赐于他的滔滔语流。

小说一气呵成。这不可复制的过程，将他救赎的过程，重新让他充满了力量。

生活难以完美。当妻子终于又回到他的身边，那部刚刚完成、靠激情驱动的小说，却被她不小心遗落在了火车上。"这个故事本来没有任何意义，但书写这个故事的过程却以某种方式将他救赎。"对书稿的看重，让他无法原谅和看淡妻子的无心之过。已经被撕裂的生活，进一步分裂，直到他离开巴黎，回到遥远的家乡。

他从没停止过思念她，却也从没想过去寻找她。一天，坐在火车上的他，意外地看见站台上分离很久的她，她在一个孩子和一个男人身边，她已是一个母亲、一个妻子。他们隔着车窗、火车缓缓启动的速度，还来得及挥手告别，偏移出对方的视线。

只有在失去了一切之后，他才意识到这样的失去对他意味着什么。但他没有去追问，这个巴黎女人为什么出现在美国，他的家乡。那是他的选择，他必须带着这选择继续生活下去。他的余生沉浸在悔恨中，冀望从平朴的生活中找回内心的安宁，他再未与曾经的激情相遇，再没有写出过让自己满意的文字，他放弃了文学梦，就仿佛他从未写出过那样一部杰出的作品。

写下这部书稿的年轻人，已身心颓萎，垂垂老矣，却在书店里与一本新书相遇。他吃惊地发现，书中的每一句子都是那么熟悉，仿佛往事的历历重现。在如此境遇下，与自己的旧作重晤，该喜还是该悲，该笑还是该叹？他一定为此辗转多时，感慨万端，最后决定出现在颁奖典礼的现场门外，在大雨中，目送罗瑞离去的背影。此时，沉浸在兴奋中的罗瑞，对即将到来的危境还一无所知。

老人与罗瑞在公园中的一场对话，是难度极高的桥段，一明一暗的对白，深藏内容的眼神，莫可名状的心情，尽在简洁干净的镜头语言中呈现，却又意味深长。

老人盯视着这个剽窃者，这个将自己的名字署在别人的作品上、似乎毫无愧疚的年轻人。后者已经从内心安然地将这部并不属于他的作品认领为了自己的，却不知危险正在逼近。老人的脸上带有隐隐的嘲讽的笑意。

"今天感觉如何？"

"挺好的，你呢？"

"你懂我的意思吗？"

"当然。"

在接下来一段精彩的对白中，奇妙的是，没有歇斯底里，没有咄咄逼人，"生活对你很仁慈。"老人仿佛一个关心此书的读者，不断给予作品赞美，并看着罗瑞不断以"谢谢"领受这赞美。他不疾不徐地将话题引向问题的核心，"这是一个男人的故事，他写了一本书，然后这本书丢失了，接着一个平凡的孩子找到了它。"老人说这话的表情，是曾经历过地震和海啸的生者，挨过漫长的时间、所有的绝望和伤痛都被时光层层掩埋之后的表情。他以极其平淡的语调说出的这句话，让罗瑞离开的身影定格。

转过身，罗瑞轻松的表情和心情发生了巨变，连同他的生活。

这一转身，成为罗瑞生活的一道分水岭，也让这部书稿的两个"作者"有了真正的交集。罗瑞重新坐下来，怀着无比复杂的心情听老人讲完了这部书稿背后的故事，一个男人的真实人生。漫长的故事抵达终点——"这是我的文字，我的故事。"当老人望着罗瑞，清晰地说出这句话，然后起身离去。原来，他只是为了向这个剽窃者讲述这本书背后的故事，既然他占用了此书之名，那么就要承受关于此书的一切。做完这些，他的心才能获得平静，回过身去继续过自己的日子。原来，老人并不打算向全世界揭露罗瑞。

罗瑞被留在原地，经历了痛苦的自我审判和内心磨折，没有人逼迫他，没有人威胁他，但他过不了内心的那道关口。他不想后半生被道德的枷锁锁住，他不想继续承受被撕裂成两半的痛苦，他宁可说出真相将自己从这折磨中解脱出来。他将自己灌得烂醉，借着酒力壮胆向妻子坦诚了作品的实情。仿佛昔日裂纹的重现，虽然原因不尽相同，却情形相似，在一个丈夫和一个妻子之间，横亘着一部书稿，横亘着一个人关于文学的梦想和野心，横亘着破裂的信任，横亘着无法挽回的既成事实。分离，成为他们共同的宿命。

罗瑞也向资深出版人道出了实情，但所有人都阻止他将这一事实公开，甚至连老人也拒绝接受罗瑞带着愧疚的偿还，物质的和精神的，他都不要。

"你拿走了这些文字，就要承担相应的痛苦。"这才是老人讨要的公正。这位在花圃侍弄着花草的老人，已无法责怪任何人，包括命运，哪怕真的是命运安排了人世间的这场错失。罗瑞的偿还对于去日无多的他，没有任何意义。他要的只是告诉罗瑞关于这部作品真实的一切，因为时光不可再来，他为这些文字支付的欢乐与痛苦，他曾遭遇的一切，都不会重来，但他要将自己的人生，那沉甸甸的结满了痛楚的花果的人生，讲述给一个人，交付给一个人，一个从命运之手中接过了那部书稿的人。

或许，老人尚存的奢望，是有一天自己的故事也能变成文字，继续在世间流传。

"我们在人生中都会做出许多选择，带着这些选择继续生活，才是人生中最难的一课。这件事没有人能帮你。"这是老人说给罗瑞的一段话。他就是带着自己的选择，平凡却又艰难地度过了自己的后半生。罗瑞在文字建造的虚拟世界中，也将带着自己的选择继续生活，与妻子分开，在老人死去后将旧书稿放进他的墓地。老人的死，让罗瑞解脱，也让老人充满痛楚的一生解脱。一个秘密随之被时光掩埋。

似乎，一切尘埃落定，曾经的煎熬、曾经的挣扎、曾经的纠结、曾经的审判都已被时光抛掷到了身后、远方。

但真的可以掩埋吗？在寂静无人的深夜，那些往事的沉渣会否重新泛起？在某些无法逃避的时刻，悔恨和泪水会否将罗瑞吞没？又或者，他将一切掩饰得很好，弥合得很好，他生活得非常体面，将成功一再扩张，仿佛从来没有过裂痕的存在，没有过老人和旧书稿的传奇，一切都是梦幻般的虚构。又或者，他真的将这真实的故事放进了小说虚构的形式中？这就是年轻女人和作家克雷最后那场对话的焦点。

当读者恍惚以为这是发生在作家克雷身上的真实故事时，克雷为自己做出了辩护，他以"小说本就是无中生有的艺术"作为盾牌，挡住了年轻女人射来的箭矢。他说服了年轻女人，让她臣服，让她顺从，让她心生爱慕。年轻女人发出质疑时，仿佛无数读者派出的一个代表，但作家克雷让她放下了质疑。

影片颠覆了我们的判断，或者说解构了我们的认知。这让先前发生的故事重新坠入现实与虚构之间的迷雾地带，难辨真伪。

影片的最后一幕，克雷脑海里晃过罗瑞和妻子朵拉拥抱的一幕。他在回忆的恍惚中望向镜头，望向我们，或者说时光深处。剧终。

终有一些过往是无法逾越的。任何一种选择，都需要付出代价。

"带着这些选择生活，才是人生最难的一刻。"

音犹在耳，余响不绝。

生活之中，生命之外

　　刺猬因为与生俱来的棘刺，而无法抱团取暖。他们只能选择孤独，试图在棘刺环护的世界里保全完整的自己，不受伤害，也不去伤害他人。这是属于一只刺猬的优雅。

　　一个决定在十二岁生日那天自杀的天才少女帕洛玛，一个默默无闻却喜爱读书的公寓楼女看门人米尔夫人（熟悉的人叫她勒妮），她们不约而同将自己锁闭在独属于自己的世界，不爱与人交流，也不冀望别人的理解，她们情愿背负着"古怪"的标签，寂寂地行走在人群之外。然而，同类总是能在漠漠的人群中辨别彼此，莫名地靠近。只是这个漫长而又短促的春天，必将成为少女帕洛玛终生难忘的一段记忆——渴望以死亡结束自己"古怪"一生的她，经由另一生命洞悉了"死亡"的真正含义。

　　法国电影《刺猬的优雅》关涉"死亡"，却没有惊心动魄，没有歇斯底里，没有悲情泛滥，娓娓道来的叙事节奏，淡而隽永。

　　影片在两个镜头下展开，一个是少女帕洛玛手中的摄像机，一个是导演所支配的摄像机。

天才少女帕洛玛有着比同龄人更深刻的认知，这让她显得言语古怪，行为突兀，她惯于沉默，因为不被理解。她有超群的想象力和动手能力，会制作精美的动画插图。她也有着不受干扰的气质，镇定地将自己固守在一个封闭的世界里，保持精神上的独立以抵御"生命的毫无意义"。现实生活中，她出生于一个富裕家庭，父亲是言行板正的国会议员，带有神经质的母亲将精力用于浇花、看精神科医生、吃安定药片，他们专注于自己的事情，不会在孩子身上支付太多的情感关注。在帕洛玛看来，人的一生不过是困守在金鱼缸中的金鱼，她不愿忍受这样的生活，决定自杀。她对自己说，"重要的不是死亡，也不是你在什么年龄死去，而是死亡的那一刻你在做什么……"在走向自杀的路途上，她生命最后的一百六十五天，她打算用手中的摄像机拍摄一部电影，让人看到"生命是如何的荒诞不经"。

摄像机仿佛一个向外的窗口，让这个天才少女开始关注他人的世界、他人的生活。无意中，她进入了女看门人勒妮的房间，看到她阅读的书籍《赞美阴暗》。手持摄像机的帕洛玛有微微的惊异，这个看起来并不和蔼可亲，也不喜欢与人多言的女看门人，日复一日做着打扫，分发信件，收拾垃圾，毫无引人注意之处。然而，她的房间里有几柜子书籍。帕洛玛觉得，她是在看门人的身份之壳里隐藏了自己。

死水微澜，需要一粒石子的惊动。突然而至的新业主小津格朗先生，改变了这套公寓的既有格局。他从第一次见面，似乎就感觉到了女看门人勒妮不同寻常的气息，那被房东、被来来去去的房客所无视的特殊的优雅。这优雅是藏在勒妮屋子里的几架书籍赋予她的，在漫长而寂寥的时光中，她常常将自己隐藏在一扇门的背后，在一本本书和一版版黑巧克力、一只慵懒老猫的陪伴下度过。原本，她的一生会像她因癌症死去的丈夫一样，不惊动任何人，不留下深利的刻痕，可是，意外出现了，一个来自遥远国度的日本男人"看见"了她的存在，一个少女也洞悉了她的秘密，她进入了"他人"的视线。

原本，孤独是隐形的铠甲，勒妮可以安全而又平淡地度过此生，她愿否卸去这铠甲，她能否适应来自"他人"的温暖注视？这是一个疑难，对于一只习惯了孤独的刺猬。

第一次见面时，小津格朗与勒妮有简短的几句对话，那一句取自列夫托尔斯泰作品的"幸福的家庭都是一样的，不幸的家庭却各有不同"，仿佛一句暗语，让两个同一频道的人辨识出了彼此。小津格朗不像其他人那样无视一个女看门人的存在，而是郑重地与她打招呼和告别，礼貌的举止间透出尊重。他也让少女帕洛玛感受到了不同，他对一个被很多人忽视的十一岁女孩表现出得体的尊重，耐心地听她说话，友好地询问，主动提出纠正她的日语发音。寥寥数语，就拉近了彼此的距离。在小津格朗面前，帕洛玛不再是那个沉默少言的孩子，时而露出轻松的表情和笑容。

小津格朗，这枚突然投入死水中的石子，有着富裕的家境，生活得极有品位。他的两只猫一只叫吉蒂，一只叫列文，取自托尔斯泰的小说。这也仿佛暗语，让同一频道的人再次确认。勒妮的猫，取名雷昂，这让小津格朗洞悉了她对托尔斯泰小说的喜爱，《安娜·卡列妮娜》一书成为他送给她的第一份礼物。形成对比，帕洛玛家的猫取名宪法和议会，它们十足展现了男主人的趣味。生活的趣味渗透在无数的细节之中，而这些细节构筑起一个人、一个家庭的生活。

女看门人成为小津格朗和帕洛玛之间的话题，"您也认为她不是别人想象的那样？……表面看来她对人很尖刻，待人很冷漠，可我觉得她内心深处感情细腻，伪装出一副爱答不理的样子。她显得极其孤僻，举止却又极其优雅。"这是一只"刺猬"对另一只"刺猬"的确认。帕洛玛的话，引起小津格朗的共鸣。一个花大量时间阅读、让书籍填满自己精神空间的女人，优雅会不知不觉渗透在她的举止和言行中，哪怕她只是个普普通通的看门人。

可是孤独已经占领勒妮的生活太久太久，以至于她都忘记了去爱一个人或是被人爱的可能。她恐惧这种可能。当她第一次接到小津格朗放在她屋门口的礼物，显得十分无措，她难得地露出笑容，紧接着又摇了摇头。她一遍遍斟酌词句写回信，在末尾落下"看门人"，又一次次将纸揉皱，她找不到恰切的表达，因为已经不习惯去表达。

实际上，勒妮将自己禁锢在了"看门人"的身份里，她习惯了这样的位置，这样的躲藏，而小津格朗仿佛一个意外，掀起了她的"铠甲"。尽管孤独是生命的本质，每一个来到这世上的人都将孤独地来，孤独地去，可上天还赋予了生命另一项本能——那就是爱。小津格朗先生散发出的温暖而优雅的爱意，让这个习惯了孤独的女人，无法拒绝。她的生活泛起了涟漪。

在朋友曼努艾拉的鼓动和帮助下，这个从不去理发店，也不去逛商店的女人，第一次想到了收拾打扮自己。她双目低垂坐在理发店的镜子前，直到一切弄妥，才迟缓地抬起眼睛，那双眼睛里掠过一抹不易察觉的惊异。她穿上朋友为她从别处偷取来的衣服，去赴小津格朗共进晚餐的约会。她拿上点心和录像带，与小津格朗在老影片《宗芳姐妹》的光影中，度过了一段美妙的下午茶时光。

影片中人物内心的波澜，都以极其舒缓而含蓄的方式展现。即使是独自一人时，勒妮偷偷观看镜中改变了发型的自己，她坐在有音乐的马桶上时的惊诧和继而露出的会意笑容，不仅仅因为爬楼梯而变得艰涩的呼吸，还有回到房间动作粗暴地搬动沙发床、责怪自己"愚蠢"的她，在帕洛玛面前忽然失控哭泣的她……情绪的波动，是因为一个生命慢慢地敞开了自己。"亲密"一词，在英文中的意思是"没有恐惧"。当一个人与另一个人的关系变得亲密，就意味着彼此越过了安全距离，向对方敞开了自己。敞开带来亲密的可能，也带来受伤的可能。那些害怕受伤的生命，宁愿选择孤独，将自己闭锁在一个壳里。比如，以刺作壳的刺猬。

当一只刺猬选择敞开自己，也就意味着它露出了自己最软弱的部位。在小津格朗所展现的生活中，勒妮看到了另一种生活质感，另一种可能，这是对她过去数十年生活的否定与颠覆。她难免犹豫，忐忑，怀疑，恐惧。她对小津格朗先生表示出的好感，渴望又拒绝。

少女帕洛玛目睹、期待并推动了这一切的发生。"我之所以想死，因为我相信这一切是否还会有另外不同的命运。我是否该经历另外一种别人给我安排的命运。"这是帕洛玛自杀念头的根由。她无法对任何人说出这一理由，只能对着摄像机的镜头说出，并由自己消化。也正是基于这一想法，在察觉到小津格朗对勒妮的好感之后，帕洛玛成为勒妮"另外一种命运"的推手，她期待着"在我死之前必定会发生些什么"。

每周，帕洛玛从母亲的安定药里拿一片药，母亲却没有察觉，她依然每天絮絮地对着花草说话。生活似乎没有改变地向前演进，向着帕洛玛决定结束自己生命的那个时间点逼近。

不管是借由摄像机镜头的向外张看，还是因为情感微澜而来的敞开，让帕洛玛和勒妮有了更深的交集。"您不是一个普通的看门人。您找到了一个很好的藏身之处。"帕洛玛觉得自己洞察了勒妮的秘密。这两个并不善于与人交流的人，之间的交流却没有丝毫障碍，自然、直接、轻松、和善。面对面时，她们脸部的肌肉线条明显松弛下来，眼神里的戒备消失了，笑容不时地浮现。

在这套公寓里，勒妮是唯一不拒绝面对帕洛玛的摄像机镜头的人。她用简洁的语言，陈述了自己的一生，包括她对自己的评价，寡妇，矮小，丑陋，身材臃肿，双脚长满老茧，早晨醒来满嘴臭气，身无分文，谨小慎微，微不足道，独自生活，待人冷漠但有礼貌，大家不喜欢我但接受我，"因为我完全符合一个看门人的角色"……在这个小女孩面前，她不打算有丝毫的伪饰。当勒妮拒绝小津格朗的再一次邀请，回转身忍不住失控痛哭时，帕洛玛扑进了她的怀里。作为唯一的旁观者，早慧的她洞悉了勒妮内心的脆弱、内里的波澜。那一刻，她们像一对真正的亲人抱拥在一起。

在探索死亡的过程中，帕洛玛曾将一粒药投入鱼缸中，看着金鱼于贝尔·若斯吞下药片，又将纹丝不动浮在水面的金鱼冲进了马桶。她的脸上看不到悲伤。此时的她好奇、期待着死亡，这一她并不能真正洞悉之物。

影片最后，这条金鱼奇迹般地出现在一楼看门人的马桶里，勒妮用水杯将它舀起，养在了玻璃缸里。游弋在玻璃缸中的金鱼，被帕洛玛重新捧在了手中，那一刻她是否在庆幸死亡并没有降临在这小小生命的身上？刚刚，在另一场不期而至的死亡里，流下眼泪的她终于洞悉了死亡的本质——"这就是死亡，你再也见不到你爱的人了，你也见不到爱你的人了。如果这就是死亡，那就是人们说的悲剧。"

在那一场刚刚发生的死亡里，勒妮为了一位流浪汉的安危，被疾驰而来的洗衣店的小货车撞飞。死亡发生在影片之中，却又被隔绝在镜头之外。如同死亡存在于生活之中，却又存在于生命之外。

帕洛玛度过了生命中的一场危机，与生活和解。她在心里对自己，也对去往天堂的勒妮说："勒妮，死亡的那一刻您在做什么呢？您在准备去爱一个人。"爱，胜过了死亡本身。

天使的歌声从天而降

蓝灰色的瞳仁，迎着光的时候晶亮。那双大眼睛里曾经装满惶恐、惊疑、天真、欢乐、哀伤、祈求。

被法国人视为国宝级歌手的艾迪特·皮雅芙，是电影《玫瑰人生》女主角的原形。传记片的难度在于，人物原形的光环往往容易模糊一个人身上真实的细部，那些凸凹有致的性格曲线，微小的弯转弧度，那些不完美的痣点疤痕，仿佛来自上天的独特标识，那些抹不掉的人性暗影，成就了一个完整的人的形神轮廓，常常像高光之下的物体，被"贼光"洗劫一空。还原一个真实的人，还是一个被虚化的偶像？前者的难度，远远高于后者。

导演奥利维埃·达昂未依循时间的轨道结构全片，而是将皮雅芙几个重要时期的生活片段打乱，凄惨失爱的童年、忧欢飘荡的少年、松敞不羁的青年、意气风发的中年和病痛缠身的老年被交错剪辑在一起。其实，她并未真正抵达老年，四十七岁即告别人世。生命最后时段的她，因早年饮酒过度、嗜药成瘾显得腰背佝偻，精神委顿，面容极其苍老憔悴。如此拼接的效果，比平铺直叙更加惊心动魄：前一刻还是舞台上的王者，后一刻还原成街头孤苦无依的孩童，前一刻还率性飞扬，后一刻躺卧在床气息奄然，前一刻还被甜蜜的爱情拥在怀中，后一刻悲痛欲绝凄惶失态，忧欢被如此紧密地拼贴在一起，正如命途的跌宕起伏、命运的无常演进。而皮雅芙的歌声，跨越时空，成为缝合和诠释这些片段的线索。

对于这样一个被赞誉为"你的嗓音就是巴黎的灵魂"的香颂歌后，在身后被国葬的歌者，影片的开头展现的却不是她的耀眼，她的辉煌。一身蓝色长裙的她站在舞台中央，面容显得比实际年龄苍老，一曲未终，就仆倒在地。此时，距她生命的尽头，只剩下四个年头。

镜头切转，童年的皮雅芙独自坐在台阶上，被调皮的孩子欺负。她的母亲，做着歌唱家梦的女人站在街头引颈而歌，却无人聆听。母爱，是皮雅芙生命中缺失的部分，即使后来有一头金发的提提妮短暂填补，这份缺失所带来的巨大空洞还是无法填实。当长大的皮雅芙和母亲在巴黎相遇，母亲扮演的依然是恶毒的掠夺者，不知廉耻，了无情分，不吝用恶毒的语言辱骂自己的女儿。年幼的皮雅芙被母亲丢弃给外婆——一个生活极其邋遢的女人。等征兵入伍的父亲赶回时，蜷缩在毯子里的皮雅芙满脸疮疤，鼻子下面挂着凝固的鼻涕，身体虚弱之极。她被父亲抱走，寄放在他的母亲那儿，一个有着幽暗光线、暖红色调的妓院。在那里，日日充斥着肉体交易，充斥着反抗与强迫，但这些都在一个孩子的理解之外，她感受到的是来自女性群体的温暖。

提提妮，这个从一见面就称她为"小心肝"的妓女，真的将她当作自己的心肝宝贝来疼爱。皮雅芙睡进了柔软的被褥，在鸟鸣浮漾的晨光中醒来。提提妮与皮雅芙母亲唯一相似的地方，是她也喜欢唱歌，歌声洋溢着俗世的欢乐。她常常任情任性地反抗终是逃不过的接客生涯。在这里，与提提妮亲昵依偎的皮雅芙恢复了孩童的天真欢快，一场眼疾让她相信了圣德蕾莎的魔力，相信她会聆听人们的祈祷，医治人们的病痛。圣德蕾莎成了皮雅芙一生暗暗祈祷的神祇，精神的支撑。

来自女性的温暖十分短暂，在一个清晨赶来的父亲将皮雅芙抱上了马车，撕开提提妮与她相连的手和心，幼小的皮雅芙只能接受这残酷的分离。她随父亲进了马戏团，每天煮饭、做杂事挣钱养活自己，可以被人随意责骂。可那个炫奇的世界，以缭乱而神秘的火焰形态吸引着她，让她沉迷。当父亲与马戏团老板闹翻执意离开时，皮雅芙暗暗祈求圣德蕾莎让父亲改变心意。命运再一次变轨，她和父亲站立在街头，父亲卖力地表演杂耍，却势单力薄毫无奇巧可言，无人掏出钱来。九岁的皮雅芙初展歌喉，却引得众人驻足聆听，表情肃然，那是一首关于战争、关于召唤的歌曲，这件事开启了皮雅芙的演唱生涯。

此后五年，皮雅芙靠在街头卖唱、酒吧驻唱养活自己和朋友，接济不时向她要钱的母亲和生活一直拮据的父亲。她，可以随时找一个街角开唱，随时展开自己的歌喉。她的歌声总能轻易将人打动，让人驻足聆听。有时，她也被迫出卖自己的身体。她活得懵懂而现实，卑微又辛苦，只为了一分分到手的钱，只为了一天天可以过下去，只为了留住根本不爱她的人。十七岁时，她毫无准备地成为一个母亲，又很快毫无准备地失去了孩子。那个因脑膜炎死去的女儿，在影片的最后，被处于弥留之际的她忆及，这不是她第一次经历撕心裂肺的分离，也不是最后一次。

也许，不曾痛极的人生，不配达到那样的高度。所有的苦难，不过是为了雕刻我们、塑造我们、成就我们。

皮雅芙身上不曾出现过高雅之气，即使她站在辉煌的顶峰，站在音乐厅灯火璀璨的舞台上也是如此。这与她的成长经历有关，她的少女时期一直濡染在社会底层，与妓女、街头混混、酗酒者混在一起。她携带着来自底层的基因，她率真，她粗野，她幽默，她固执，她暴躁，但不高雅。至少法国女星玛丽昂·歌迪亚展现的这一版本皮雅芙，给人如此印象。可玛丽昂·歌迪亚凭借这一角色，揽获了第六十五届金球奖最佳音乐或喜剧类女主角奖、第八十届奥斯卡金像奖最佳女主角奖，她塑造的皮雅芙，像用粗粝的刀刮刻出来的形象，那么轮廓鲜明、质感独特，令人难忘。

1959 年从美国巡演回到巴黎的皮雅芙，是众多镁光灯聚焦的焦点人物，她以歌声征服了美国人，被誉为"巴黎的灵魂"。这时的她显得那么任情任性，在庆功宴上幽默地自嘲，大声地叫嚷，恣肆地讥讽，俏皮地调笑，她的每一句话都会赢得众多陪伴者的笑声回应，走下舞台的她仿佛还置身于另一舞台，挥洒自如，游刃有余。她是女王，可以无视任何不喜欢她的人，奖赏任何她想感激的人，以她自己的方式。可是回到只属于一个人的房间，在那幽闭暗昧的空间里，当她褪去了一切伪装，还原为一个疲惫、脆弱、忧伤、不堪光亮和病痛的女人。反差如此巨大，不由得人心生叹息。

一旦站上舞台，歌声携带着回旋的气流充盈皮雅芙的身体，她又成了另一个人，那充满魅力、不可逾越的女王，仿佛拥有了另一副神魄。舞台上的她，昂起头，目光从上而下注视这世界，尽管她的腰背始终不够挺拔。忧伤的、欢快的、激昂的歌曲，都被她的歌喉赋予了皮雅芙独特的风格和韵味，征服了台下的聆听者。她的歌声，让人着迷，让人疯狂，让人沉静，让人不忍舍弃。

仅仅回溯二十年，这个还在街头和酒吧唱歌的女孩，也率性，可那双蓝眼睛里装满不安，装满惶惑，她总是佝偻着腰背，半沉埋着头，从下往上注视这个世界，注视人们的目光和反应。对于她，抬起头来的过程，缓慢而艰难。

　　　今日或往日的声音

　　　有趣又光明　绝望又赞叹

　　　撕裂又破碎的声音

　　微笑又诱人的声音

　　为苦痛与喜悦疯狂

　　那是全新的哀伤的声音

　　逝去或活生生的爱的声音……

　　她一直在她的歌里。

　　街头卖唱的皮雅芙，吸引了一家夜店老板。这位将她从社会底层的浑水中打捞出来的伯乐，后来被她称为勒普雷老爹的男人，移转了她的命运轨道，让她驶往另一个方向，可也让她一度坠入深渊。

　　他视她为未经雕琢的钻石，给她取了新的名字——皮雅芙，此前她叫爱迪或一些粗俗的艺名。未经雕琢的钻石，看起来像一块其貌不扬的石头，只有在懂得她的人眼里才具有价值，也只有懂得她的人才知道怎样雕琢能赋予她更大的价值。举止不够得体、衣着邋遢、目光惊惶不安、全然依赖天赋唱歌的她，成了一只欢腾飞跃的"小麻雀"，一颗让歌唱界关注的新星。"大家迷死你了，一辈子为你着迷。"在皮雅芙第一次登台演唱后，勒普雷老爹准确地预言了她的未来。后来，她确实让整个巴黎、整个法国为之着迷。

　　皮雅芙开始了人生的第一场张扬，她放声大笑，肆意戏谑，无节制地畅饮，仿佛浑身带刺的精灵。但来路的牵连无法割断，她沉溺于中的底层社会，那千丝万缕的联系，恶之网，依然掌控着她的神经，勒普雷老爹被人杀害，而她受到牵连。一夜之间，她成了一粒"毒药"，即使有登台的机会，等待她的也是如潮的嘘声和谩骂，似乎，人们假以正义的名义，非要将这只来自社会底层的"小麻雀"打回地狱。

还嫌稚嫩的皮雅芙，痛不欲生，歇斯底里也无法改变现实，她一方面承受失去依靠的惊惶，一方面承受被误解的屈辱，到了崩溃的边缘。这时，又一段奇缘拯救了她，仿佛圣德蕾莎果真听到了她的祈愿。其实，拯救她的，还是她的歌喉。尽管她满身不足，姿态、表情、演唱技巧无一完美，又性格固执，极难雕琢，但她超越常人的天赋，让惜才之人不忍舍弃，不忍放任。经过作曲家雷蒙·亚索三个月极其苛刻严格的训练，再度站在舞台上的她，面对的是态度端肃的观众。从未登上这么大舞台的她，用酒精给自己壮胆，可还是胆怯得不敢走出化妆间，那双大大的蓝眼睛，陷落在黑暗中，那么无助，那么卑怯。可是，等她站上舞台，展开歌喉，征服，一样的征服，没有例外。

就像一朵遇水才得以舒展、晶莹闪亮的"骷髅花"，皮雅芙在自己的歌声里慢慢舒展，绽放出光芒。

皮雅芙跨入了最好的年华，她终于可以主宰自己的世界，不必刻意取悦谁，随意推迟约会，唱自己喜欢的歌曲，爱自己想爱的人。《玫瑰人生》着重演绎了她与拳击手马塞的一段爱情。我愿意称之为爱情，因为她情不自禁的投入，她不轻易展露的娇憨，她眼睛里掩饰不住的在乎，她咧开嘴的笑容，她不能相见时的郁郁寡欢，她不去计较归宿的容忍，还有她无意酿造的毁灭。

那是一个陷入真爱的女人的特征。无法虚饰。

> 不要迟疑，将我紧紧拥住
>
> 你释放出的魔幻魅力
>
> 这就是玫瑰人生
>
> 当你吻我时
>
> 仿佛来自天堂的叹息
>
> 我闭上眼
>
> 玫瑰人生就在眼前
>
> 当你把我贴向你的心房
>
> 我就来到了另一个世界，一个玫瑰盛开的世界
>
> 当你低声细语时
>
> 天使的歌声从天而降
>
> 日常的琐碎话语
>
> 都好似情歌般一样动听
>
> 把你的心与灵魂给我
>
> 生活就将
>
> 永远都是玫瑰色的
>
> ……

那是她唱给他的歌，《玫瑰人生》。他们是一对深陷在爱中的人儿。可是，皮雅芙爱上的是一个已婚男人，他有妻子

和三个孩子。他们在遥远的美国相遇，相爱，无法分离却也无法终身厮守。

得知马塞乘坐的飞机坠毁的一场戏，导演奥利维埃·达昂处理得虚实相映。他让这个已经被爱迷昏头的女人，从梦中醒来，进入与爱人重逢欢聚的狂喜，继而坠落永别的深渊。爱有多深浓，喜悦有多深浓，悲痛就有多深浓。狂喜的失措，与悲伤的无措，在同一时空发生，搅拌一体，血肉模糊。人世间的至痛，莫过于与心爱者的永隔两世，而这毁灭竟然是由于自己的任性所致，没有前夜电话里的召唤、恳求，就没有悲剧的发生。但，一切已不可挽回。

> 倘若有天你我注定分离
>
> 倘若你死去，我俩天人永隔
>
> 只要你爱我，那都不重要
>
> 因为我也会随你而去
>
> 我俩便可长相厮守
>
> 在一望无际的蓝天
>
> 在乌云密布的苍穹
>
> 吾爱，坚信只要相爱
>
> 有情人皆可成眷属

这是皮雅芙写下的歌词。如同誓言。如同祈愿。

"最令我难受的是，我太过分了，这三年简直就像地狱。"1963 年，在格拉斯的皮雅芙对照顾自己的朋友西蒙妮说。不止三年，自从马塞死后，她就一直活在自我谴责里，即使她纵情欢笑，癫狂任性，焦躁沮丧，她也逃不出自我责罚——她亲手毁灭了自己挚爱的人。这是胜过任何苦难的磨折。

她竭力寻找活下去的理由。进入婚姻，但没有足够的爱。任性而为，用止疼药麻痹疼痛的身体和心，同时猛烈地伤害两者。这时的她，能紧紧抓住的自我救赎方式，只有歌唱。歌唱时的她可以倾诉痛苦，可以忘记忧伤，可以重新来过。但残酷的现实却不肯成全，隐秘的伤痛让她对止疼药上瘾，让她肝部恶化成癌，让她身体羸弱晕倒在舞台上，让她再无法纵情歌唱。每一次上台，都成为一种抗争，与衰弱的身体与疲惫的心魂的抗争。这形象更接近一个真实的人，而非招贴上那虚饰的女王。

现实是真实无欺的。情伤让皮雅芙愈发地喜怒无常、焦躁任性，她非要在大雨中驱车赶回四百公里外的家，突发的车祸折断了她的两根肋骨，她不得不暂别舞台。她哭着哀求，"带我回台上，我一定得唱。"生命的最后数年，她都在与罪孽感抗争，却终是败下阵来。每况愈下。正值盛年的她，迅速地憔悴、衰老、苍白、虚弱，令那些熟悉她、珍爱她的人不忍卒睹。

影片穿插的歌曲，多与情境相配，诠释着皮雅芙的一生。而她，一直在她的歌里。

不，没有就是没有

不，我无怨无悔

好的也行，我欣然接受

坏的也罢，我全无所谓

不，没有就是没有

不，我无怨无悔

付出代价了

一扫而光了

全都忘怀了

我才不在乎过去

我用回忆点燃了火

我的哀伤，我的快乐

我再也不需要

以颤抖的声音

一扫而光我的爱人

永远一扫而光

我又从零开始

……

不，没有就是没有

不，我无怨无悔

因为我的生命

因为我的喜悦

从今以后，有你才有我

这首新歌让病情深重的皮雅芙激动不已。站在奥林匹亚舞台上，宣告般唱响这首歌的她，仿佛唱着自己的一生。

整部影片色调浓重，有油画般的质感，一如对皮雅芙这个真实人物的再塑造。每一细处，却又是那么清晰生动深邃。光影在不同时期的皮雅芙脸上落下斑驳的明暗、深刻、不泯。

一生未能充分、惬意、长久享受过爱的皮雅芙，在接受记者采访时，已走过人生四十多个年头、即将去往彼岸的她，边织着毛衣，边如此作答：

你会祷告吗？

会，因为我相信爱。

想给女人什么建议？

爱。

少女呢？

爱。

儿童呢？

爱。

以火焰的方式存在

月夜，一双手在河流中摸索。煤油灯的微光，旁边一个竹篮，里面放着一把总是陪伴她的雨伞。夜晚带来神秘感，这个月夜独自在河中摸索的女人，戴着礼帽的侧影被树影筛下的晨光映出模糊的轮廓。

清晨，迈着碎步穿过无人街道的女人，笨重的身影，她走进教堂，喘息未定地坐下来，加入信众的合唱。她粗拙的手随着旋律微微开合。一个看起来粗俗平庸的女人，像她那双一点也不具备我们观念中艺术家气质的手一样，似乎担不起一部影片的主角。可我们知道，她就是影片《花落花开》的主角。这是关于一个女画家的传记体影片，只是我们无法将这初见的形象，与"艺术"一词联系起来。

这个叫塞拉菲娜的女人，似乎连自己的生活都难以打理清爽。她每天为微薄的报酬辛苦地工作，为人家打扫屋子，洗床单，帮厨。她那么古怪，总是独来独往，匆匆忙忙地奔走，皮鞋踩得街道的石板"咔咔"作响。她头发凌乱，埋下头用力搓擦地板。吃主人剩的肉和面包，将掉在桌上的一点面包碎屑扫进围裙口袋。连采花的动作，也是那么粗野。她在野外略微提起裙子随意小解，用围裙擦拭喝酒的玻璃杯，帮厨时偷偷将一小瓶血水藏进围裙里，趁没人的时候偷走教堂里的灯油，小心翼翼躲开催交房租的房东，她这些偷偷摸摸的举动，都展示着她生活的拮据、潦倒。没事的时候，她来到野外爬上一棵大树，姿态是那么笨拙。她坐在树上吹风，眺望远方。有时，她走进杂货店，掏出钱来买颜料、木板这些看起来毫不实用的非生活必需品。回到租住的地方，走进那扇门，她迅速地在门上挂出"塞拉菲娜小姐谢绝访客"的纸牌。深夜，从她的房间传出奇怪的"咚咚"声……

仿佛一连串的谜面，却又缺乏合理的逻辑关系，我们暗暗猜度谜底，这样的一个女人，如何与艺术、与绘画发生密切的关联？

走进那扇总是紧紧关闭的门，独属于她的空间，我们的惊诧才真正开始。

同样是笨拙的手，灵活地调动着瓶瓶罐罐，用血水和灯油调配的颜料，深夜独自忙碌的她，还唱着歌，那歌声的舒展让人感到仿佛是从她身体自然流淌而出的水。烛光下她的脸，闪亮的眸子，竟有一种圣洁之美，与白天的她截然不同。

随着影片的进程，我们越来越深地进入她的世界。给人打扫清洁的她，无意中撞见了德国来的新房客在独自落泪。仿佛不经意地，她对他说，"当我非常悲伤时，我就到野外去，会摸摸树，和鸟、花、虫子讲讲话，心情就变好了。"
她打扫房间时，看到一幅速写，动作突然变得十分轻柔，将
画端正摆放好，小心翼翼地收入画夹。在修女朋友面前，这
个笨拙的女人的神态竟像个孩子，有瞬息安静的娇憨和羞
涩。修女问她缺什么，她的回答是"时间"。

原来，她一直在画画。"她的守护天使出现让她画画，
她就开始在附近的修道院作画。"原来，这是一个善良的、
精神世界异常洁净的女人，她一直活在自己的世界里，为她
的艺术而忙。但，没有人懂得她画的价值。

从德国来的新房客，原来是著名的艺评收藏家伍德。他
的真实身份，被小城几个自诩为艺术家、实则目光狭隘观念
陈旧者挖掘出来。塞拉菲娜是他们轻视和嘲笑的对象，她的
画被他们不屑地塞在角落里。伍德无意中看到，当即购买下
来，他那双阅画无数的眼睛久久盯视着塞拉菲娜画在小片木
板上的苹果和叶子。在他看来，这是品质独特的艺术品。

第一次看到自己的画被郑重地摆放在桌上，这个体态笨
重、毫不起眼的女人，没有表现出狂喜，但她一趟趟奔跑在
楼梯上，将自己的画作拿到伍德面前。那急切奔跑的样子，
紧张的表情，泄露了一个画者对突如其来的赞美的看重。这
些画在小木板上的画作，都被伍德毫不犹豫地买了下来。回
到自己的小屋，将钱币放进小盒子的塞拉菲娜，喘息着坐
下来，她似乎还不能相信眼前的事实。她的心还在奔跑。我
相信，钱对于她不是最重要的，重要的是她的画终于被人欣

赏。这惊喜来得太过巨大，太过突兀，以致她不敢相信，而固执地以为这只是一个玩笑。

不管是什么机缘将伍德送来了这座小城，他注定是帮塞拉菲娜开启通向外界的窗的人。他也是帮助我们走近塞拉菲娜的人。

"我相信人类都有灵魂，所以人类才会如此悲伤，不像动物。动物从不悲伤，不是吗？"

"先生，动物也会悲伤，把小牛带走，母牛也会哭。"

塞拉菲娜的画，与她对人世的认知紧密相连。伍德简直是等不及地等待着她的新作，他称她为天才。"您手上就有金子。"在伍德看来，一个如此出色的画者，有着天赋异禀的画者，不应该将双手和时间浪费在做杂务上。塞拉菲娜却有自己的执拗，"圣女大德兰说，执着于自己的作品，在锅里也能找到上帝。"原本，她是以宗教般的情感对待画画，从未奢求过别人的赞美，也从未想过靠画画改变什么。画，是天使的引导，是生命的本能。赞美似乎是额外的奖赏，这奖赏所带来的卖画收入，于她最大的意义是可以买到足够的颜料和画材。

可是伍德赞赏的注视太过短暂。第一次世界大战爆发，硝烟弥漫欧洲，德、法成为敌对国。身在法国的德国人感受到了即将来临的危险，如惊惶之鸟纷纷逃离。战争带来的不只是战场上的牺牲，它对普通民众的侵害更加广泛、细切而深利。

乱世，前途未卜。准备离开桑利斯的伍德对塞拉菲娜说，"继续画，无论如何都要画。有一天您的作品会受到肯定，我很确定。"塞拉菲娜拒绝了他给的钱，"我不会被收买。我不喜欢不确定的等待。"这个身份低贱的女人，有自己的自尊。

深夜仓促逃离的伍德，只来得及带走塞拉菲娜的一幅画。汽车亮着两盏灯在暗夜行驶，不远处炮声隆隆。留在原地的塞拉菲娜的画作，散落在狼藉不堪的空屋里。当塞拉菲娜俯身拾起它们，那一刻，她的脸色灰败憔悴。她重新落回到地面，短暂的飞升像梦一样迅疾成为过往。

战争让小城迅速荒凉，这里却成了塞拉菲娜的天堂。她笨拙的身影继续穿行在熟悉的街道上。她在空无一人的杂物店里找到颜料，和一大卷画布。雇主纷纷离开，她不用再为做不完的杂务花费大量的时间。她回到小屋没日没夜地匍匐在自己的画作上，任战争在屋外蔓延，任炮火在窗外炸响。在她的眼睛里，只有画布这么大的一方世界。那些仿佛燃烧着的叶子，那些仿佛长着怪异眼睛的果实，那些神秘绽放的幽蓝色花朵……形单影只的塞拉菲娜，一个人跋涉在朝圣的路途上。一晃十余年。看不到前景的她，依然走得义无反顾。

她走过冰雪覆盖的窄街，走上漆黑一团的楼梯，在小屋里点燃一盏照亮画布，也温暖自己的灯。她边画画边喝着自酿的烈酒，粗陋的画笔，自己调配的颜料，未经加工的木板和画布，有时她直接用手指在画布上涂抹色彩。简陋的一切，阻挡不了灵感与天赋在画幅上尽情挥洒、绽放。常常，画了一整夜的她，潦草地将自己放倒在床上，睡上几分钟后又继续去奔忙。

时间飞至 1927 年。蹚过战争泥沼的伍德回到巴黎，他的收藏已经在战争中丧失一空。在去巴黎的路途上，他的汽车与去河边洗衣的塞拉菲娜擦身而过，却没能唤醒他对这个女人的记忆。如果不是报纸上的一则消息，他不会回到桑利斯，不会重新见到这个他以为早已死去的女人。

塞拉菲娜还在日复一日重复着以前的生活，只是她年纪大了，手脚不再那么利索，动作更加笨拙迟钝，踩着街道石板的脚步也不再"咔咔"作响。她像一粒尘埃那么卑微，默然无声地活着。她推着独轮车的形象，真像西西弗斯，那个一再推石头上山、服着永久苦役的人。她依然生活拮据，连买一点漆的钱都要精打细算。她最低限度地饮食，却最大限度地透支自己，还在没日没夜、心无旁骛地画着。可是，她对画画的痴迷、虔诚，已经打动了不少人。

回到桑利斯的伍德，在市政厅美术展上与塞拉菲娜的画迎头相遇。那从色彩中焕发出的浓郁生命气息，不可能出自别人笔下，带着塞拉菲娜特有的生命质感、精神气息。

仿佛有一条神秘的通道，连接着她们和大自然。而塞拉菲斯和她手中的画笔，是灵媒。

她还活着！

伍德走上三层小楼，敲响那扇总是紧紧关闭的门。"先生您回来了。"短暂的迟疑后，一声轻促的叹息，连着一句简短的问候，省略了漫长岁月中的万千褶皱。原本，塞拉菲娜并非为谁而画，画画是她一个人的宗教，她一个人的神祇，她一个人的生命的自然。

"您的作品美极了。"越过十多年，伍德发出由衷的赞美。塞拉菲娜露出微微的笑意，声音却在颤抖，"真的吗？""不输伟大的画家。""先生在开玩笑？"她的朴实，她受到称赞时的天真羞涩，没有随时光改变。

第一次，塞拉菲娜没有拒绝他人走进自己的房间。对于这些年的艰难，她轻描淡写只有一句，"我几乎不跟人来往，我一直在画画，不过很困难。"

再走进田野的她，欢快地唱着歌。

来看温驯的羔羊

这是天使的盛宴

他为我们从天而降

大家一起歌颂他

……

塞拉菲娜的步态重新变得抖擞。在战前只是用小木板画画的她，倚靠自己的力量，已经在艰苦的岁月中成长为一个出色的画家。没有任何人从旁指点，只是一段有始无终的赞赏和一句不知能否兑现的鼓励，在漫长而艰难的岁月中，成就她的是强大的内驱力。

这个朴实的人儿，带着个小板凳、一篮子吃食，从桑利斯走到香堤伊去拜访伍德。一路上，她时不时打开小板凳坐下来，闭上双眼，嗅闻大自然的气息。风、草叶、树、大海，和阳光的气息。在不了解她的人眼里，她依然是个怪人，和树说话，只吃自己带的东西，画出的作品，也像她自身一样怪异。

有了伍德的扶持，塞拉菲娜不用再去做工，她对生活开始抱有憧憬。她租下一整层楼布置一新，买了漂亮的家具和用品，她有了成套的画具、充足的颜料和漆，她开始在两米高的画布上作画。在画布上纵情驰骋的她，真像一个将军。每当一幅画快要完成，她的屋子里就传出嘹亮的歌声。

"你画的花好诡异，好像在动。你的花像昆虫，像眼睛，受伤的眼睛，像受伤的肉，某种吓人的东西。"

"我知道……有时我像现在这样看着画，我也会害怕自己的作品。"

"你确定是守护天使在引导你？"

"我比以往更确定。"

她的画让人沉默，让人惊叹，让人疑惑，让人好奇。画出这样的画，灵感来自哪里？画出这样的画的女人，她的内在世界有多神秘庞大缭乱深邃？"画画的人，会以不同的方式去爱。""我必须仰着头，我的灵感来自天上。"塞拉菲娜说。这个只爱过一次的女人，经历过未婚夫的莫名消失。这个被天使指引的女人，将爱无保留地给了绘画。落在画布上的每一笔，都是她爱的方式、爱的语言、爱的承诺。

"我们要一起创造奇迹。"伍德承诺为塞拉菲娜在巴黎举办画展。可时运不济，欧洲金融危机波及法国，货币急剧贬值，艺术品市场陷入萧条。这一切都在塞拉菲娜的视线之外。她"听从上天的命令，准备着重大的事情"——"天使的盛宴"。画布上的火焰，似乎也进入了塞拉菲娜的身体，她的大脑。她望着圣母像的那双灰眼睛，闪烁着虔诚而狂热的火焰。她趁夜将教堂里的圣母像涂成了淡红色。她为自己定做了白色塔夫绸结婚礼服。理智似乎突然间从她身上逃逸而去。

面对伍德推迟画展的决定，无法接受这一状况的塞拉菲娜，在电话里对他说：您一定要为我举办画展。我已经通知天上了。所有的天使们都已经出发……画展，是她奉献给天使们的"盛宴"。她激动得脸色涨红，仿佛处在高烧中。她变得激烈、疯狂，不惮用语言戳戮这位恩人。

上天如此公平，赋予一些人异禀，同时取走一些属于正常人的世俗的欢乐与幸福，如同引领他们走上一条荒凉、残损、坎坷的路。他们光着的脚注定会被尖利的石头划出斑斑血痕。

塞拉菲娜将自己重新锁在了屋子里。一个晨雾弥漫的早晨，穿上礼服披上婚纱的塞拉菲娜，提着两大包东西早早出门了。一身雪白的她，拍响每一户人家的屋门，放下一个银质烛台，嘴里念叨着，"天使，还有天使也被邀请了……""拿去，拿去，这是我的肉身，我的血……"她的身后跟着越来越多的人。她被警察带走了。

塞拉菲娜住进了教会疗养院，和一群精神失常者住在一起。她惊恐的号叫声穿透了深浓的黑夜。伍德再见到她时，她被捆绑在床上，正无助地哭泣。她不能像以前悲伤时那样，走向野外，摸摸树，和鸟、花、虫子讲讲话，以此忘记悲伤。

靠药物变得平静的她，相信"画消失在了黑暗中"。她的头发不再凌乱，衣裳整洁端庄，表情平静得近乎木讷，曾经在她身体里燃烧的火焰，似乎已经燃成了灰烬。她不知道，远在巴黎，她的画卖出了好几幅。她也不知道，在她过世之后，属于她的画展终于在巴黎和世界各地举办。她和她的画所应得的声誉，已与她无关。

那是她作为艺术家，应得的奖赏。

雪地里一把孤零零的椅子，旷野里一把孤零零的椅子，仿佛塞拉菲娜生存于这人世的象征图景，在影片中反复出现。影片的最后，伍德为她定下了疗养院最好的病房。而这把熟悉的椅子再次出现，被她携带着，来到野外那棵郁郁葱葱的树下。她在椅子上坐下来。

一个人，一棵树，相伴于旷野。

尽管有那么多的不完美

尽管有那么多的不完美，我们还是迷恋着这个世界；尽管有那么多的不完美，逃犯海恩为男孩菲利浦营造的"完美世界"还是那么强烈地打动了我们。

一个成功逃狱的囚犯和一个不能参加万圣节游戏而心情失落的八岁男孩的相遇、同行，我愿意理解为是上天的慈悲，是命运使然，让两个可怜的人拥有一段短暂的"完美世界"，成为彼此缺憾人生中珍贵的慰藉。

因为同伴的冒失举动，海恩不得已将男孩菲利浦带上了逃亡之途。从头至尾，他都没有伤害过这个男孩，甚至为了菲利浦，他杀死了一起出逃的同伴。似乎，这是个杀人从不手软的家伙，内心凶残。可是直到影片最后，当海恩的一生像碎片一般被拼贴起来，我们才知道并非如此。没有人是天生的罪犯，只是走在命运的路途上，所遇到的一些人与事将他塑造成了这个样子——人们通常所认为的"坏人"。

关于好人与坏人，当我们年少尚未对世界建立起独立判断时，我们会被概念化的呆板教育系统灌输"非好即坏"的观念，好与坏是彼此对立的阵营，是将所有人划分为两大类的分界线。阅世渐深，当我们开始用审视的目光看待这世界，用自己的头脑来真正思考这世界，拥有更多的宽容面对这世界时，我们才知道在好与坏之间，存在着十分广阔的地域，如同在黑与白之间存在灰色地带，且是深浅层次非常之丰富的不同色度的灰。世界不是绝对性而是相对性的，不是可以简单归类和定义的，复杂是万事万物存在的方式与本质。善与恶可以在瞬息转换。而一个好人可能因情势所逼生出恶念，做出恶举；一个看起来十恶不赦的人，也有他值得被同情、被怜惜、被原谅的地方。

片中有两段对话。一是海恩用枪对准黑人农夫时，他的黑人妻子抱着孩子对他说：

> "我知道你是什么样的人，你是个好人。"
> "我不是个好人，也不是最坏的人，只是与其他人不一样。"

后来我们知道，那一刻海恩并没起真正的杀念，他只是完成着潜意识里对父亲的惩罚，一个从他六岁开始就离场的父亲。还有一段对话发生在片尾，孩子带着无尽的懊悔表情问海恩。

"你不是坏人吧，布奇？"

"我不是。"

布奇，是熟悉的人对海恩的称呼。这回答，是海恩对自己的认定。的确，他从来就不是"坏人"。

在逃亡的路途上，也许一开始，海恩是想以男孩为人质逃离险境，以男孩为掩护便于逃亡，但是，海恩对待男孩的方式，更像是一个父亲在对待自己的孩子。从某种意义上说，这也仿佛是上天安排的一场慰藉之旅。已经成长到拥有足够力量的海恩，在八岁男孩菲利浦身上看到了自己当年的影子，而他所做的，是弥补当年父亲未曾给予小海恩的情感与帮助、关爱与赞美。

他在路途上为菲利浦营造了一个游戏世界。他们乘坐的汽车变成"二十世纪的时光机"，而他和孩子化身为船长和领航员，"前面就是未来，后面就是过去。"劫持人质的逃亡之途，就这样被转换成了游戏之旅。

游戏是孩子的天性。海恩一下子就抓住了菲利浦的心。慢慢地，他了解到这是一个在父爱缺失的家庭中长大的孩子，与他一样。因为母亲的宗教信仰，菲利浦没有去游乐场尽情玩耍过，没有尝过棉花糖的甜蜜滋味，没有享受过生日party 的欢乐，没有在万圣节扮演小精灵的权利……听到这些，海恩暗暗下定决心一定要帮男孩弥补这些遗憾。他让菲利浦在纸上列出所有想做而不被允许去做的事情，承诺帮他一一实现。可是后来，当他知道自己无法帮菲利浦做到这些时，便以"释放菲利浦"为条件让他的母亲允诺菲利浦。多么不合逻辑的谈判条件，这一刻，海恩已经将自己的安危置之度外，一心想的是菲利浦的快乐、菲利浦的未来。

海恩不是一个完美的人，他有着人性的诸多弱点，有时会残忍，有时会欺骗，有时会暴躁，有时会狂怒。可是海恩在面对菲利浦时，却像一个幽默、宽容、温情、尊重孩子的完美的父亲。在一连串的路途遭遇中，菲利浦渐渐对他生出了信任和喜爱。怀着依赖之情，他一再地伸出手去，想牵住那个从小到大都不习惯被人牵绊的人的手。当他们牵手走向田野时，那背影看起来真像一对走在回家路上的父子。

与此同时，一个以警察局长瑞德、州长派来的德州监狱犯罪专家莎莉、联邦调查局警员组成的追逃班子迅速组成。他们乘坐一辆崭新的拖车房，开始了追逃之路。他们与逃犯形成对立的阵营，他们似乎是公正的象征、正义的代表，可是在他们的看待和对待方式中，却存在着那么多自以为是的偏见、误解。那是不可避免的人性的局限。

影片《完美世界》渗透着美国式的幽默，让人感觉不到通常追逐逃犯戏的紧张激烈，而仿佛这真的是一场无关生死的游戏，尽可以轻松对待，轻松观看。

同样堪称完美的"游戏"，在我看过的影片中还有一部，《美丽人生》。那是一个父亲出于爱为孩子营造的一个游戏世界，将战争的残酷和纳粹的疯狂成功隔绝在外，让痛苦而艰难的战争时光成了欢快的游戏时光。只是到了最后，这创造和维护游戏世界的人，不约而同付出了生命的代价。

追逐一波三折。警察的反应总是比海恩慢半拍。这使得海恩和菲利浦可以轻松自如地进行他们的游戏。在游戏中，男孩扮演"印第安人"充当了海恩偷车的帮手，与他一起劫持了郊游一家人的新车。讨要食物变成了"糖果或捣蛋"的游戏，海恩非常细心地呵护着八岁男孩敏感而脆弱的内心，他尽可能地给予他鼓励，让他变得勇敢，将各种行为中的罪恶因素过滤掉，告诉孩子"永远别低估一般人的善心""偷窃是不对的，懂吗？但如果你真的需要，又没有钱，你可以暂时借用一下，这叫作例外"。一路上，菲利浦有过可以离开他的机会，却选择了跟随他。

他们在黑人农夫家里受到了善意的对待。可黑人农夫对自己孩子暴力的举动，触动了海恩内隐的神经，那里牵扯着陈年的伤痛，突然之间，他变得暴虐、冷酷、怪异，他逼迫农夫对孩子认真地说"我爱你"，用绳索和胶布将黑人农夫和他的妻子、孩子捆绑起来，用手枪对准农夫颤抖的脖颈……在这一连串行为背后，满满的都是属于他自己的伤痛——是他不曾从父亲那里听到"我爱你"，是他不曾从父亲那里得到关爱留下的遗憾。他只是在潜意识里惩罚着他永远不可能审判与惩罚的父亲。

原来海恩六岁时父亲便离开了他和母亲。八岁那年，他在妓院用手枪射杀了一个欺负他母亲的人。十二岁时，他母亲在妓院浴室上吊自杀。无人管束的海恩私开一辆路边的福特汽车去兜风，被法官送到最恶劣的感化院度过了四年。而执意将他送进感化院的，正是追逃的警察局长瑞德，他这么做的理由是，对于年少的海恩，进感化院好过将他送到偷盗成性、经常暴打他的父亲身边。殊不知，他的"好意"成就的依然是一个职业罪犯。当我们选择了一条路，就再无法得知如果走上另一条路是怎样的结果，那是我们的命途，独此一趟的路程，不能回头，无法改写，一切命定。就这样，海恩被自己无法抗拒的命运送上了与菲利浦同行的旅途，他生命的最后一程。

八岁的男孩还不能完全明白世事，但对事物具有了基本的判断力，他痛苦地看着海恩暴烈地对待黑人农夫一家，显然无法明白海恩举动的真实含义，无法洞悉海恩的内心，他看到的是表面的无情、威胁、伤害，闻到的是空气中越来越浓烈的死亡的恐怖气息。出于本能，他捡起了地上的枪，将子弹射向了海恩。

其实，海恩并不是一个随意杀人的恶魔，他的异常举动不过是因为愤怒，因为隐痛。在跟随跑向田野的男孩时，他手捂着涌出鲜血的伤口，对男孩说，"我这辈子只杀过两个人，一个是伤害我妈的人，一个是伤害你的人。"他没有责怪男孩一句，他只想唤回他的信任。

原本，海恩打算和菲利浦一起去阿拉斯加，去赴他父亲多年前写在明信片上的一个约定。坐在树下，鲜血已在他的腹部漫漶成片，他大概知道了自己已难成行。他不想男孩继续怀着对他的误解、对他的恐惧，他拿出了父亲写给他的明信片，"亲爱的布奇，只是要告诉你，我的离开与你无关，阿拉斯加是个美丽的地方，常常冷得要死，将来有一天，你可以来这里，我们彼此也许可以更了解一些。"这封短短的信，海恩的评价是"很有感情"。他一直相信父亲对他是怀有感情的，这感情大概是他生存于世的一缕希望。

此时，警车正从四面包围而来，圆圈的中心是一棵树和树下的逃犯与男孩。还有狙击手，已经将枪口瞄准了树下的海恩。

男孩已经平静下来，恐惧的潮汐退尽，他从树上下来，伏在了海恩的身上，流着泪对他说"对不起"。这一刻，我的眼泪夺眶而出，再也止不住，一直汹涌到结局——菲利浦紧紧地抱住了海恩。

其实，这并非结局，但我希望这是。所有的追击到此为止，所有的伤害到此为止，所有的遗憾到此为止，所有的不公到此为止，还海恩一个"完美世界"。可是，那只是我作为一个观众的美好愿望。

影片的最后，本来有可能与菲利浦手牵着手走向新生的海恩，还是被射杀在广袤的田野上，手里拿着多年前父亲寄给他的那张明信片。那里装载着他只对菲利浦诉说过的，他对父亲的深情。其实，他一直记着自己的父亲，他喜欢福特汽车是因为记忆中的父亲一直开福特，他保留着这张明信片，因为这是唯一能证明父亲对他怀有感情的物证。

男孩从他僵硬的手指间抽出了明信片，这段发生在他八岁生命时段的短暂旅程，想来会镶嵌在他的记忆中，终生不泯。而海恩的心魂，会否在他生命的底板上留下消退不掉的印痕？多年后，长大的菲利浦会否践行海恩未了的心愿，赶在大雪之前到达阿拉斯加？

作为观众，我们拥有近乎全能的视角，我们知道之中的那些误会、偏差、缺憾和不公，知道一个人被这世界和命运所强加的不完美的一生。那么的，让人心痛。

柔软而坚硬的戒律

伊朗电影，往往有种简单到清澈的执拗，朴素地呈现，深刻与复杂却内隐于中。人物也是，不肯选择弯转的执拗，一条道走到黑，却走出一路的深邃和跌宕。《樱桃的滋味》中对"求死"的执拗，《橄榄树下的情人》中女演员始终"沉默"的执拗，《随风而逝》中"等待"一个老者死亡的执拗，都如一柄硬矛长驱直入。在电影《一次别离》中，哪怕只有一个人松动、拐弯或妥协，都不会走至让人无奈伤感的结局。

伊朗电影，又往往有着温暖的质感，这温暖源于善良之心、恻隐之情、体恤之意，还有对宗教的虔诚、对道德的信守，朴素而峭拔，柔软而坚韧。

纳德和西敏，一对共同生活了十四年的夫妻选择分离，是影片《一次别离》的起点。这对夫妻并非性格不合，感情纠纷，而是一个坚持移民海外，另一个拒绝移民。纳德拒绝的理由是患老年痴呆症的父亲需要照顾，在他看来，西敏坚持移民不过是对现实的逃避，是软弱的表现。而西敏不能原谅他的拒绝，更不能原谅他毫不挽留的冷硬姿态。

经由这个看似微小的切口，《一次别离》将人生的疑难和困境放大，使之冲破生活光滑的表皮，暴露出幽深的社会与人性的涡旋，并向我们展示了宗教和道德的力量。

影片开头是一组证件被复印的镜头。证件，是一个人身份的证明，包含了关于此人的众多信息，一个又一个证件叠加起来，可以概括出一个人此生的大致脉络。出生年月、性别、姓名、学位、工作、职务、婚否、亲属关系、居住地……当我们从一地去往另一地，当我们与另一人结合或分离，当我们放弃一种生活开启另一种生活，当我们出生或死去，都会被这些证件记录在案。而此时，复印的证件用于纳德和西敏的申请离婚。因为离婚理由特殊，面对法官的询问，西敏依然坦承纳德是个好人，忠诚，无任何不良嗜好。但两人都固执地坚持己见，无法达成一致，似乎只有离婚一途。"如果你不想跟我过了，我也不会强留。""如果她愿意抛弃孩子的父亲出国，我无所谓。"这一幕既是影片后续发展的缘起，也奠定了情节发展的人物性格的逻辑基础。

纳德，一个正派、忠诚的男人。他凡事坚守原则，教导女儿坚持正确的单词书写而不是按照老师的错误教法，坚持要女儿取回油站工作人员不该得的小费。他对年迈有病的父亲非常孝顺，尽可能耐心细致地照顾。他反复和女儿在楼梯上演示发生冲突的那一幕，以证明自己的行为没有导致瑞茨流产。他也没有在关键时刻，暗示前去作证的家庭教师和女儿说出对他有利的证词。这一切都表明，他是一个我们眼中通常意义上的好人、正派人。

女主人离开家，留下男主人和十一岁的女儿、年迈的患有痴呆症的老人，生活被撕开了一个口子。纳德不得不请了一位钟点工瑞茨，在他上班时照顾生活无法自理的父亲。男人的自尊和坚守原则的执拗性格，让纳德不愿意对西敏说一句挽留的话，只是试图拿起针线笨拙地缝合那个新鲜的裂口。实际上，西敏无法离开心爱的女儿，也无法轻易挥别这个家。她和女儿特梅暗中说好，只是搬去母亲家住两个星期，希望纳德的态度有所缓和。可现实，朝着与她的期望相反的方向，迅速滑溜而去。

请来的钟点工瑞茨带着个五六岁大的女儿索玛耶，肚子里还有个四个月大的胎儿，她因为丈夫被债主催逼而偷偷出来工作，每天早上五点她就得出门，和女儿坐长时间的车赶到纳德家。她是个虔诚的信徒，她所信奉的宗教对女人设有种种戒律。第一天工作时，遇到老人尿湿了裤子，她显得那么为难，不忍心老人忍受湿衣的不适，又怕逾越教规，万般无奈之下打电话请示宗教权威，询问为老人换洗衣裤是否破戒。这是一个勤谨、胆小、善良、隐忍的女人，是我们眼中可怜而不幸的，好人。

可悲剧，不管不顾地在好人之间降临，形成涡旋。

导演和编剧们似乎热衷于探触"一个好人"人性的脆弱度、善与恶那犬齿交错的边界。

有一部入围第六十届柏林电影节竞赛单元的挪威电影，被译为《一个好人》，以喜剧的方式阐述一个坐牢十二年刚刚出狱的男人，试图重新融入社会向"好人"形象漫溯的过程。还有一部西班牙电影，也被译为《一个好人》。法律系教授杀害出轨的妻子，而他的同事，也是他的学生撞见了这一幕。面对有恩于己，又在自己心目中"代表着正直、正义"的老师，学生陷入痛苦的磨折中，他看着教授撒谎，看着案件的侦破背离真相，揭露还是隐瞒？精神纠结伴随着他整个世界观的颠覆、碎裂，进而又引发新的悲剧。最后，教授迫于情势决心认罪，并将学生的那一部分罪责也一并承担下来，他与学生有一段对话。"我们都变成了魔鬼，你知道吗？"此时，教授已经写好遗书，并准备将自己年幼的儿子托付给学生。学生激动地说："我不能这样做！因为我不是这样的人，该死的！我是'一个好人'！"

在经历这一切后，他还是个"好人"吗？！教授深深地望了他一眼，未发一言，转身拿起遗书。这一刻，"好人"一词成了一个黑洞，其内部空间是那么渊深、诡异。

而在现实世界中，关于好人和坏人的定义与边界，同样布满迷雾和疑云，难以清晰界定。

涡旋有着惊人的力量，推动人们一步步走向悲剧的深处。那何尝不是生活本身所具有的力量？只是很多时候，它蛰伏着，等待合适的时机。

瑞茨的丈夫哈德特被债主送进了警察局，原本想让丈夫接替自己工作的她，不得不继续。她忙于家务时，老人独自走出了家门，急忙上街寻找的她被车撞伤。次日，瑞茨感觉不适着急去看医生，怕老人醒来伤害自己，不得已将老人绑在床头，反锁在家中。提早回到家的纳德和女儿看到了寒心的一幕，老人摔下床不省人事。气愤的纳德救转了父亲，又发现抽屉里的钱少了，误认为是瑞茨偷拿。他拒绝给瑞茨支付当天的工钱，将她推出了门外，并告知她再也不用来了……他不过是按自己的原则行事。

而瑞茨无法接受的，是纳德关于她偷拿钱的指责。她坚持要回自己的工钱，因为这证明她问心无愧。争执中，纳德用力推了瑞茨一把，瑞茨摔倒。

纳德再次得知瑞茨的消息，是和西敏接到电话后赶去医院，护士告知瑞茨流产了。

透明的玻璃仿佛一道分界，竖立在生活的诸多方位、诸多层面。第一次见面时，站在玻璃窗两边对话的纳德和哈德特，分属于两个阶级。关于雇佣的价格，哈德特和瑞茨夫妇努力过，但在纳德拒绝加价后，他们不约而同地选择了松口。对于他们来说，解决温饱问题是当务之急，他们没有讨价还价的资本。但是，即便是身份卑微的底层人物也有他们的自尊、他们的原则、他们的底线。在得知妻子未经他同意，去纳德家照顾过纳德的父亲时，哈德特觉得纳德冒犯了他作为一个丈夫的尊严，试图对纳德拳脚相加。这一次，他们同样被一道玻璃分隔在两边，彼此向对方施以怨恨或戒备的眼神。在他们的矛盾冲突中，很难说没有属于两个阶级的长久积淀的隔阂、误解和敌视。

哈德特以纳德杀害了他妻子腹中四个月大的胎儿为由，将纳德告上了法庭。冲突升级。

双方争执的焦点：纳德是否事先知道瑞茨怀孕。如果知道，谋杀罪成立，他将坐牢一至三年。这是法律的逻辑。有时法律的逻辑与生活的逻辑南辕北辙，却可以决定一个人是否有罪。

在法官面前对质的纳德和哈德特夫妇，同样分属于两个阶级。在法律面前，他们理应平等，没有阶级、社会地位、身份的差别，但差别已经深刻在了人们的意识之中，带来难以消泯的隔阂、误解和敌视。哈德特试图让法律还他所认为的公道，让纳德为他失去的孩子受到惩罚。在他看来，纳德的行为不仅是杀害了他的孩子，还损害了他和瑞茨的尊严，这仅仅是因为纳德有钱有身份有地位，才可以这样无视他们。而瑞茨，想要的是还自己清白——她没有偷拿纳德的钱。对于自己将纳德父亲绑在床上、锁在家中的行为，她心存疑虑，心有不安，却被事情的发展推簇着往深处走去。

每个人都有自己的疑难，都想维护自己基本的尊严，都有为自己辩护的理由。他们在法律的天平、宗教的教义和道德的逼视之下，开口辩解，却让冲突越酿越烈。

哈德特因生活的种种窘迫而焦虑、急躁，看起来他没什么文化，不善言辞，不懂节制，固执己见，但他与瑞茨一样信奉教义。宗教的戒律仿佛一根透明的标线，悬在信徒们的头顶和心间。他们相信神秘的高高在上的力量，恪守教义而不敢稍有逾矩。教义是他们做人的原则，构成他们行动的底线。当他们将手放在《古兰经》上起誓时，内心怀有无比的虔诚，不敢有丝毫亵渎，因为他们害怕不实不诚的言行会给自己和亲人带来灾难。

"我以《古兰经》起誓，我和你一样有人性。"哈德特举着《古兰经》对证人、家庭教师说。这一刻，他是虔诚的信徒。瑞茨因为心中有疑虑而不敢将手放在《古兰经》上面对纳德一家起誓，"他们告诉我如果有疑虑，那么拿这个钱就是有罪的。我害怕这些罪恶的钱到家里，会给孩子带来灾难。"得知了事情真相的哈德特，试图说服妻子虚假起誓，收下补偿金以支付给债主，缓解家庭危机。这一刻，他又是身有局限的人。

他和纳德不一样，有不同的社会地位，受过不同的文化教育，出生于不同的家庭背景，有过不同的人生经历，有着与生俱来不同的性情。但他和纳德又是一样的。卸去一切差别，不过都是身有局限的人。

　　没有宗教信仰者，靠内在的道德戒律约束自己的言行。纳德，算得一位道德自律者，他坚守自己的原则，不肯轻易退守，轻易妥协。可在整个事件中，当危机降临，他也选择了说谎，隐瞒下自己早就知道瑞茨怀孕的事实。尽管他的理由是不能为此坐牢，将女儿和父亲丢弃不管。看起来似乎情有可原，但这却只是站在自己立场的辩解。尽管面对女儿的追问时，他为了维护自己在女儿心目中的形象，勇敢地坦承自己说了谎，这却是将女儿也一把拽进了涡旋。面对法官的询问，知情的女儿不得已为他说了谎，让他逃过了一劫。可背转身，女儿却无法面对自己的内心，不自觉地流下了泪水。这泪水清澈、透亮，却意味复杂。

　　在这一层突然降临的危机之外，纳德还面临着妻子提出离婚的困境、女儿信任的危机。女儿特梅一直试图挽回走向分离的父亲和母亲，她留在父亲身边，就是知道母亲离开她哪儿都不可能去。可她无力地看着固执的父亲在这一事件的涡旋中沉浮、挣扎，竭力维护自己的尊严，一次次错过挽回的机会；而试图将事情尽快解决、减少对女儿伤害的母亲，一次次失望地离去。两人的分裂，没有因为危机而弥合，裂口越撕越大，疼痛愈演愈烈。直到最后，分离成为无法改变的事实。

　　纳德和哈德特都非内心恶毒、让人不齿无法谅解的坏人。他们同样有良善的一面，有对弱者的同情与恻隐之心。哈德特在气愤之极时，打的不是妻子，而是掌掴自己的脸。

"宝贝，别让父辈的争斗伤害到你。"纳德对小女孩索玛耶如是说。这句话展现了他内心的柔软。可，伤害已无法避免。众人仿佛被生活挟持。

影片中，让人感觉最为温暖的一幕，是纳德、特梅、索玛耶陪着老人一起玩桌上足球，孩子们为胜利欢跳着，欢笑发自内心。那一刻，他们之间没有隔阂，没有误解，没有仇恨。当两家人面对面，真相揭开，哈德特夺门而出、瑞茨无助地悲告时，两个曾在一起开心玩耍的孩子，望着彼此。那一刻，小女孩索玛耶眼眸中的天真尽失。在两双黝黑的眸子里，有着让人心痛的怨恨与敌视。仇恨，也以被石头砸裂的洞开的车窗，展现在纳德一家面前。

影片结尾，回到了与影片开头同样的场景，只是来申请离婚的纳德和西敏之间，多了他们十一岁的女儿特梅。面对法官"父母想让你决定，离婚之后你想跟谁过"的询问，女儿流下了眼泪。在一头一尾相似的场景之间，那一段再无法抹去的记忆，已经深深地改变了眼前的三个人，和镜头之外的那三个人。

那是一场揪心的考验。这是一场伤痛的别离。

然而，在揪心与伤痛之中，影片依然展现了可贵的信仰的力量、道德的力量。陷入冲突的每一个人，被牵扯其中的每一个人，都竭力向着真实靠近。他们忠实于自己的判断，尽管这判断并不一定等同于真相；他们忠实于自己的眼睛和内心，尽管摆脱不了个体的局限；他们忠实于内心的柔软，尽管悲悯和善良有时服从于对原则的坚守。比如，不肯做谎证的家教，后来去法院修改了证词；无法确证父亲身上的瘀伤是瑞茨造成的纳德，放弃了开具医疗证明这一可以将劣势扭转的证据；知道纳德事先知情的西敏，提醒他对失去孩子的瑞茨夫妇尽量宽容，尽量补偿；在心存疑虑时，瑞茨怎么也不肯拿起《古兰经》起誓；哈德特举起《古兰经》大声说"我和你一样也有人性"……在他们心中存有无形的戒律，源于宗教也好，出于道德也好，构成了一种无形的力量，推动他们向真向善。

　　而这，正是伊朗电影朴素而又峭拔的魅力所在。

极其复杂，又极其简单

初看电影《合法副本》，又不甚了解伊朗导演阿巴斯·基亚罗斯塔米一贯的电影追求的人，会在影片中部陷入判断的混乱，在男女主角语言的交锋、情绪的跌宕、姿态的互动中，纠结于他们的关系到底是真是假。天秤没有清晰地倾向于某一端，仿佛颤动不停的指针，时而倾于左，时而倾于右。惊险而跌宕。

片头朴素安静，静止的壁炉，桌上的话筒、书、瓶水和玻璃杯。壁炉的形状像一只张开的口，方正端穆，而此片，将由那么多的对白搭建起来。这是作家詹姆斯·米勒的新书《原版拷贝》意大利版发布会现场。

"拷贝本身也有价值。它引领我们去找到原著，认证了它的价值。"詹姆斯关于复制品价值的一大段阐述，更像是导演在为这部电影立论。而女主角法国女子，是一位艺术品商，在演讲中途进入会场，又因儿子的不耐烦不得不提前退场。显然，这是个并不自由，也不太舒坦的母亲。走出会场的这对母子，一前一后相跟着。在咖啡店里，一段母子对话揭示了他们之间的奇特关系。

儿子用他半藏在长发下的眼睛，略带嘲笑的眼神，挑衅的话题，想戳破母亲的伪装。我们甚至以为剧情将朝着男孩所指破的方向发展，女艺术品商喜欢作家詹姆斯，渴望与他再见，由此俗套地延展出一段爱情剧。如此期待的人，想必对导演阿巴斯缺乏足够的了解。仅仅给出立论的他，将展开奇诡的论证过程。

原作与复制品价值的实质，关乎真、伪。"原创对于我们有更正面的含义，真实、纯正、可靠、恒久、具有内在价值"，"有原创性才有对真实的追求"，但"比较艺术的复制和人类的复制，我们是祖先 DNA 的复制品"，"仿得好，胜过真的好"……这是詹姆斯的论点，法国女子并不全然认同。她和詹姆斯将是论点的博弈双方，各持己见，针锋相对，共同完成阿巴斯的论证。

真与伪，始终是艺术品无法绕开的一个命题。它与物质的价值紧密相连。在一个艺术品商眼里，很难承认复制品的价值，他们给出另一称谓——赝品。这是不同的身份，所带来的不同视角、不同定义、不同评判。持不同观点的法国女子和詹姆斯很难真正同意对方，因为"我们不是虫子。人是复杂的生物"。

生活中，通常无观点的人是极少的，绝大多数人会抱持既有的观点去看待一事一物，事物的价值往往被用大众所普遍接受的标准来衡量，有用或者无用，有大用或者小用，人们很难突破这些已经成形的观点，更不用说从天秤的一端走到另一端。

尽管在书里肯定了复制品的价值，对之做了大量的研究，但詹姆斯在第一次来到法国女子的古董店时，却坦承他在家里只留和其他摆设相称的古董，其他都丢掉，他用了"危险"一词。他甚至说，"我写这本书也是想说服我相信自己的理念。"

在我家乡的博物馆，有很多战国时期、两汉三国时期的出土文物，漆木器、青铜器、丝绸、玉器。在小说《铸剑》中，我曾写到，主人公"我"注视着玻璃柜里的一把越王勾践剑，只觉"一股异常沉默的寒气穿透玻璃而来"，可是当"我"看到下面牌子上"仿制品"几字时，"寒气哗地退回到玻璃里，我重新感觉到了空气里密不透风的暑热"。

这是我在生活中真实的感受。于是，在观看影片时，我不自觉地加入了一方，参与着对话、争论，打破与确立。

仿制品，这几个字足以彻底改写、颠覆我们对一件物品的感觉和评价。即便在材质、工艺、形态上近乎完美地接近于原物，但时间的分量呢，以及隐藏在时间之中的神奇而无形的雕塑力量呢？那是再精湛的复制品都难以完美复制的。

阿巴斯的影片通常由连绵的对白贯穿始终，且是两个人的一问一答或自说自话，有时角色连画面都不出现，只是一辆车在回旋的山路远景颠簸而行，然后是两个人的画外音。单调的对白，细细听来，却又跌宕有味，逐渐探向复杂。像

《樱桃的滋味》；他的影片，还喜欢奇异的重复，一遍一遍，却并非一模一样的复制，在同样的情节、对话、动作之中，总有微小的差异。正是这些差异，推动了影片走向深处。像《橄榄树下的情人》。阿巴斯在自己的作品里寻求着简单中的复杂，或者说复杂中的简单。这决定了他在庞大导演群体中的独特性。

《合法副本》却是两位主角全场出境，可能是阿巴斯不想浪费了朱丽叶·比诺什的美貌和威廉姆·西梅尔的迷人风度，还有他们出色的演技。接下来，他们的对话险象环生，奇峰迭起，甚至走到了一拍两散的边缘，又奇迹般地收拢。

初识的男女走出光线晦暗的古董店，在托斯卡尼亮得晃眼的阳光下，驾车出行。一路上，他们继续着关于书中主题的讨论，并延伸进法国女子的生活，涉及她的姐姐和有些口吃的姐夫。

此时的詹姆斯表现出足够的风度、学养，他将法国女子姐夫的口吃，善意而幽默地解释为"他流连在她的名字中"。他也宽容，"只有人会忘记人生的目的、存在的意义是享乐。有人找到人生的目的，我们无权批判，只要他们快乐和享受人生，就恭喜他们，而不是批评他们。""我们的存在可以安抚取悦周遭的人。"还有睿智，"把平凡的东西放进美术馆，就改变了人们的观点。重点不是物品，是你怎么看。""她看老公的观点改变了他的价值。""你看这些柏树，很美，都是独一无二，世上找不到一模一样的两棵柏树，这些树很老，听说有千年神木，原创性、美、年龄、功能性，这是艺术作品的定义，只是没放在艺术廊里陈列，而是在野外，所以没人注意。""墓园里到处是不可或缺的人。"再不可或缺，可是，最后他们都躺进了墓园。多么透彻！

有时你会怀疑，坐在车里的两个人根本就是一对曾经热恋而又离散的恋人，或者就是一对聚少离多、貌合神离的夫妻。他们处于陌生和熟稔之间，但这一切都是伪象，是对原创与复制价值的继续论证。很快，他和她将在各自的新角色、新关系里，走向烦躁、尖刻、愚蠢。

他们来到路其纳诺，这里有棵金树，新郎新娘在树下承诺会永恒相守。

法国女子特地将詹姆斯领到美术馆的一幅艺术品前，那是掌管圣歌的缪斯女神波琳妮亚，由那不勒斯的铁匠制作。在数百年被认为是真迹之后，人们才知道它是对古壁画的摹本，但其美度并不亚于原作。

詹姆斯却对这一充分论证他书中论点的实物，不感兴趣。"原作只是复制画中女孩的美貌，女孩才是真正的原作。"而仿制品只是复制了原画的美丽。没有真正的原作，只是一连串的复制而已，或者有很多原作，就看你怎么去定义。当原作与复制品的界限被模糊、被解构，也就没有争论两者谁更有价值的必要了。

对白像一层一层剥开的洋葱，引领我们去看那核心——阿巴斯放置在这部影片中的他的观点、他的哲学。

　　两人坐进咖啡馆。詹姆斯说起在佛罗伦萨看到过的一对奇怪的母子，他们从不走在一起的。出现在他视线里的，总是一前一后、一大一小的身影。从法国女子突然涌出的眼泪和她难以言喻的眼神，我们知道，其实这就是他们母子。他们之间那种对抗的内在张力，由来已久，一直存在于母子关系中。詹姆斯无意中触动了伤疤。

　　咖啡馆的老板娘，误将詹姆斯当成了法国女子的丈夫，突兀地对她说，"他是个好丈夫。"两个女人开始了关于婚姻生活的对话。

　　"你不觉得每件事都应该找到平衡？"

　　"理想如此，其实不然……千万别为了理想毁掉一生。"

　　在这番对话之后，老板娘背对镜头，附在法国女子耳边说着什么。转过身，她面带玄妙的表情叮嘱她，不要说出去。而法国女子笑得暧昧，也舒展。

　　被关涉的詹姆斯正在窗外接电话。等他重新走进咖啡馆，他的身份已然发生改变。情势陡转，一对原本还未进入深层关系的男女，各自没有挣扎地进入了新的角色——"副本"妻子和"副本"丈夫。

　　此时，儿子打来的两个电话，已经将一个疲惫、焦虑、束手无策的母亲形象凸显无疑。詹姆斯关于佛罗伦萨的讲述，也让法国女子的脆弱与无助暴露无遗。她在"副本"丈夫的身份面前，开始畅快地发泄她累积的不满，她无处递交的申诉，她大声的质问，作为妻子，作为母亲。

　　那棵金树，被无数步入婚姻的男女迷信的金树，树立在玻璃框里。流流沓沓的新人们来到它面前，盟誓相守终生。新人们尚处在相信永恒、相信幸福恒温的时段，自然愿意去相信一棵树的魔力，言语承诺的魔力。可婚姻，还未真正展开，前路未卜。眼前这两位已经深谙婚姻实质的男女，知道"开始越美好，面对现实就越痛苦"的他们，也来到了这棵树前。男人采取的是沉默的旁观姿态，短暂注视后掉头离开。而女人，已经在生活中焦虑不堪的女人，本应坠入虚无和空幻，却依然热衷于迷信的光环，渴望被幸福的许诺照耀。

　　"副本"妻子向一对新人谎称，他们有着快乐的十五年婚姻，却无法说服"副本"丈夫配合她的谎言，他拒绝与新人拍照合影。"副本"妻子派出新郎，又派出新娘劝说，一张照片才勉强得以拍摄。"副本"的价值，真的不逊于，甚至可以超过原版的价值？导演锲而不舍地进行着阿巴斯式的论证，只是他将论证的触角探入了婚姻，这空前普遍的载体，这紧密地将无数男女链接在一起的特殊载体，以幸福之名。

　　婚姻也仿佛一件艺术品。如何看待她的真实，如何看待她的价值，是依托于美好的幻想、虚飘的承诺，还是在清醒地认清现实的残酷之后，用"关爱和意识"维系婚姻。这是每一个甘愿进入婚姻的人终将面对的疑难。此时，也摆在了这对"副本"夫妻面前。

"一切都会改变，承诺也阻止不了，你不能要一棵树承诺春天结束时花不会凋谢，因为花谢才会结出果实。然后果实会从树上掉落……""副本"丈夫清醒得近乎冷漠，阐述着他的逻辑。

"然后呢？""副本"妻子追问。

在同一物上，女人看到的部分与男人看到的部分不同，正如生活中男人所看重的与女人所看重的不同，他们相互难以看到对方所见，而又希望说服对方，改变对方的观点，在这一点上，女人更加执念，也更加不能包容。两个人坐在小广场中心的雕塑下，"副本"妻子看见的是雕塑中男人甘愿让女人倚靠他的肩膀，而"副本"丈夫看到的是男人囿于女人牵绊的愚蠢。秉持不同欣赏角度的他们，相互赠送给对方四字评价：多愁善感。不负责任。

类似的评价，经常出现在面貌、肤色、体态、年龄不同的男女之间。他们看见的都是自己所"看见"的部分，并深信不疑。在"副本"夫妻之间，上演的其实是原版夫妻的真实剧目，甚至比原版夫妻之间的交流更加酣畅而无所顾虑，正如复制品的美可能超越原版本身。

但是，被套进"副本"丈夫身份的詹姆斯，难以维持他的迷人风度了，他不自觉地提高了声音，瞪大眼睛，对"副本"妻子说，"真乱来，胡扯。""你这样讲会让我讨厌每一件事，艺术、原作、仿品、这个雕塑，还有你。"

他们像一对真实的夫妻那样，已经无法在保持适度距离的客套中保持彼此的风度，他们针尖对麦芒地较着真，他们毫不吝啬地用语言刺痛对方，他们疲惫地放弃了与对方的貌似无效沟通。

陷入僵局。"副本"妻子竭力寻找对自己观点的支持者。百无聊赖的"副本"丈夫徘徊在一旁，看见了一对似乎也在较真谁对谁错的夫妻。可是当他们移动位置，男人手上的电话显露出来，原来他是在讲电话，而非责问身边的女人。这对上了年龄的夫妻，成为"副本"妻子追问的对象。女人之间似乎有一条隐秘的通道，被追问的女人说出了与"副本"妻子几乎一样的感受，这雕像让她感动的，正是女人将头倚靠在男人肩膀上时呈现出的恬静，那是有倚靠的幸福感。"副本"妻子脸上露出了胜利的微笑。

男人以过来人的敏锐，洞察了他们之间存在"问题"。他将"副本"丈夫叫到一旁，给出善意的忠告："我认为她对你唯一的要求，就是你走在她身旁时，将你的手搭在她的肩膀上。这是她渴望的，对她很重要……只要一个简单的动作，你们的问题就解决了，做了你就解脱了。别把事情搞得更复杂。"那仿佛阿巴斯导演的亲自叮嘱。

女人的需要就这么简单。在这简单的动作中，却包含了复杂婚姻的真谛。

果然，当"副本"丈夫像男人所忠告的那样，将手搭在"副本"妻子的肩膀上，两人之间所有的尖锐都柔和下来，"副本"妻子重新露出了妩媚的笑容。她甚至去洗手间补了妆，擦上口红，戴上耳环。可"副本"丈夫再次弄糟了气氛，一瓶变味的红酒将他的挑剔剧烈发酵，两人之间重新陷入针尖对麦芒的危境。

即使是亲密的夫妻之间，如果没有足够的爱与体谅，也是那么的脆弱，任何小的细节都可以成为针刺，刺破甜蜜的脆弱表层。更何况这样一对"副本"夫妻。

他们已经深深地进入角色，像一对真正的夫妻那样计较细节，指责对方，为自己辩护，生气，流泪，悲伤，这些在最亲密的人之间才可能发生的计较和争执，在女人那里归结为一个根由"你还爱不爱我"，在男人看来却是随着时间的推进而发生的爱的方式的改变。他们都希望对方站在自己的角度去看问题，却不能说服对方。

"副本"丈夫摆出休战的姿态离座，留下"副本"妻子独自收拾好表情，重新戴上耳环，戴上笑容，抹去眼角的泪渍。此刻，"副本"妻子想必迅速武装起了自己的心，不愿再表露自己的脆弱，这是一个感到无法去倚靠的女人的惯常姿态。

"副本"丈夫重新回来，在离座的几分钟里，刚刚发生的争执并未离开他，一直在他头脑里盘旋，他回来就是要用迂回的方式回应"副本"妻子的指责，用她犯的一次错误来论证自己的无辜……争执的背后，其实是男人和女人两性逻辑的冲撞。

陷入争执的两个人，完全失去了初见面时的得体、风度、宽容、睿智，沦落为婚姻生活中并不完美的一分子。他们相互以对方为镜，看到了自身的弱点与局限。这样的争执可以无穷无尽，直到"副本"丈夫说出关键的转折词，"我道歉"。

尽管他是以咬牙切齿的方式说出这几个字，并愤然离去，但"副本"妻子沉默了。她递给他两个干面包，而他望着她背影的眼神，忽然多了无法言喻的东西。这一刻，他们已经完美地与自己所扮演的角色融为一体了，并将去完成"副本"对原版的超越。

导演阿巴斯用一个长镜头去捕捉此时丈夫的表情，简洁，而又深邃。

似乎平静下来的两个人，一前一后相跟着，妻子走进教堂，连绵的钟声响起。丈夫看见妻子独坐祷告的背影，退身出来，目送一对相互搀扶、腰背佝偻的老年夫妇。

觉悟须得在自身内部发生，没有谁可以改造谁，哪怕你觉得自己握有这权利，哪怕你们是亲密的夫妻。但世间很多的夫妻却在不自觉地做着这样的事情，希望对方成为另一个自己。可上帝造人的本意，创造有别的男女与伊甸园的本意，却是让天然残缺的人找到与自己契合的另一半，不再孤单。搀扶，才是爱和由爱作底的婚姻的本意。

相互搀扶的夫妻，和彼此拉开距离的夫妻，出现在同一场景里。

他和她，需要将疲累的脚放松，让无法呼吸的心舒展。

接下来的对白，充满了温情和体谅，他和她像一对真正将对方放在心上的夫妻那样，平和地，低声地交流着。丈夫终于低下头，发自内心地说了一句："对不起。"两人靠坐在一起，像一对达成和解的夫妻那样。妻子将头靠在丈夫的肩膀上，收起了满身棘刺与愤怒，脸容恬静。爱与温暖，回归。

这应该被婚姻双方共同期望的和谐时刻，却只是婚姻生活中偶尔的片段。然而，此刻，这两个人是幸福的，他们倚靠着，搀扶着，亲密无间。

影片最后，他们走进十五年前结婚那天住过的九号房间。还记得一切的妻子，对忘记了一切的丈夫说："什么都没变。你没变，你跟以前一样，一样温柔，一样迷人，也一样冷漠。我知道你是在保护自己，但就是冷漠。"丈夫坐到她身边，"你变得更美了。"

什么都没变，那被改变的和改变我们的是什么？

妻子说，"如果我们更包容对方的缺点，就不会这么孤单了。"

丈夫站在镜子前端详自己，那微颤的眼下肌肉，眨动的眼帘，侧耳倾听的表情。窗外，钟声响起。

我们不知道这个男人有没有在九点赶去火车站。在钟声的余音中，剧终。

靠对白支撑的电影，撇开了电影五色迷炫的多种手段，需要导演有极大的自信，需要剧本作者有足够的智慧。影片的细腻与跌宕，恰似微澜不断的生活本身。

看完此片，我在笔记本上写下：

仔细看，身边哪个人又不是微澜不断起伏的个人史，满布惊险与跌宕。

自由与情感，墙的两边

她有着冷峻的表情、时刻警惕的眼神，浑身透出拒人于千里之外的冰冷之气。熟悉的人叫她芭芭拉，不熟悉的人叫她沃尔夫医生。只有回到一个人居住的屋子，她的神情才缓和下来，点燃一支烟放松而慵懒地抽着。她在窗帘后面窥看窗外，楼下停着一辆黑色汽车，车里的官员是被派来监视她的。原来，这个女人是从柏林被"下放"到这个小地方的卫生所，曾有过一段被监禁的生活。影片并未透露她因何被监禁，但观众随着影片的推进大致可以猜出。

她可以非常温柔、耐心，当她面对从劳改营逃出来的病人斯黛拉时。这个好几次从劳改营逃出的小女孩，浑身像长满了利刺，却只对芭芭拉一个人抱以莫名的信任。斯黛拉抽取脊髓时，芭芭拉将她的头搂在怀里，柔声安慰她，那形象仿佛一个母亲在呵护自己的孩子。

她也可以非常炙热，当她与自己的男人约会时。她奔跑着扑进那个男人的怀抱，男人来自西德，一个被一堵高高的柏林墙分隔开来的地方。他们只能在郊外的树林里短暂见面，迫不及待地亲吻、搂抱在一起，享受片刻的欢愉，或是在宾馆偷偷摸摸地约会，避开他人的眼目。在这些时刻，芭芭拉才仿佛还原了性别，还原成一个有温度的女人。

芭芭拉在人前披挂起的冷漠铠甲，无关性格的内向外向，无关人性的善恶，只是因为她的生活处在被监控中。"以前的囚禁把她的生活弄得支离破碎了。"很难想象，一个时刻被监控的生命，可以自由舒展快乐地生活。也就难怪，在芭芭拉脸上几乎看不到一丝笑容。安德烈第一次送她回家时，她直言不讳地指出，"你是被伪装过的。"她已无法相信任何人。在高压监禁的状态下生活，信任他人成为一种疑难。

芭芭拉住处的楼下，经常停着一辆黑色汽车，只要芭芭拉从官员的视线中莫名地"消失"几个小时，回到家的她必定会受到一番严密的搜查。她的包、行李箱被随意打开，衣服一件一件被从头摸到尾。而她本人，则由临时叫来的女官员，在卫生间里让她脱光衣服，用那双戴上手套的手仔细地搜查一遍。

在整个过程中，芭芭拉没有丝毫的反抗，她只是表情冷漠一言不发，黑眼睛深沉而冷峻。她已习惯了这样的生活，这种不告而至的强行搜查。但是，暗中，她在反抗——她筹划并等待着逃往西德的时机。

"自由有许多困难，民主亦非完美，然而我们（民主国家）从未建造一堵墙把我们的人民关在里面，来防止他们分开我们。""自由是不可分割的，只要一人被奴役，所有的人都不自由。"1963年约翰·肯尼迪在柏林发表演讲，题为《我是一个柏林人》。此时，在东柏林、西柏林这对一胞兄弟之间，已经竖起了高三米多、戒备森严的柏林墙。而墙的两边，许多家庭的亲人不得相见，许多恋人必须忍受分离的痛苦，许许多多人的自由意志成为空气中的泡影。

东柏林和西柏林的分裂，仿佛是第二次世界大战残留下来的一处巨大伤口。不同的意志、不同的理念分别在墙的两侧施以统治。东德政府严禁东柏林人进入西柏林，但东柏林人却用尽各种方法希望突破此墙的拘囿，他们翻墙、乘热气球、挖地洞、潜入运河、跳楼、开汽车撞关卡……有人成功，有人付出血和生命的代价，直到1989年，柏林墙才被一拥而上的人们拆除，次年德国终于获得统一。

柏林墙是"冷战"时期的标志，也是自由被囚禁、生命被奴役的象征。德国影片《芭芭拉》（又名《女医生的秘密》）中的女主角，就是千千万万希望从东德的囚禁和奴役中逃出的代表之一。她不被政府允许填写迁离申请，因为"工农阶级资助了您的学业，现在到了您回报给他们的时候了"，只有以自己方式寻求逃离。

芭芭拉来到这个卫生所，她身边的人已经被提前告知了她的身份、过往历史，医院的同事、租住房的房东都担负着对她进行监视的责任，还有将监视作为本职工作内容的政府官员。在专制的世界里，没有自由的容身之地。监视成为常态，搜查成为常态，囚禁成为常态。与之对应，戒备成为常态，不信任成为常态，冷漠失语成为常态。为了保护自己的秘密，保障自身的安全，芭芭拉不得不避开人际间的交往，宁可独来独往，将自己隐藏在冷漠盔甲的背后。

在地下室找到的一辆自行车，让芭芭拉有了逃出监控的可能。她骑着这辆车去郊外，拿到一包钱和一张约定会面的纸条。纸条被她撕成碎片丢到了火车的窗外，钱则被藏在郊外乱石的下面。那里可以辨识的标志，是一个硕大的木制十字架。风，这自由的象征物，激荡着野地里的林木，吹起群鸦的鸣叫，吹翻了自行车，也吹拂着一个女医生不为人知的秘密。

"离开托尔高，离开这该死的国家。"托尔高，一个极端左派的劳改营。这该死的国家，一个表面上看起来平静，却到处存在监视囚禁奴役的国家。斯黛拉向芭芭拉倾吐的心愿，其实就是芭芭拉不曾与人言的心愿。也正因为此，芭芭拉对斯黛拉抱以同情和怜悯，她在斯黛拉身上看到的是自己的影子。

面对西德恋人的表白，"我可以来你这边，和你一起生活……和你一起在这里，我会很幸福的。"芭芭拉回答，"你疯了，你在这儿不会好过的。"只有亲历过的人，才知道精神被压迫、捆绑的痛苦，那甚至是爱也无法拯救的。在这份恋情中，爱有几分，对逃离的渴望有几分，孰轻孰重？唯有芭芭拉知道。她深知仅凭自己的力量无法逃离东德，而诸多东德女人与西德男人恋爱，就是想以此为跳板，跳过高耸的柏林墙，脱离苦海。

同事安德烈以自己天性中的温暖，时不时向芭芭拉投来关注的目光，伸出扶助之手。芭芭拉尽管会生硬地谢绝，但没有谁会拒绝真诚的温暖和真心的交流，即使是有过特殊经历、被特殊对待的芭芭拉，她的心也在慢慢地融化、软化。

安德烈因为一桩医疗事故被下放到这家卫生所。作为掩盖这桩事故的条件，"他们还希望我能随时交换机密，并且向他们上报情报。"需要上报的情报，包括那些企图自杀的人、从劳改营逃出的人、被监控对象的动态……原来，安德烈也是一个因曾经的过失而被国家机器胁迫的人。他向芭芭拉坦言了这一切，开始赢得芭芭拉的信任。

撇开这一附加的身份，安德烈是一个待人温情、有同情心、有责任感、也有生活情趣的男人。他不肯敷衍对待每一个病人的病情，利用休息时间帮助那些需要帮助的人，对事物葆有自己独立的看法。对于芭芭拉，安德烈有善意的提醒，有切实的帮助，他希望帮助芭芭拉恢复正常的生活，但他并不知道芭芭拉的秘密。芭芭拉以一个怀有秘密的女人的微妙心态，既抗拒着他的关心，又不由自主地被他吸引。

从芭芭拉对待斯黛拉的方式，可以看出她其实是个内有温情的人；从她对待服药跳楼青年马里奥的方式，可以知道她有着极好的专业素质和极强的责任感。她对弱者，对被压迫者始终抱以同情，对施加和参与迫害者，则抱以无声的蔑视。像她这样的人，原本应该拥有更幸福的生活。

马里奥被救活，看起来没有什么异常的他，却被发现丧失了情绪。他无法真实地表达自己的喜怒爱憎，那些让人之为人的复杂而微妙的情绪。影片的这一情节，是否寄放了某种喻意：在东德监禁高压的政治生态下，如芭芭拉之类的人，其实已经丧失了自由表达情绪的可能，他们的隐在病征和马里奥一样。

因为马里奥的病情，四处寻找安德烈的芭芭拉，在咖啡馆与官员不期而遇，原本以为被背叛的芭芭拉，却看到安德烈并不是来此与官员会面，而是在治疗他病重的妻子。在这里，芭芭拉看到一直恪尽职守、森严对待她的政府官员，也只是个普通人，有忧愁的普通人。安德烈之所以帮助他，也正因为他是一个普通人，而非他官员的身份。在安德烈眼里，只有病人、非病人的区别。随着了解的不断深入，芭芭拉在不知不觉间对这个男人生出了暧昧的情感，在她即将离开这个国家的时候。

此时，不知是出于即将逃离的放松情绪，还是对这个男人不由自主的好感，让芭芭拉露出了笑容，可以算得上灿烂的由衷笑容。影片不动声色地将芭芭拉送至两难的境地：一方面是真正爱情的到来，一方面是身心自由的可能。为爱而留，还是为自由而出走？

斯黛拉的再次出现，成为一枚砝码，让芭芭拉最终做出了选择。她将难得的离开东德的机会留给了斯黛拉，这个急需帮助的弱女子，而自己选择了留在墙的这一边。

此片获得了 2012 柏林影展评审团大奖、最佳导演奖。影片的叙事不是浓墨重彩式的，没有声嘶力竭的控诉，只有静默的情绪流淌。许多情节只由片言只语的对白和无声的场景、微小的细节交代，留下大量的空白，让观众自己去填补，仿佛一篇剪裁得当、留白高明的心理小说。

比如，芭芭拉在郊外与男友约会时，被人从树边挪到小路旁倒在地上的自行车，莫名瘪掉的车胎，是否代言了无所不在的监视，和填满内心的恐惧感？

比如，西德男人约会时带给芭芭拉的西德香烟、丝袜，这些生活物品，在东德的稀缺品，是否表明这恋情中除了爱之外，还有其他因素？

比如，当芭芭拉弹奏着安德烈给她的琴谱时，那暖黄灯光下的面容，激情的手势和旋律，是否泄露了她真实的内心，和内心的渴望？

比如，在安德烈的实验室里，悬挂着伦勃朗的画《蒂尔普教授的解剖课》。对于这幅伦勃朗的成名作，安德烈有自己的关注点，刚刚被绞死的阿里斯·金特，不合常规的解剖步骤，被错置的左右手，众人目光聚焦的解剖学教科书，"伦勃朗的画上其实包含了一些我们没有看到的东西，只有他们能看到，就是那本教科书上的《手的结构解剖图》，由于这么一个错误，我们就不会一直盯着医生的眼睛看了，我们会去关注他，阿里斯·金特，这位被害人，我们应该关注他，而不是边上那些人。"

这无疑是对伦勃朗这幅名画的另辟蹊径的解读。相信有其深意在，却未能被我们完全领会。对于一部影片，我们看到的部分和我们没有看到的部分，才构成了它的全部。

以极大的耐心等待成长

导演理查德·林克莱特开始筹拍《少年时代》时，想来是有野心的。很少有导演以如此的耐心来经营一部电影，来等待演员真实的成长。在一个追求速度、急功近利的时代，完成这样一部电影，野心是必要的支撑。

除了导演理查德·林克莱特，电影《少年时代》还有一位隐在的导演——时间。这使得它拥有了超越影片自身的独特魅力，那一百八十多分钟长度所赐予我们的视听享受，而拥有了一种高于虚构的真实的力量。这部片内片外都跨越了十二个年头的电影，让我们无比真实地见证了一个少年和一个少女十二年间的渐进式成长，缓慢而生机盎然的蜕变；看到了十二年时光在一个母亲和一个父亲身上进行的雕琢，他们跌宕起伏的生活曲线。我相信，这长达一百八十分钟的电影，是从数倍于它的时间长度和影像长度中剪辑的。那些被遗忘在记忆深处的褶皱，褶皱中微妙的情绪、状态、神情、动作，那种转瞬即逝的明暗光影，经由镜头的记录，在多年后的某一时刻，如沉渣泛起，搅动了我们看似平静的心湖：

从这一组生命十二年的蜕变影像中，何尝没有我们自己的身影？

说到底，每一个生命都被浸泡在时间透明的汁水中，如鱼之宿命，不可能逃离。水过无痕，这看似温柔的力量，却耐心地、彻底地改变着我们。

虽然宿命难以逾越，生命却呈现出内在的蓬勃之力，循着时间的长度，承受水流的力量，发生着令人惊异的蜕变。

影片开头，是六岁少年梅森躺在草地上，镜头俯拍他的眼睛、脸部、身体。小时，我们通常仰视这个世界，随着我们慢慢长大，渐渐平视，及至死亡，若灵魂真的会脱离肉身短暂地存在，那么他将俯视着这个世界和其中的芸芸众生。

此时的梅森大概还没有习惯镜头的跟随，我看见牵住妈妈的他，眼睛瞟了一下镜头，只一瞬。镜头之于他的意义，此时的他未必懂得。这个小男孩完成了家庭作业，却不愿意交给老师，上课喜欢盯着窗外看，将石头塞进卷笔刀里，想将石头削成箭头的形状，玩耍起来没有节制，喜欢在睡前听妈妈念读《哈利·波特》的故事，在暗夜睁大眼睛听母亲和男友的激烈争吵……据说，为了不影响梅森的扮演者艾拉·科尔特兰的正常生活，这十二年的拍摄主要在他的假期进行。而他的姐姐萨曼塔的扮演者，是导演的女儿。

与梅森相比，萨曼塔有更浓郁的表演色彩，幼年时的她显得比梅森有个性，有主见，更机敏伶俐，更有表现欲望，更收放自如，想来在她表演的背后有导演父亲的指点。

而梅森，近乎本色的表演，未脱尽婴儿肥的脸容散发着天真之气。

让人好奇的是，剧本是事先已经成型，还是跟随艾拉·科尔特兰的成长临时编造推进？每一年龄的艾拉·科尔特兰的造型，与生活中的他是否贴合，还是按照剧情的需要而化妆？角色的对话是按照剧本的"规定动作"，还是演员在当时情境中的自由发挥？十二年的时间跨度，不只需要足够的耐心，还需要建构和驾驭剧本的非一般实力。

此时的母亲奥利维亚，还是个形容瘦削、苗条的年轻女人。她与梅森的爸爸在分手前夕，不慎怀上了孩子，成了单亲妈妈。这也导致了在十二年里，梅森不得不跟随母亲频繁地搬家，与一个又一个继父相处。而他的父亲，一个追求个性生活方式、时常出离他们生活空间的人，偶尔出现，带着姐弟俩玩乐一番，夸张地说笑。他经常处于找工作的状态，居无定所。

影片中的人物性情、喜好、处事方式都是自然而然地缓慢呈现，如时光的节奏。梅森被母亲带到韦尔布劳克博士面前时，他先是放松地笑着，当他意识到母亲和这个男人关系不寻常时，困惑的表情自然而然浮现在他的脸上，那是属于一个孩子的猜疑。很快，梅森和姐姐有了两个差不多大的玩伴，韦尔布劳克博士的一双儿女。韦尔布劳克博士和梅森的母亲结婚了。

这段生活从游戏的欢乐开始，四个孩子开心地玩耍着；

以悲剧终结，酗酒的韦尔布劳克博士冲着奥利维亚大发脾气，奥利维亚不得不在朋友的陪伴下，强行将自己的一双儿女带离了那个家。这一生活时段的梅森有过由衷的快乐，一家人围坐在一起玩猜字谜游戏，四个孩子一起参加魔法晚会，跟着继父、哥哥学打高尔夫球……可是，酒是酿造悲剧的媒介。偷偷将酒掺到雪碧里畅饮的韦尔布劳克博士，再难以理智地隐藏他人性的弱点。他喜欢订立并强制执行自己的规矩，不能容忍任何人破坏这规矩。他无法忍受两个男孩的长头发，强行让理发师剪短。此时的梅森处在拥有独立意识的边缘，只是他的生理和心理条件不还够成熟，无法反抗，但无法反抗不等于内心没有抗拒。

家逐渐成了身心难以舒展的笼子。随着生活的演进，梅森渐渐丢失了天真气，不再相信世上有精灵的存在，他的神情里掺进了忧郁、懊恼、沮丧、怀疑。童话其实是一个保护壳，将孩子与现实的世界隔离开来，让他们相信那种纯粹的美好，可是孩子终究要从童话世界的壳里走出来，迈进现实世界，这也就意味着他们开始探触成人的生活空间，这是一个人成长的必然。

每半个月见一次面的父亲，带给姐弟俩特异感。似乎一直没有正经工作的他，与搞音乐的朋友厮混在一起，会自弹自唱自己创作的歌曲。可这新异感，化解不了日复一日生活中积淀的危机。危机终于以韦尔布劳克博士失去理智的暴怒形式，爆发了。离婚成为必然。梅森和姐姐不得不再一次随母亲搬家，离开他们已经熟悉的学校、熟识的同学。

在被剪辑的时光、被剪辑的生活中，忽然之间，这个男孩全然脱尽了婴儿肥，抽条成了一个细瘦的少年，眉尖上耸，神情里有了点漫不经心。而姐姐萨曼塔有了凸凹有致的身材，有了男友。外在的生活，也一下子从布什时代迈向了奥巴马时代。

腰身已经壮硕的母亲奥利维亚，不得不重新开始独自负担、照顾两个孩子，同时忙着建立自己的疆域，拿到硕士文凭，找一份教师的工作。而父亲，依然定期与两个孩子见面，随着孩子的长大，父亲在他们成长中所扮演的角色分量似乎越来越重，与母亲形成反比。

幸运的是，梅森虽然生活在单亲家庭，却享受到了母亲和父亲的关爱，这两种爱有着不同的质感，不同的关注点，不尽完美也不可或缺。在野营中，父子两人构成一个完整的世界，他们相互探触，相互倾听，进行着男人之间的对话。忙碌的母亲所不能给予的部分，认真的母亲所不予许可的部分，散漫的、性情的父亲在一周或两周的探视中，补偿给了成长期的梅森。

梅森进一步在形体上瘦削下去，却在个人意识上逐渐强壮，他不会再对任何事情都说"是"或随意展露微笑。但十四五岁的孩子还处在少年与成人的过渡区，他们有着对成人世界的好奇和幻想，又未能全然脱离少年的依赖性和幼稚性。在差不多年龄的孩子中，年长的孩子希望充当年少者的引领者，向他们展示自己的力量，这时异性世界是他们喜欢谈论的话题，似乎涉足这一世界才能证明他们足够成熟，证明他们迈入了成人的行列，于是他们偶尔会说说谎，夸大自己对异性的征服。那不过是虚荣的映射，如同随着太阳的位移，滑过墙面的光影，终会消失于无痕。

孩子眼里的父亲和母亲，与旁人眼里的他或她，是截然不同的。母亲奥利维亚成了一名教师，深受学生的喜爱，她又爱上了一个男人，同样是从美好开始，以悲剧收束。这是一个参过军、去过伊拉克的男人。在他的讲述中，伊拉克战争和"9·11"事件的背景一掠而过，在一个陌生的战乱的国度，建立信任需要足够的耐心，需要足够的时间，可毁灭这信任却只需要一瞬间。如同后来他进入梅森和母亲、姐姐构成的家庭，所面对和遭遇的那样。

他送给梅森一部相机，因为梅森喜欢摄影。他记得梅森的生日，比他母亲更用心。可男人似乎总想在他的领域里掌控一切，成长却常常会超出大人的预期，常常要逾越出大人的控制。此时的萨曼塔和梅森，不再是几年前那个对于继父的管束不敢言声、不敢反抗的孩子了，当他们意识到一丁点敌意或被约束的不适时，就不自觉地竖起了冷漠的铠甲和愤怒的尖矛，信任转瞬间碎落一地。

母亲又一次离婚，父亲却开始他幸福的家庭生活，与一个和他兴趣相投的女人，生下一个孩子。梅森的十五岁生日，这个让头发长到遮住一边眼睛和大半个脸的少年，在父亲的新家受到了远比母亲家隆重的祝福，除了生日蛋糕，他拥有了父亲专门为他整理编制的披头士音乐碟，一把20号口径猎枪，一套西装，一本印有他名字的《圣经》。因为父母的离异和再婚，梅森不得不面对一个又一个新的亲人，他们有着不同的脾性、不同的处事方式、不同的爱好、不同的信仰……共同构成一个斑斓驳杂的世界，这世界可能没有原初家庭那么完整亲密，却如同打开了一扇又一扇窗。它们和时光一道，完成着对梅森这一生命的塑造。

梅森迷上了摄影，耳朵上打了耳钉，指甲涂成深蓝色，交了女友，开始约会、接吻，参加深夜派对……一代又一代人，有着他们自己的偶像、趣味、审美观、价值观、行为方式。差异横亘在一代又一代人之间，即便是朝夕相处的父母和亲人，也无法弥合或消除这差异。但亲人之间最珍贵的是谅解。梅森只是想做他喜欢的事，不在乎别人怎么看，也不去问这样做有什么意思。在喜欢和爱他的人那里，这是特异，是酷；而在不喜欢他的人那里，这是怪异，是丑。

母亲离婚后，靠她一个人支撑的家庭经济不宽裕，梅森开始在餐馆打工，洗盘子。萨曼塔搬离了家，开始独立生活。只剩下母亲和梅森的家庭，气氛松弛下来，体型已接近中年体态的母亲与日益懂得艰辛为何的、长出了柔软胡须的梅森之间，有了越来越多的体谅。他们成为彼此的支撑。直到有一天儿子长大到要飞离这个家了，被留在原地的母亲，心头突然泛起止不住的悲意。一个生命体从无条件依赖你的婴儿，变成了一个你需要仰视的独立个体，某一瞬间，你会突然意识到自己老了。而走过的半生，也许并不如你年少时的期许，甚至不是你青年时规划的那般模样，可时间从不为谁停留或回头，无情地将你送向老境。多多少少，与孩子对未来的憧憬成反比，做父母的在欣慰和兴奋之后，内心迅猛生长的是沮丧和迷茫。但是，生命的成长就是这样，总会溢出父母的视域。没有谁可以真的覆盖他人的一生，包括自己的孩子。

梅森从母亲的经历，开始思考自己的前路。他感受到母亲和他相仿，又不完全一样的迷茫。即将步入大学的梅森，经历了恋爱，也经历了失恋，它们被紧密地剪辑在一起，唯留下几幅他用镜头摄下的女孩的面容和身影。梅森凭这些照片获得了州摄影大赛的银奖。成长中需要经历的一切，梅森一样都没有错过。

整部影片最盛大的场面，是各路亲朋齐聚奥利维亚家庆祝梅森高中毕业，其中有他的母亲，和他的父亲、继母。穿着紫蓝色博士服、戴着博士帽的梅森，面对众人的祝福，面带有些羞涩的微笑。不知不觉，他长成了现在的样子，善良，柔软，谨慎，有微微的叛逆、微微的迷茫和微微的深刻。父亲对他说，"别向你的自尊低头""你要对自己负责，而不是对你的女朋友，不是对你妈，不是对我，而是对你自己。如果你真的照顾好自己的心，你会惊讶地发现，不知多少希娜那样的姑娘在你门前排长队……你必须将自己的注意力转移开，专注于让自己更优秀。"这是一个父亲对即将成年的儿子的赠言，以他所经历过的时间、生活作底。

曾经，六岁的梅森问妈妈："妈妈，你还爱爸爸吗？""我还爱你们的爸爸，但那不意味着我们继续在一起才是最好的选择。"当梅森十八岁时，父亲说出了对曾经的那段感情的感悟："归根到底，感情的事儿，都是时机问题。想想你妈和我，我觉得十五或二十年前我还真有可能变成她所希望的无聊又无趣的那种人，你知道吗，我不是说她生气就一定有错，不是这样，我是说，她其实可以更耐心一些，更宽容一些。""这样，就没有后来几位酒鬼继父的故事了。"十八岁的梅森淡淡地笑着。这笑里理解多过遗憾。

但，这已经不是十八岁的梅森所关注的问题了。辽阔的生活正在他面前展开。在短暂的沉默后，他问父亲："那么意义是什么？"这是每个人都将面对，却不那么容易回答的问题。

"什么意义？"

"不知道，任何事情，所有事情。"

"所有事情的意义，我也压根儿不知道。任何人都不知道，好吗？生活中，我们其实都在即兴表演，不是吗？不过值得称赞的是，你开始用心感受了，而且要一直感受下去。真的，等你长大一些，感觉会渐渐麻木，不过你的外壳会越来越硬。"

梅森自己开车去大学，沿路拍下那些在他看来特异的事物。走进寝室，刚刚放下行李的梅森，被室友邀约一起徒步去看大本德河的晚霞。这似乎是新生活开启的一幕，有着超越日常的审美指向。

坐在岩石上，眺望着壮阔的旷野上的晚霞，梅森和刚刚认识的女孩尼科尔静静地对话。"你知道，人们总是说抓住那一刻，我不知道，我倒是有相反的感觉，就好像，是这一刻抓住了我们。""对对，我明白这感觉，这一刻是固定的、永恒的，就好像我们永远生活在当下这一刻，不是吗？"冲着镜头，十八岁的梅森露出了平和又意味深长的微笑。

这微笑也来自镜头之外的导演理查德·林克莱特，和时间。

阔大的生死与爱情

在这世上，最让人感到无力之事，恐怕就是时间无法逆转，人不可能不走向衰老，归于死亡。电影《返老还童》的奇异在于，打破了生命不可逆向生长的定律，呈现给我们一个奇特的生命。而爱情，这由命途浮载的美好事物，他也没有错过，且因自身的奇特而呈现出特异的景致——他和她的爱情，从时间的两端走向彼此，逆向交错，只为在各自最好的年龄交集出炙热的花火，然后远离。

在濒临生死边际线的老妇黛西病床前，她唯一的女儿卡洛琳守护着她。她的生命太过漫长，覆盖了太多爱她和她爱的人。在一只黑色行李箱里，放着一本日记，写者本杰明·巴顿。

影片真正的开头是 1918 年。那一天，新奥尔良火车站正式开站。因战争失去儿子的钟表匠，建成的一口巨钟悬挂在车站中央。当遮盖的布幅被扯下，巨钟启动，人们惊异地发现，和世界上其他的钟不一样，它的指针逆向而行。"我让它倒走的。"钟表匠将他内心的祈愿寄放在这口钟里——

时间逆转，那些在战争中死去的孩子可以死而复生，回到亲人身边，"回家耕田，工作，生儿育女，活得长久而充实"。

第一次世界大战结束那天，本杰明出生。那时他还没有名字，是个只会哇哇哭啼的怪异婴儿。满大街都是欢呼声，终于熬过漫漫长夜的人们庆祝着久违黎明的到来。本杰明的父亲奔跑回家，只来得及见妻子最后一面。本杰明的诞生，与母亲的死亡如此紧密地相连，在父亲看来，这个婴儿怪异的外貌似乎昭示着某种不祥——他像一个微缩的老人，满面皱纹丛生，满身不可思议的病症：白内障，关节炎，皮肤毫无弹性，手脚僵硬。"丑得像一只老坛子"的他，差一点被父亲抛进河水，最终被遗弃在诺兰基金会疗养院的门口。襁褓里，只有匆忙塞入的十八美元。

疗养院一个善良女人收养了他，在她眼里，他"也一样是上帝的孩子"。她为他取名：本杰明。

这个与众不同的婴儿，落入了一群老人构成的生活怀抱。幼小的他，像一个衰老的侏儒，与满目的衰老面容无异，得以安放他的怪异。七岁时，他被人误以为是个坐在轮椅里的老头。这是一个极其规律的世界，都是勘透世事、已从纷繁矛盾中超脱的老人，生活删繁就简为一日三餐、日出日落，而他，原本被认为生日无多的他，却在这里奇迹般地逆时间生长，越来越健康、年轻、强壮。

本杰明第一次被人带到闹市区，拄着拐杖走了漫长的路才得以回到家。那是愉快的一天。他的世界不再只是疗养院那个不大的院子，他的视线里也不再是行动、思维迟钝的老人。

所有的相遇，必将到来。1930年感恩节那天，十一岁的本杰明遇到了他一生中最为重要的那个人，黛西。"我永远忘不了那双蓝眼睛。"他被小女孩黛西带入游戏的世界，那是他第一次和同龄人玩耍。烛光下，女孩带着天真的笑意对他说，"你和我见过的其他人都不一样。"

世界，逐渐向长大的本杰明敞开。他跟随一个在自己身上实现艺术家梦的拖船船长，进入异性的世界。不谙世事的他在一夜之间明白了生计的价值；他从一位新来的老人那里学会了弹钢琴，知道了失去亲人意味着什么。他的奇特，也让父亲即使越过多年依然从人群中一眼认出了他。他们坐在一起，从外表看，父亲与儿子的角色似乎是颠倒的，但血缘在暗中缝合着所有的裂痕，不管当初的恐惧有多深重，曾经的遗弃有多罪孽。属于一对父子的交集，必将到来。

小女孩黛西长成了少女，而本杰明也越来越年轻和充满活力，他可以甩开拐杖走路了，他可以迈开双腿奔跑了，他可以带着黛西驾船去看晨雾弥漫的河流……十七岁的本杰明告别疗养院，开始远行。他答应黛西，不管去到哪里都会给她寄明信片。随船长远航到欧洲的本杰明，经历着自己的人生，他将自己所见所历所感写在明信片上寄给黛西，之中包括他与一个女人在一个个彻夜长谈的旅馆夜晚，缓慢滋长的爱情。

"我遇到了我爱的人，我已坠入爱河。"寄自摩尔曼斯克的这张明信片，被上芭蕾舞课的黛西握在手里。已长成迷人尤物的她，眼神瞬间游移，而后将明信片贴在嘴上。八十岁的黛西，躺卧在病床上等待死神的到来，她从女儿朗读的日记中重温了这一段，她缓缓地说，"我很高兴有人可以与他依偎取暖。"我相信这并非出自一个即将辞世者的豁达，而是一个女人对自己所爱的人的体恤，六十年前，这句话也在二十岁的黛西心中回旋。

这一次的爱情，本杰明是以二十岁的心去爱一个四十岁的女人，尽管从外表看来他比女人更苍老。此时的本杰明，并不知道自己被包容在一个女人遥远的注视，和爱的体恤里。他一夜夜享受着偷欢的男女情爱，直到一天夜里，他来到旅馆大厅，只见壁炉里的炉火熊熊燃烧，却空无一人。第二天他才知道，日本人轰炸了珍珠港，这被美国人视为最耻辱的一天，也结束了本杰明的一段爱情。他们的船被政府征用，本杰明和船长、船员一起被卷入了战争这台巨大的搅拌机。

船长驾船冲向潜艇的那个深夜，枪弹携带着疾驰的光束划破黑夜。简单改造的拖船不堪一击，船体倾覆，沉没，本杰明没能救出浑身布满弹孔的船长。"你可以肆无忌惮地生活，发毒誓诅咒命运，可是到头来，你还是得坦然接受。"船长临终前说出的这段话，在几年后，将由本杰明说给他已走到生命尽头的父亲听。不管有多么不情愿、不甘心，最终，每个人都得面对唯一的结局——死亡。生与死首尾相接，构成恒定的循环，中间是我们万千变幻的此生。那个发生遭遇战的夜晚，死去了一千三百二十八人。本杰明是幸运的幸存者。但即使是逆时间生长的他，也不能超脱于生死的循环之外。

二十六岁的本杰明，在看过很多痛苦，也经历了爱情的忧欢之后，回到了新奥尔良，他最初的家。这里，依然是老人的家园，只是换了许多新面孔。而收养他的女人，被他叫作妈妈的女人，已现老态。"你看起来像重生了一样，比春天还年轻……一看到你，我就知道你是特别的。"看着眼前高大、英俊的本杰明，这个女人有资格如此骄傲。

疗养院似乎还没来得及改变，陈设、气味、感觉，就连那个总是对人讲述自己被七次电击的老人，还在重复着和以前一模一样的话。可时间悄悄改变着一切，曾经住在这里的老人只剩下一两个，尽管不断有老人添补进来，但时间的水流中注定留不住恒定的物事。

他和她，终于跨过不断流淌的时间再一次相遇。

与以往截然不同的两个人，都令对方惊讶。"她是我见过的最美丽的女性。"本杰明在日记里写道。黛西在月夜起舞，为他一个人。那月光下神秘的红影，曼妙的身姿，有着让人屏息的美。她俯下身来亲吻他，甘于献身，他却拒绝了她。这一刻，想来他的心是怯弱的，他还没有准备好，来承接这至美盛大的爱情。

"我们的人生由机遇决定，包括那些被错过的。"可错过，也许不是真的错过，只是为了等待最恰切的时机，命运自有安排。

已经年迈的父亲再次找来时，本杰明已经强大到可以与他对话了。但他放弃了责备，放弃了怨恨，抚养他长大的妈妈没有教会他这些，只教会他宽恕，教会他怜悯。本杰明将已卧床不起的父亲背到河边，让他坐在木椅上眺望日出，那宏大的、永恒的诞生。

坐在他身后的本杰明，重述了船长临终前的话。死亡，才是对诞生最恰切的注解。反之，亦然。

满满一瓶纽扣，被放置在开纽扣厂的父亲胸前，随他归于永恒。静止的死亡，才是一个生命对不断流逝的时间的最大抵抗。以那孤注一掷的方式。

手捧白菊花的本杰明，去了纽约，黛西正随团演出的城市。他的眼睛无法从她身上移开，可此时的她并不属于他，她在别人的怀抱里，她与别的男人亲吻，她欢欣在别人的爱中。满怀爱意而来的他，落寞地从喧嚣的派对上离开，他的表白没有得到应得的回应。他们再一次错过。但请相信，所有的错过都是为了最美好的未来。

五年时间，他们在各自的世界生活。她享受辉煌，在世界级的芭蕾舞台上，直到意外发生。"有时我们在即将碰撞的轨道上，却毫无察觉，不管是意外发生还是早有预谋，都无能为力。"当所有的环节都严丝合缝地搭扣在一起，才导致了意外，哪怕任一点细小的错失，都可以避开那个结局，可就是丝毫不差地赶上了。这样的意外，我们称之为命运的无常，或者乖谬。黛西被一辆车撞伤，就此告别她心爱的芭蕾舞台。

本杰明在巴黎再见到黛西时，躺在病床上的她满脸伤痕，视线模糊，右腿骨折。陷入绝望的黛西用残忍的语言拒绝了本杰明，用全力将他推出自己的生活。这拒绝，同样出于爱。爱，这简单又复杂的情感，并不像少男少女所理解的那样清澈纯净，她包含了自尊、愧疚、骄傲、希望、绝望等种种复杂混沌的情愫，却又可以升华为世间至美至真至纯的情感。仿佛琥珀。仿佛珠贝。

本杰明没有因黛西残忍的话语而离开他，他默默地守在巴黎，她的近旁。可他们还是又一次地错过了。黛西在艰难的康复中，从练习走路开始。而本杰明回到新奥尔良，流连在一个个女人的怀抱，与爱无关或者与爱有关。他们似乎都安妥地放置了自己的身体，却无法安妥自己的心。他们从没淡忘过对方。爱，实在有无数种形态，一如我们万千变幻的此生。

1962 年，四十三岁的本杰明和黛西在疗养院重逢。她来到这里，神态少了飞扬多了沉潜，而他明朗帅气成熟。这一次，他们已经有了足够的准备走向彼此，接纳彼此，爱意已经在一再延滞的错过与等待中生发得无比炽烈、浓醇。

他们如此深契地结合在一起，在独属于两个人的世界。"很高兴，我们没有在我二十六岁是认定对方……那时，我太年轻了，而你太老了。应当发生时，一切就自然发生了。"＂我将珍惜与你在一起的每分每秒。＂ 一切，刚刚好。

黛西怀孕了，本杰明却陷入忧思，他担心命运无情的重复。

"你最怕什么？"

"孩子生下来跟我一样。"

"那我会更加爱他。"

尽管黛西生下的是个非常健康的女孩，本杰明却不能停止他的忧思。事实证明，后来事情的发展未脱出他的预料。他在女儿认识他之前选择了离开，只为了让她有个正常的父亲，可以带给她完美的人生。

这个周游世界，只存在于明信片上的父亲，写给女儿许多张明信片，却在女儿成年后才被她读到、知晓。相信在世界流浪的本杰明，没有一刻忘记过黛西，和他们的女儿。但他只能以这样的方式去爱，在交错而过中去爱。与众不同的他，注定行走在一条独径上。"当其他人都在衰老，我却在变年轻，独自一人。"＂你必须面对每一个爱你的人离去。"一个唯一"例外"的人，上天让他来到这世界，存在于这世界，就是让他看到更深邃的人生。

萨拉马戈在《失明症漫记》中，也放置了一个唯一"例外"的人。当突如其来、没有任何预兆却无节制传染蔓延的失明症席卷一座城市时，所有人都先后坠入盲视的茫茫白雾中，唯一一双看得见的眼睛，属于医生的妻子。她不缺乏助人的善意、勇气、智慧、理性和情感，成为这世界尚存的一抹"光亮"，给予人们许多帮助、指引。可是人群中唯一"例外"的她，也因之看到了太多的肮脏、混乱、丑陋、不公、邪恶、痛苦、盲目、恐惧……人还是那些人，人性却呈现出缤纷、跌宕的状态，生与死的边界变得异常模糊，侮辱与被损害在同样的不幸者中发生。一些时刻，她情愿自己也成为目盲者，而不必承受唯一的"例外"所需要承受的。

本杰明无法拥有正常的一生，正常的生老病死。"好像我有过一生，可我记不清了。"本杰明再回到他被养育长大的地方时，还原成了一个孩子。他正走向痴呆，已经不记得黛西，这个他生命中至关重要的女人。逆时间而行的他，证明了自己的预想，他无法担负起一个丈夫和一个父亲的责任。

迈入老境的黛西搬进了疗养院，与走向婴儿之途的本杰明相伴。2003 年春天，他在她的怀抱中，安静地闭上了眼睛。

这部影片里，放进了阔大的生死、阔大的爱情。

影片最后，黛西也即将结束自己漫长的一生，她会否与来自时间另一端的本杰明再次相遇，不再分离？飓风袭来，倒走的时钟被流水淹没。一个预言般的祈愿就此画上句号。

也许，每一个与众不同的生命，来到这世上，也是为了考验他身边的人，考验所有与他相遇的人，我们有没有爱的勇气、耐心与坚韧。